U0028649

Aristotle and Dante
Dive into the Waters
of the World

那些與熱戀有關的祕密

班傑明・艾里雷・薩恩斯
Benjamin Alire Sáenz

亞曼達，我看著日出的太陽就會想到妳。有時候我會在
房裡聽見妳的笑聲，並聽見妳說：「你好瘋喔，班叔叔。」

這本書是獻給妳的。我愛妳——永遠都會。

不管我轉向哪裡、走到哪裡，每個人對愛都有話要說。母親們、父親們、老師們、歌手、音樂家、詩人、作家、朋友。就像空氣一樣。就像大海一樣。就像太陽一樣。就像夏天樹上的葉子。就像打破了旱季的雨水。就像溪流中水的輕柔聲響。就像暴風雨中海浪拍打著海岸的聲音。愛是我們戰鬥的原因。我們為愛而生、為愛而死。愛是我們睡覺時所做的夢。當我們醒來迎接新的一天時，愛就是我們想要呼吸的空氣。愛是你所攜帶的火炬，帶領你走出黑暗。愛能把你帶出放逐之地，帶你進入一個名為歸屬的國度。

發掘製圖的藝術

我想知道，但丁和我能不能在世界地圖上寫下我們的名字。其他人早已得到書寫工具——而當他們去上學時，人們也教導他們使用這些工具。但像我和但丁這樣的男孩，他們不給我們鉛筆、原子筆或噴漆。他們希望我們閱讀，但不希望我們寫作。我們要用什麼來寫下我們的名字？而在地圖上，我們又該把名字寫在什麼地方？

第一章

他就在這裡，但丁，他的頭正靠在我的胸口。黎明的寂靜中，只有但丁的呼吸聲。宇宙好像停止運作，只為了觀察這兩個發現了它祕密的男孩。

我感覺到但丁的心臟貼著我的手掌跳動，而我希望我能想辦法把手伸進我的胸膛，挖出我自己的心臟，並讓但丁看見其中囊括的一切。

然後，事情是這樣的：愛不僅與我的心有關——也與我的身體有關。我的身體從來沒有這麼充滿生命過。然後我就知道了，我終於知道了這個叫做慾望的東西。

第二章

我討厭吵醒他。但這一刻必須結束了。我們不能永遠住在我的卡車車床上。現在很晚了，而且現在是新的一天，我們必須回家，我們的爸媽會很擔心的。我吻了吻他的頭頂。「但丁？但丁？起床。」

「我永遠也不想起床。」他低語。

「我們得回家了。」

「我已經在家啦。我和你在一起。」

這句話使我露出微笑。好但丁的一句話。

「快點，我們走吧。感覺快下雨了。而且你媽會殺了我們。」

但丁笑了起來。「她不會啦。她只會用那種眼神看我們而已。」

我把他拉了起來，我們兩人站在那裡，抬頭看著天空。

他牽住我的手。「你會一直愛我嗎？」

「會的。」

「你從一開始就愛我，就像我愛你一樣嗎？」

「對，我想是吧。我想我也是。這對我來說比較難，但丁。你必須要理解這一點。這對我來說永遠都會比較難。」

「不是每件事都那麼複雜的，亞里。」

「不是每件事都像你想的那麼簡單。」

他正準備要說點什麼，所以我就吻了他。我想是為了叫他安靜。但也是因為我喜歡吻他。他露出微笑。「你終於找到吵贏我的方法了。」

「對。」我說。

「至少一段時間會有效。」他說。

「我們不用每次都同意對方。」我說。

「這是真的。」

「我很高興你不像我，但丁。如果你像我，我就不會愛你了。」

「你剛才是說你愛我嗎？」他大笑起來。

「夠了喔。」

「什麼夠了？」他說。然後他吻了我。「你嘴巴有雨的味道。」他說。

「雨是我最愛的東西。」

「我知道。我想要變成雨。」

「你就是雨，但丁。」而我想說你是雨、你是沙漠、你是讓「寂寞」這個詞消失的橡皮擦。但這句話實在太長了，而我永遠都會是不太說話的那個人、但丁則永遠都會是說太多話的那個人。

第三章

開車回家的路上，我們一句話也沒說。

但丁很安靜。也許有點太安靜了。他總是有說不完的話，總是知道該說什麼、也知道該怎麼無所畏懼地說出口。然後我腦中冒出一個念頭，我想也許但丁是一直都很害怕——就像我一樣。感覺好像我們兩人一起走進了一個房間，卻不知道該在這個房間裡幹麼。或者也許、也許、也許。我就是無法停止思考這些事。我想知道，我以後有沒有機會不再思考什麼事。

然後我聽見但丁的聲音說：「我真希望我是女生。」

我只是看著但丁。「什麼？想要變成女生是一件很嚴重的事。你真的想要變成女生嗎？」

「不，我是說，我喜歡當男生。我是說，我喜歡有老二的感覺。」

「我也喜歡有老二。」

然後他說：「但是，至少，如果我是女生的話，那我們就可以結婚，而且，你知道——」

「那是永遠都不可能的。」

「我知道，亞里。」

「不要難過。」

「我不會的。」

但我知道他會。

然後我打開收音機，但丁則和艾瑞克・克萊頓（Eric Clapton）一起唱起歌來。他低聲說，〈我父親的眼睛〉（My Father’s Eyes）是他新的最愛。「等著我的王子出現。」他低語道。然後他微笑起來。

接著他問我：「你為什麼都不唱歌？」

「唱歌代表你很快樂。」

「你不快樂嗎？」

「也許只有我和你在一起的時候吧。」

我喜歡自己說的話能讓但丁微笑的時候。

*

我們來到他家的前門時，太陽正準備要露臉，面對嶄新的一天。而這就是現在的感覺——像是全新的一天。但我想，也許我永遠也不會知道——或確定——新的一天會帶來什麼了。我也不想讓但丁知道我心中藏有怎樣的恐懼，因為這樣一來，他或許就會認為我不愛他。我永遠也不會讓他看見我害怕。我是這樣告訴自己的。但我知道我沒辦法堅守這個承諾。

「我想要吻你。」他說。

「我知道。」

他閉上眼。「我們就假裝我們在接吻吧。」

我微笑起來——當他閉上眼時，我忍不住放聲大笑。

「你在笑我。」

「我沒有。我在吻你。」

他微笑著看向我。他的眼中充滿了無比的希望。他跳出卡車、關上門。他把頭探進打開的車窗。「我在你心中看見了渴望，亞里斯多德・曼杜沙。」

「渴望？」

「對，一種飢渴。」

「飢渴？」

他笑了起來。「這幾個詞就活在你身體裡。去查一查吧。」

我看著他跑上階梯。他的動作就像游泳選手一樣優雅。他的腳步沒有任何重擔或擔憂。他轉過身，對我揮揮手，掛著他慣常的微笑。我不知道他的微笑對我來說夠不夠。

天啊，有他的微笑就夠了吧。

第四章

我大概從來沒有這麼累過。我倒在床上——但睡意卻遲遲不肯出現。腿腿跳上床，來到我身邊，舔了舔我的臉。當她聽見外頭暴風雨的聲音時，她便擠得離我更近了一點。不知道在腿腿的腦中，她對雷聲有什麼想法，或者狗到底會不會想這種事。至於我，我還是很喜歡雷聲。今年的暴風雨如此奇妙，是我這輩子見過最奇妙的暴風雨。我一定是打起了瞌睡，因為當我醒來時，外面已經下起傾盆大雨。

我決定去喝一杯咖啡。我媽正坐在廚房桌邊，一手拿著一杯咖啡，另一手拿著一封信。

「嗨。」我低語。

「嗨。」她臉上掛著同樣的微笑。「你很晚回來喔。」

「或是很早——妳仔細想想。」

「對一個媽媽來說，很早就是太晚了。」

「妳會擔心嗎？」

「我的本性就是要擔心。」

「所以妳就和昆塔納太太一樣。」

「你可能會很意外，我們有很多共通點。」

「對。」我說。「妳們都認為自己的兒子是世界上最美麗的男孩子。妳不太常出門對不對，媽？」

她伸出手，梳了梳我的頭髮。然後她的表情告訴我，她正在等待我的解釋。

「但丁和我在卡車上睡著了。我們沒有……」我停了下來，然後只是聳聳肩。

「我們什麼都沒做。」

她點點頭。「這很難，對不對？」

「對。」我說。「感覺應該要這麼難嗎，媽？」

她點點頭。「愛很簡單，也很難。就和我跟你爸一樣。我好想要他碰我。而我也很害怕。」

我點點頭。「但至少——」

「至少我是個女生，而他是個男生。」

「對。」她只是用一如往常的方式看著我。而我不知道我這輩子有沒有可能用這種眼神看待任何人，她的眼神中蘊含著宇宙中所有美好的事物。

「為什麼，媽？我為什麼一定要是這樣？也許我以後就會變了，然後我就會開始喜歡女生，就像別人那樣？我是說，也許我和但丁的感覺——這只是一個階段而已。我是說，我只對但丁有這種感覺。所以如果我不是真的喜歡男生呢——我喜歡但丁，只是因為他是但丁而已。」

她幾乎要露出微笑。「不要自欺欺人了，亞里。這件事情不是你可以想通就好的。」

「媽，妳怎麼可以這麼輕鬆？」

「輕鬆？我現在才不輕鬆呢。你歐菲莉亞阿姨的事，我自己也掙扎了好久。但我愛她。我從來沒有這麼愛一個人，除了你和你姊姊和你爸之外。」她頓了頓。「還有你哥哥。」

「我哥哥也是嗎？」

「我不提他，並不代表我就不會想他。我對他的愛很沉默。有許多東西都活在那股沉默裡。」

我要好好想想這句話。光是聽她說話，我就已經開始用不一樣的眼光看待這個世界了。聽她的聲音，就是在聽她的愛。

「我猜你可以說，這不是我第一次面對這種事。」她臉上掛著那股銳利而頑固的表情。「你是我的兒子。你爸和我決定，這件事情我們不能保持沉默。看看對你哥的沉默把我們變成什麼樣子——不只是你，也對我們所有人都有影響。我們不會再重蹈覆轍了。」

「這代表我什麼都要跟你們說嗎？」

我可以看見淚水在她的眼眶中堆積，並聽見她聲音裡的柔情。她說：「不是每件事。但我不希望你覺得自己活在放逐之地。這世界上有許多地方會讓你覺得自己不屬於這個國家——或是任何其他國家。但在這間屋子裡，這裡只有歸屬。你屬於我們。我們也屬於你。」

「但同性戀不是錯的嗎？大家好像都這麼想。」

「不是每個人。這是個廉價又刻薄的價值觀。歐菲莉亞阿姨把『我不屬於這裡』緊握在手中，刻在自己的心上。她花了很長一段時間，才把這些字眼抓起來，扔出體外。她只能一點一點慢慢來。她想知道為什麼。她想要改變——但她沒辦法。她遇到了一個男人。他愛她。但她辦不到，亞里。她最後傷害了他，因為她永遠也沒辦法用愛法蘭妮的方式愛他。她的人生是一個祕密。而這讓人很難過，亞里。你的歐菲莉亞阿姨是個美好的人。她教會了我好多事情，讓我知道真正重要的事是什麼。」

「我該怎麼做，媽？」

「你知道製圖師是什麼嗎？」

「我當然知道。但丁跟我說過。就是創造地圖的人。我是說，他們不是創造地圖裡的地方，他們只是把圖畫出來，然後，嗯，展現給大家看。」

「那就是這樣。」她說。「你和但丁會畫出一片嶄新的地圖。」

「我們會做錯很多事，而我們要把這一切都當成一個祕密來保守，對不對？」

「我很遺憾這個世界是這樣子。但你會學會怎麼生存——你也會創造出一個空間來保護你的安全，並學會信任正確的人。而且你會找到幸福。就算是現在，亞里，我都看得出來，但丁讓你很快樂。而這讓我快樂——因為我討厭看著你悲傷的樣子。你和但丁還有我們和喬麗黛和山姆。你現在有四個人在你的棒球隊裡了。」

「嗯，我們需要九個人。」

她笑了起來。

我好想靠在她身上哭。並不是因為我感到羞恥，而是因為我知道我會是個差勁的製圖師。

然後我聽見自己低語：「媽，為什麼沒有人告訴我，愛會這麼痛苦？」

「如果我告訴你了，會有什麼改變嗎？」

第五章

暑假的時間所剩無幾。在暴風雨完全離開、把我們遺忘在往常的乾旱之前，似乎還有幾個雨天。我在地下室舉重時，我想著自己是不是該多找一點興趣。也許是可以讓我變成一個更好的人，或是讓我不那麼鑽牛角尖的。我什麼都不擅長。我跟但丁不一樣，他什麼都會。我意識到我沒有任何興趣。我的興趣就是在想到他的時候，感受自己的渾身顫抖。

也許我真正的興趣，就是把我的整個人生保密起來。這樣算是嗜好嗎？世界上成千上百萬的男孩們，如果他們發現我體內真正的樣子，它們一定會想要殺了我，一定會真的殺了我。知道怎麼打架——這也不算是嗜好。那只是一個我生存所需的天賦。

我沖了個澡，然後決定列一份清單，寫下我想做的事。

~~—學彈吉他~~

我把學彈吉他這條劃掉了，因為我知道我永遠也沒辦法學得好。

我沒有成為安德烈斯・塞戈維亞（Andrés Segovia）的天賦，或是吉米・罕醉克斯（Jimi Hendrix）。所以我繼續列我的清單。

－申請大學

－看更多書

－聽更多音樂

－出去旅行（或至少去露營——跟但丁去？）

－每天寫日記（至少試試看）

－寫詩（好蠢）

－~~和但丁上床~~

我把這條也劃掉了。但我沒辦法把它從腦子裡劃掉。如果慾望生長在你心中，你就不可能把它劃掉吧。

第六章

我開始想到但丁，當那些混蛋攻擊他，讓他一個人躺在地上流血時，他會有多麼害怕。如果他死了怎麼辦？他們不會在乎的。而我沒有在那裡保護他。我應該要在的。我無法原諒自己沒有在那裡陪他。

第七章

我在看書時睡著了。媽媽叫醒我時，腿腿正躺在我身邊。「但丁在電話上喔。」

「妳那是什麼笑容？」我說。

「什麼笑容？」

「媽，別鬧了。」

她搖了搖頭，用那種「在說什麼？」的肢體語言聳起肩膀。

我走進客廳，拿起話筒。「嗨。」

「你在幹麼？」

「我看書看到睡著了。」

「什麼書？」

「《太陽依舊升起》。」

「我從來沒有真正看完這本過。」

「什麼!?」

「你在取笑我。」

「對，但這種取笑只有在你喜歡對方的時候下會發生。」

「喔，原來你喜歡我。」

「你在釣魚嗎？」

「對。」我可以想像他微笑的樣子。「所以，你不打算問我我在做什麼嗎？」

「我正準備要問。」

「嗯，我剛才在和我爸聊天。他真的好蠢。他在跟我講幾個歷史上有名的同性戀的故事。」

「什麼？」

對，我們兩個都笑了出來。

「他只是想要表現得很酷，好像他不在意同性戀的事。這還滿貼心的。」

「話是這麼說。」

「他說我應該要讀奧斯卡．王爾德的書。」

「他是誰？」

「他是個英國人，還是愛爾蘭人。我不知道。維多利亞時期的名作家。爸說他走在時代尖端。」

「你爸有讀他的書嗎？」

「當然，他是個文學愛好者啊。」

「他不會覺得不舒服嗎，這個——你知道——這個——」

「我覺得他並不介意某個人是同性戀。我想他是有點難過——因為他知道這對我來說會很不容易。而且他對每件事都很好奇，他也不怕那些想法。想法殺不死你的。他很愛說這句話。」

我想著我自己的爸爸。不知道他是怎麼想的。不知道他會不會為我感到難過，不知道他是不是很困惑。

「我喜歡你爸。」我說。

「他也喜歡你。」他沉默了一會。「所以，你想要來玩嗎？學校隨時都要準備開學了。」

「啊，生命的循環啊。」

「你很討厭學校，對不對？」

「有一點。」

「你什麼都沒有學到嗎？」

「我沒說我沒學到東西啊。只是，你知道，我已經準備好要往前走了。我已經受夠學校走廊和置物櫃，還有那些混蛋小孩，而且你知道，我猜我就是融入不了。現在，嗯，我真的不可能融入了。靠！」

電話的另一端，但丁什麼都沒說。最後他說：「你討厭這一切嗎，亞里？」我可以聽見他聲音裡的受傷之情。

「聽著，我馬上就過去。我去找你玩。」

*

但丁坐在他家前門的臺階上。光著腳。

「嗨。」他揮揮手。「你在生氣嗎？」

「為什麼要生氣？因為你沒穿鞋嗎？我不在乎。」

「除了我媽之外，都沒人在乎——她就喜歡告訴我該怎麼做。」

「媽媽就是這樣啊。為什麼呢？因為她愛你。」

「Corrector（正確）。用西班牙文就是這樣說吧？」

「嗯，非墨西哥人是這麼說的。」

他翻了個白眼。「那真正的墨西哥人會怎麼說？你也不是真墨西哥人啊。」

「我們討論過這件事了，對不對？」

「我們永遠都會一直重複這個話題的，因為我們就活在這個話題裡，這是一個美國身分的無人之地。」

「嗯，我們是美國人啊。我是說，你看起來一點都不像墨西哥人。」

「你長得很像。但這也不會讓你變得更接近墨西哥人。我們都有遺傳的姓氏，我們的名字代表有些人永遠都不會把我們視為真正的美國人。」

「嗯，誰想要呢？」

「這一點我倒是同意你，寶貝。」他露出淺淺的微笑。

「你是在嘗試叫我『寶貝』嗎？」

「我是在想辦法融入對話裡，這樣，你知道，你才不會注意到。」

「我注意到了。」我沒有翻白眼。我只是看了他一眼，讓他知道我現在在翻白眼了。

「你覺得呢？」

「我是說，我是個寶寶。」我說。「但是『寶貝』？」

「你是個寶寶，不代表你就有資格可以自大。」這是他覺得有趣又厭煩的時候才會出現的語調。「好吧，『寶貝』不適合你。那我應該要怎麼叫你？」

「亞里如何？」

「『達令』呢？」我知道他只是在開玩笑。

「喔，拜託不要。」

「那『mi amor』（我的愛）呢？」

「好多了。但我媽就是這樣叫我爸的。」

「嗯，我媽也是。」

「我們真的想要跟媽媽說一樣的話嗎？」

「喔，拜託不要。」但丁說。我喜歡他為一個可悲又憂鬱的男孩所做的事帶入這麼多的歡笑，而我想要吻他。

「你知道，亞里，我們搞砸了。」

「對，我們搞砸了。」

「我們永遠都會不夠像墨西哥人，我們也永遠不會夠像美國人。而且我們永遠都不會夠異性戀。」

「對。」我說。「而且我敢跟你保證，未來的某一天，我們也會不夠同性戀的。」

「我們搞砸了。」

「對，沒錯。」我說。「同性戀男人都死於一種無藥可救的疾病。而這代表人們會怕我們——他們怕我們會把病傳染給他們。而且他們發現，到處都是同性戀。他們看見，每天都有數百萬個同性戀在紐約、舊金山、倫敦、巴黎，還有世界各地的街上走來走去。還有一大群人一點都不在乎我們是不是死了。這很認真，但丁。我和你，我們搞砸了。我是說，我們，真的，搞砸了。」

但丁點點頭。「真的搞砸了，對不對？」

我們坐在一起難過。有點太難過了。

然後但丁的一句話，把我們都從悲傷中拉了出來。「所以，如果我們搞砸了，你覺得我們有時候，是不是，你知道，可以上床？」

「我是有想過。我們又不可能懷孕。」我把這句話說得很隨意。我現在腦中只有一個想法，就是和他做愛。但我不會告訴他，我其實快要發瘋了。我們都是男生。而所有男生都是這樣，不管他們是同性戀或異性戀——或者任何其他身分。

「但如果我們其中一人真的懷孕了，他們就不只會讓我們結婚了——他們會逼我們結婚。」

「那是你這輩子說過最聰明的笨話了。」

老天，我多想吻這個傢伙。我是說，我真的想吻他。

第八章

「我們去看電影吧。」

「當然。」我說。「看什麼？」

「有一部電影叫《伴我同行》（Stand by Me）。我想看。大家都說很好看。」

「主題是什麼？」

「一群小孩跑去找屍體的故事。」

「聽起來很有趣。」我說。

「你在嘲諷我。」

「對。」

「真的很好看啦。」

「你又沒看過。」

「但我跟你保證，你會喜歡的。」

「那如果我不喜歡呢？」

「我就把錢退給你。」

＊

現在是星期三的下午，戲院裡沒有什麼人。我們坐在接近最後排的座位，我們附近沒有任何人。有一對年輕的情侶，看起來像是大學生，他們正在接吻。我想知道，隨時都可以吻你喜歡的人，那是什麼感覺。在所有人面前。我永遠也不會知道那是什麼感覺。永遠不可能。

但和但丁一起坐在黑暗的戲院中，感覺真的很棒。我們坐下時，我露出微笑，因為他做的第一件事就是把網球鞋脫掉。我們共享一桶大號的爆米花。有時候我們會一起伸手進爆米花桶裡。我們的手會碰到彼此。

我在看電影的時候，可以感覺到他的視線。我想知道他看到了什麼，我想知道他看著我的時候，腦中想的是怎樣的人。「我想要吻你。」他低語。

「看電影吧。」我說。

他看見我的微笑。

然後他吻了我。

在黑暗的戲院中，在沒有人能看見我們的地方，一個男孩吻了我。一個嘗起來像爆米花的男孩。而我回吻了他。

第九章

開車回但丁家的時候，他把腳放在我的卡車儀表板上。

我搖搖頭。「你猜怎麼樣？」

「有什麼好笑的？」

「你把鞋子忘在電影院了。」

「靠。」

「我該迴轉嗎？」

「誰在乎啊？」

「你媽會吧。」

「她永遠都不會知道的。」

「你想打賭嗎？」

第十章

我們看完電影回家時，但丁的爸媽正坐在前廊上。但丁和我走上臺階。

「你的鞋呢，但丁？」

「你們不應該坐在前廊上等我回家的。這叫做設計陷害。」

昆塔納先生搖著頭。「也許你該放棄走藝術這條路，改行去當律師。而如果你希望我忘記你還沒有回答我的問題，你最好再思考一次。」

「你為什麼這麼喜歡說最好再思考一次？」

昆塔納太太只是用那種眼神看著他。

「我在電影院的時候脫下來了。我就忘了。」

昆塔納先生沒有笑，但我看得出來，他很想。「我們沒有什麼進展對吧，但丁？」

「爸，那『進展』又是誰定義的？」

「我，我是爸爸。」

「你知道，爸，你在我面前裝大人的時候，對我來說真的沒什麼效。」

昆塔納太太不會笑出來的。

而但丁就非得繼續說下去，他就是忍不住。「不如這樣說好了。某個人會撿到我的鞋，他會很喜歡，然後把它們帶回家。然後他就會有一雙新網球鞋了。也許他的爸媽買不起一雙新鞋。所以一切都很圓滿。」

我真的很想吻這個傢伙。但丁不知道他自己有多有趣。他並不是說這些話來逗別人笑的。他太真誠了。

但丁的爸爸只是搖搖頭。「但丁，你真的相信你說的這些話嗎？」

「應該吧。我相信。」

「我就怕你這麼說。」

昆塔納先生和但丁繼續玩著他們口頭上的棋局，而我只是站在那裡看著他們。我忍不住注意到，昆塔納太太的孕肚看起來非常明顯了。嗯，也許不是那麼明顯。但，你知道，就是懷孕了。好一個奇怪的詞。也許應該要有一個更美麗的詞，來形容準備要生小孩的女人。等他們吵完時，昆塔納太太便看向我，問道：「電影好看嗎？」

「真的很好看。我覺得妳會喜歡的。」

昆塔納先生捏了捏昆塔納太太的手。「喬麗黛不喜歡看電影。她寧可工作。」

她對他的丈夫露出一抹微笑。「並不是。」她說。「我只是會寧可看書。」

「對，妳寧可看一本關於人類心理發展的最新理論——或是行為改變真正發生的最新理論。」

她笑了起來。「你有發現我在批評你對後現代詩作的品味嗎？」

我喜歡他們相處的方式。他們輕鬆與對方打鬧的方式，看起來真的很甜蜜。但丁的家中充滿了好多的熱情。也許昆塔納太太比昆塔納先生強硬。但她很善良。她強硬又善良。

但丁看著他的媽媽。「妳想好名字了嗎？」

「還沒呢，但丁。」她說話的語氣，就像是她對但丁的新嗜好同時感到既煩躁又有趣。「我們還有四個月可以決定。」

「妳知道，他一定會是男生的。」

「我不在乎。是男生、是女生都好。」她看向昆塔納先生。「無意冒犯，但我希望這個寶寶會更像媽媽一點。」

昆塔納先生看著她。「真的嗎？」

「不要對我用『真的嗎？』那一招，山姆。我已經分身乏術了。但丁像到你。我和兩個小男孩住在一起。我們這個家庭裡需要另一個大人。」

這使我露出微笑。這真的讓我露出了笑容。

*

「你想要聽我列的清單嗎？」

「清單？」

「你知道，就是我幫我的小弟弟挑的一些名字。」他躺在床上，我則坐在他的椅子上。他打量著。「你在嘲笑我。」

「我沒有啊。你有聽到我笑嗎？」

「你在內心裡偷笑。我看得出來。」

「對，我是在內心裡笑。你太無情了。」

「這個詞也是我教你的。」

「對，是你教的。」

「然後現在你利用它來對付我。」

「看起來是喔。」我看了他一眼。「你爸媽在這件事上沒有話語權嗎？」

「我也沒辦法阻止他們。」

他走到桌邊，拿起一疊黃色的筆記紙。他再度躺回床上。「我目前想到的名字有這些：拉斐爾——」

「不錯。」

「米開朗基羅。」

「太扯了吧！」

「叫亞里斯多德的人還好意思說。」

「閉嘴。」

「我不『閉嘴』的。」

「好像我不知道一樣。」

「亞里，你到底要不要聽我說？還是你要一直批判？」

「我以為我們是在聊天啊。你一直說我不知道怎麼說話，所以我在說啊。但我現在會開始閉嘴了。跟你不一樣，我知道要怎麼做。」

「對啦，對啦。」他說。

「對啦，對啦。」我說。

「聽著，你先聽我唸完，然後你可以等那之後再來取笑和嘲諷。」

「我不嘲諷的。」

「最好是啦。」

老天，我想吻他。然後吻他、吻他、再吻他。我快要瘋了。別人愛上某人的時候也會失去理智嗎？我是誰？我再也不認識我自己了。靠。

「好吧。」我說。「我會閉嘴。」

「奧塔維奧。哈維爾。桓・卡洛斯。奧立佛。菲力佩或菲立普。康斯坦丁。凱薩。尼可拉斯。班傑明。不是班喔，是班傑明。亞當。聖地牙哥。賈昆。紐奧。艾德格。這是我目前想到的。我把太普通的都排除掉了。」

「太普通的？」

「約翰、喬、麥可、愛德華，之類的。你覺得呢？」

「你確實找了很多聽起來非常墨西哥的名字。」

「你的重點是什麼？」

「我只是說說而已。」

「聽著，亞里，我想要他是墨西哥人。我想要他成為所有我不是的樣子。我想要他懂西班牙文。我想要他擅長數學。」

「你也想要他是異性戀。」

「對。」他低語。我無法忍受看著他的眼淚滑下臉頰的模樣。「對，亞里，我希望他是異性戀。」他從床上坐了起來，把臉埋在手心——然後哭了起來。但丁和他的眼淚。

我在他身邊坐下，把他拉近。我沒有說話。

我只是讓他靠在我肩上哭泣。

第十一章

我整夜都夢到但丁。夢到他和我。

我夢到他的嘴脣。我夢到他的碰觸。我夢到他的身體。

所謂的慾望到底是什麼？

第十二章

我爸走進廚房時，我正在桌邊做著功課，他看起來又累又熱。他對我露出一個微笑——然後他看起來又變得年輕了。

「工作怎麼樣？」

「不論下雪、下雨、豔陽或黑夜——」

我打斷他，把他的句子說完：「——都無法阻止這些信差偏離他們指定的道路，使命必達。」

我爸看著我。「所以你把我們的座右銘背下來了？」

「當然，我七歲的時候就會背了。」

他看起來快要哭了。我幾乎可以確定，我爸一生中常常出現這種想哭的時刻——他只是都把眼淚留給了自己。我跟他很像。有時候我們就是無法看見在我們面前的事物。我們之間的關係已經變了。我以為我討厭他——但這一直都不是事實。我也以為他都不在乎我。但我現在知道他一直都想著我、擔心我、用我永遠也不可能真正了解的方式愛著我。

也許他從來沒有吻過我的臉頰，像但丁他爸爸那樣。但這並不代表他不愛我。

「我要去沖澡了。」

我對他微笑著點點頭。他的沖澡儀式。他每天下班回來的時候都會這麼做。然後他會倒一杯紅酒，到外面抽幾根菸。

＊

當他回到廚房裡時，我已經幫他倒好了一杯酒。「我可以跟你一起坐在後院嗎？還是這算是你的私人時間？」

他走到冰箱邊，遞了一罐櫻桃汽水給我。「過來和你爸喝一杯吧。」

我爸。我爸，我爸，我爸。

第十三章

早上，腿腿和我去慢跑。然後我幫她洗澡——我自己也沖了澡。我開始思考起身體的事情，然後，嗯，我不知道，我整個人都激動了起來。你看，愛這回事，不只是心裡的事，也是身體的事。我對心裡的事不是非常自在，對身體的事也不是非常自在。所以我完全搞砸了。

我隨時隨地都想著但丁。而這快把我逼瘋了，我在想，他是不是隨時都在想著我。

我不可能問他的。我。永遠。都不會。問他。

＊

「想要去游泳嗎？」

「當然。」

「你睡得怎麼樣，亞里？」

「這問題很好笑。」

「這不算是回答喔。」

「我睡得還可以，但丁。」

「我沒睡好。」

我不想要繼續這個對話。「嗯，你今晚會睡得比較好了。我可以帶腿腿過去。你可以跟她睡。她睡在我旁邊的時候，我都會睡得比較好。」

「聽起來不錯。」他說。他的聲音裡帶著一絲失望。我想，他也許寧可是我睡在他旁邊，而不是腿腿。我是說，男生會在對方父母的眼鼻底下去女友家過夜嗎？不會。他們才不會這樣。在他爸媽家和但丁同床共枕？不可能的。在我家呢？不。絕不可能。靠！

人們都說愛是一種天堂。但我開始認為愛是某種地獄了。

＊

我媽一邊喝著咖啡，一邊看著筆記。

「又在寫新的教案嗎？」

「我不喜歡一直用同樣的方法教同一堂課。」她直直看著我。「你昨晚在做夢喔。」

「嗯，我就是這樣啊。」

「你看起來像是在打仗，亞里。」她站起身，幫我倒了一杯咖啡。「你餓了嗎？」

「不餓。」

「你真的很愛那男孩，對不對？」

「這問題有點太直接了。」

「我什麼時候不直接過了？」

我啜飲著咖啡。我媽知道怎麼泡咖啡最好喝——但她的問題實在太可惡了。我永遠都逃不過她和她的問題。

「對，媽。我猜我是真的很愛那個男孩。」我不喜歡流下臉龐的那兩道淚水。「有時候我真的不知道我是誰，媽。我也不知道該怎麼辦。」

「沒有人是人生的專家。就連耶穌也不是無所不知。你讀過聖經嗎？」

「妳知道我沒有。」

「你應該要看看。祂被釘十字架的故事有很多種版本。其中一個版本，祂在垂死時說：『我渴了。』另一個版本，祂則是在死前說：『我的神，我的神，你為什麼遺棄我？』這給了我希望。」

「這給了妳希望？」

「對，亞里，真的。」

「我會想想的。」我看著她。「神討厭我嗎？我和但丁？」

「當然不。我從來沒有在聖經中讀到神討厭什麼東西。『討厭』並不在祂的職務說明中。」

「妳聽起來好肯定，媽。也許妳並不是個很好的天主教徒。」

「也許有些人會這樣說吧。但我不需要任何人來指導我如何活出我的信仰。」

「但我的話，我是個罪人，對吧？」

「你不是。你是個年輕人。你是個人類。」她對我露出微笑。「而且你是我兒子。」

我們只是坐在那裡好一陣子，和寧靜的早晨陽光一樣安靜。

我以前從來沒有意識到，我有和媽媽一樣的眼睛。我看起來很像我爸爸——但我有她的眼睛。

「你爸和我昨晚在聊天時，你一直在低語但丁的名字。」

「那我一定低語得很大聲。你們在聊什麼？」

「我們在說，我們不知道要怎麼做。我們不知道要怎麼幫助你。我們也要學著當製圖師，亞里。而且我們好愛你。」

「我知道，媽。」

「你已經不再是小男孩了。你已經在變成男人的邊緣。」

「我覺得我比較像是站在懸崖邊緣。」

「成年是一個奇怪的國度，亞里。你就要進入那個國度了。很快。但你永遠不會孤單的。記得這點就好。」

我對她微笑。「但丁在等我了。」

她點點頭。

我走向前門——但就在我伸手握住門把時，我轉過身，再度走回廚房。我吻了吻媽媽的臉頰。

「祝妳今天愉快。」我說。

第十四章

我想要和他一起離開。也許我們可以去露營。這樣我們就會獨處，在樹林之間流浪。只有我和但丁。但我們的爸媽不會猜到我們的目的嗎？我不想要丟臉。但是「羞恥」這個詞仍然在我身上滯留。這個字一直纏著我，無法輕易離去。

第十五章

當我走上人行道時，昆塔納太太正坐在屋前的臺階上。「嗨。」我說。

「嗨，亞里。」她說。

「今天不工作嗎？」

「我今天請假了。」她說。「我今天預約了醫生看診。」

「一切都好嗎？」

「產前檢查。」

我點點頭。

「來吧。」她說。「幫我站起來。」她的手抓住我的手，讓我幫助她站起身子，是一種奇異又美好的感覺。這讓我覺得自己強壯又有必要。感覺自己有必要，這是——哇喔——我從來沒有想過的事。

「我們去散步吧。」她說。「我需要走路。」

我們走過街道——然後等到我們一走進公園，腳踩到綠色的草地時，她便脫下了她的鞋。

「現在我知道但丁為什麼不喜歡穿鞋了。」

她搖搖頭。「我不喜歡打赤腳。只是我的腳現在腫起來了。是懷孕的關係。」

「你和但丁在這個公園打發了很多時間，對不對？」

和一個大人一起在公園中散步，是一件很奇怪的事。這不是通常會發生在我生命中的事。我問了一個我並不真正想問的問題——尤其是因為我已經知道答案了。

「妳覺得我和但丁會變嗎？我是說。妳知道我的意思。」老天，我真的很蠢。

「不，亞里。我覺得不會。這對我或山姆和你爸媽來說都不是什麼問題。但有個問題是——我覺得大部分的人都不懂你和但丁這樣的男孩，而且他們也不想懂。」

「我很高興妳不像是大部分的人。」

她對我微笑。「我也是，亞里。我不喜歡和大部分的人一樣。」

我回了她一個微笑。「我以前一直覺得但丁更像昆塔納先生，而不是妳。但我覺得我可能錯了。」

「你真的是個貼心的孩子。」

「我跟妳還沒有熟到能和妳爭論。」

「你真的是個聰明的小鬼。」

「我是。」

「我猜你應該在想，我是不是有話要跟你說吧？」

我點點頭。

「我們從芝加哥回來時的第一天，你來找我們。你看著我，然後我們好像交換了某種眼神。我覺得那是一種很親密的感覺——我指的不是不恰當的那種親密。但你注意到我身上有什麼變化了。」

「對。」我說。

「你知道我要準備生小孩了嗎?」

「也許吧。我是說，是的。我想過這件事，然後，嗯，對。對，我知道。妳看起來不太一樣。」

「怎樣的不一樣?」

「我不知道。好像妳在發光。我知道這聽起來很蠢。但是我覺得妳好像充滿了生命力——我不知要怎麼解釋。也不是說我有什麼外部感官的知覺什麼的——不是那樣。真的很蠢。」

「蠢?這是你最喜歡的新字眼嗎?」

「我猜今天是吧。」

她咧嘴一笑。「聽起來並不蠢，亞里，你那天注意到我的某種變化了。你不需要有外部感知能力，也能擁有非常敏銳的知覺。你能讀懂人心。那是個天賦。我只是想要讓你知道，你內心有很多事情正在上演，而不只有你喜歡男生的事實而已。」

我們在一棵老樹的樹蔭下停下腳步。

「我愛這棵樹。」她說。

我微微一笑。「但丁也是。」

「不知道為什麼，但我不意外。」她碰了碰樹幹，並低語著他的名字。

我們開始往她家的方向走。突然間，她拿著掛在左手的那隻鞋，並用盡全力往前丟了出去。她笑了起來，接著把另一隻鞋也丟出去，落在第一隻鞋的旁邊。「但丁發明的遊戲也還不錯嘛。」

我只是微笑。

一切都感覺好新鮮。我覺得我好像才剛出生。我現在所過的生活，就像是跳進了一片汪洋中，但我在之前所知的一切卻只是一個游泳池。暴風雨就是在世界的汪洋中誕生的。

然後還有製圖師的這回事。畫出一個新世界的地圖，實在太複雜了——因為這份地圖不只是畫給我的。它也必須包含像昆塔納太太這樣的人。還有昆塔納先生。還有我爸媽，還有但丁。

但丁。

第十六章

我正在和我爸媽一起看新聞。愛滋疫情大流行的追蹤報導出現在螢幕上。數以千計的人走過紐約街頭。夜晚時，他們點起了一片燭光之海。攝影機聚焦在一名眼眶含淚的女子身上。一名年輕女子舉著一個牌子：

我兒子叫做約書亞。

他死在一家醫院的走廊上。

一個男人想盡辦法保持自己的姿態，並對著記者的麥克風說道：「這個國家不需要有健保。如果我們會讓人就這樣死掉，那我們要健保幹麼？」

一群人拿著一個看板，上面寫著：**每十二分鐘就有一名愛滋病患死去。**另一個人則拿著一個看板，寫道：**我們不討厭這個國家——是這個國家討厭我們。**

攝影鏡頭轉開——然後切到了下一則新聞。

「媽，這一切什麼時候才會結束？」

「我覺得大部分的人都認為它會自己消失。我們自欺欺人的能力真的很驚人。」

第十七章

我看著但丁游泳。我想著我認識他的那一天。那是個意料之外的碰面，完全不在我的計畫中。我不是那種會做計畫的人。事情就只是發生了。又或者，其實什麼都沒有發生過，直到認識但丁為止。那就只是一個夏天的日子，就像今天一樣。陌生人每天都會和陌生人相見——而多半時候，這些陌生人還是只會是陌生人。我想著自己第一次聽到他聲音的時候。我以為他只會教我在泳池的水裡游泳。但他卻教會了我，要如何跳入生命的水域中。

我想要說是宇宙讓我們走在一起的。也許是的。也許我只是想要這樣相信。我對宇宙和上帝所知不多。但我確實知道一件事：我覺得我好像認識他一輩子了。但丁說他一直在等我。但丁是個浪滿主義者，而我崇拜他這一點。就好像是他拒絕放棄自己的天真爛漫。但我不是但丁。

我看著他——在水中的模樣無比優雅。好像水就是他的家。也許他愛水的樣子，就像是我愛沙漠那樣。我坐在池邊看著他一趟又一趟地游泳，就已經覺得很開心了。對他來說，有好多事都不費吹灰之力。好像他去到哪裡都是他的家——只是他愛我。而這代表他永遠也不會有一個家了。

我感覺到一波水花。「嘿！你在哪裡？」

「這裡？」我說。

「你又躲在自己的腦袋裡了。」

「我隨時都是啊。」

「有時候我真希望自己可以知道你在想的每一件事。」

「這不是個好主意。」

他微笑著，把我拉進泳池裡，我們便打著水扭打起來，我們笑著、玩鬧著、試著把對方壓進水裡。我們游泳，而他教我關於游泳的事。我已經越來越擅長游泳了。但我永遠也不會成為真正的游泳選手。但這對我來說也不重要，和他一起待在水裡就已經足夠了。有時候，我覺得但丁就是水。

我看著他爬上梯子，走到跳水板的邊緣。他對我揮了揮手。他站穩腳步，然後踮起腳尖——然後他深吸一口氣，並露出了一種莊嚴而不可思議的神情。他對自己所抱有的確定感，是我從來沒有過的。然後他平靜地、無畏地跳起，雙臂像是要伸向天堂一樣。接著他的雙手向下，拱成一個完美的弧度，並扭轉他的身體整整一圈，幾乎不激起一滴水花地碰觸到水面。他完美的跳水使我屏住呼吸。

我不只是愛他而已。我崇拜他。

＊

我們走回去，但丁看著我，說：「我退出游泳隊了。」

「為什麼？這太瘋狂了。」

「它占用我太多時間了。他們已經開始訓練了，然後我告訴教練，我不想再繼續待在隊上了。」

「但是為什麼？」

「就像我說的，它占據我太多時間了。而且，反正我也錯過了去年一整年，所以他們少了我也無所謂。而且我也要重新參加甄選。」

「好像你這樣就會入選不了一樣。真的嗎？」

「而且還有一件小事，我不喜歡隊上大部分的人。他們都是混蛋。他們總是在講女生、對女生的胸部說一些蠢話。這些人對胸部到底有什麼興趣啊？我不喜歡蠢蛋。所以我就退出了。」

「不，但丁，你不該這麼做的。你游得那麼好。你不可以退出。」

「我可以。」

「不要，但丁。」我在想，他只是想要多花一點時間和我在一起——尤其是因為我們唸的是不同學校。我不想要為但丁的退縮負責。「你太好了，不該退出的。」

「所以？我又不可能去參加奧運什麼的。」

「但你喜歡游泳。」

「我又不會放棄游泳。我只是離開了游泳隊而已。」

「你的爸媽怎麼說？」

「我爸覺得無所謂。我媽，嗯，她不是很高興。她對我大吼大叫。但是我們不如這樣看吧——這樣我們就有更多時間待在一起了。」

「但丁，我們已經相處得很多了。」

他什麼都沒說。我知道他不開心。然後他低語：「我甚至告訴我媽，我想要轉學去奧斯汀高中。這樣我們就可以相處更久了。我想你的想法跟我不一樣。」他在試著憋住自己的眼淚。有時候我真希望他沒有那麼愛哭。

「不是這樣的。只是——」

「如果我們唸同一所學校，你不覺得會更好玩嗎？」

我什麼也沒說。

「你同意我媽媽的說法，對不對？」

「但丁——」

「亞里，不要說話。不准說話。我現在太生你的氣了。」

「我們不能隨時都黏在一起。」

「亞里，我說『不准說話』。」

*

我們在但丁憤怒的沉默中走向他的家，那是我不准打破的沉默。我不知道但丁為什麼如此不可理喻。但我已經知道答案了。但丁的心思也許無比聰穎，但他會被情緒支配。而且他固執到不行。我不知道要怎麼應付這件事。我猜我得學習一下。

我們來到他家門口——我們就站在那裡，什麼也沒說。

但丁沒有說再見；他甚至沒有面對我。我看著他走進屋子裡，並在身後把門甩上。

第十八章

走回家的路上，我從來沒有這麼困惑過。我已經一頭栽進了我與但丁的關係中了。關係。如果這個詞真的存在的話，它實在好模糊。它可以用來描述所有的東西。我是說，就連我和腿腿也有關係啊。

我愛但丁。但我並不真的知道這是什麼意思。愛應該要把你帶到什麼地方去呢？

再說了，我們正要開始最後一年的高中生活。然後呢？我知道但丁和我不會去唸同一所大學的。我還沒有好好思考過大學的事，而我知道但丁一直都在想。

我們沒有常常聊到這件事。但我剛認識他的時候，他曾經提過一個大學。歐柏林（Oberlin）。它在俄亥俄州，而根據但丁的說法，那就是他想唸的大學。

那我呢？我知道我不會去唸什麼私立學校。這點我很確定。這對我這種人來說根本就不是選項。我在考慮德州大學。我媽說奧斯汀是去唸大學的好地方。我的成績還算好吧，我猜。好成績也不是憑空掉下來的。想太多了。我很努力。我沒有但丁的天才頭腦。我是苦工型的馬，但丁則是血統純正的馬。我對馬懂得也不多就是。

但丁真的是我唯一的朋友。愛上你唯一的朋友，是一件很複雜的事。而他現在的怒氣則在我的預料之外——我甚至不知道它的存在。我一直都以為他身上沒有所謂的怒氣。但我錯了。怒氣也不是一件壞事。我是說，它可能會是壞事。喔，靠，自言自語一點用都沒有。你只會一直鬼打牆而已。

「亞里斯多德和但丁」又是什麼意思？

我讓自己感到憂鬱不已。我很擅長這麼做。我一直都很擅長這麼做。

第十九章

我回到家時，前門是打開的。我爸裝了一扇新的紗門，而媽媽喜歡讓門保持敞開，就連開著冷氣的時候也是。「這樣是讓房子通風。」我爸總是會搖著頭，然後碎念道：「對，我們是在開冷氣給整個社區吹。」我爸喜歡碎碎念。也許我的個性就是這樣來的。

當我走進屋子裡時，我聽見兩個聲音在說話。聲音是從廚房傳來的。我停下腳步，並意識到我聽見的是昆塔納太太的聲音。我的身子僵住了。我不知道為什麼。然後我聽見媽媽說：「我為他們感到害怕。我怕這個世界會把他們身上的良善都消磨殆盡。我害怕又憤怒。」

「憤怒對我們沒有好處。」

「妳不生氣嗎，喬麗黛？」

「我有一點生氣。人們不了解同性戀。我也不確定我到底了不了解。但是妳知道，我不需要了解他們，也可以去愛——尤其如果他們是我的兒子的話。我是個諮商師。我有同性戀客戶和同性戀朋友。這一切對我來說都不新鮮了。但這對我來說又很不同，因為現在我們在說的人是我的兒子，而我不知道這世界會怎麼面對他。

還有亞里。」

她們沉默了一下，然後我聽見媽媽的聲音：「亞里已經非常自我懷疑了。現在又這樣。」

「這個年紀的孩子不都會自我懷疑嗎？」

「但丁似乎就沒有這種困擾。」

「那只是因為但丁是個快樂的孩子。他一直都是那樣。他這是遺傳了他的爸爸。但是相信我，莉莉，他也有過——就跟所有男孩一樣。」

又一次停頓，然後我再度聽見媽媽的聲音。「山姆的接受度怎麼樣？」

「和平常一樣樂觀。他說我們只需要愛他就好。」

「嗯，他說得對。」

「我們能做的也只有這樣了，對吧？」

「我想是吧。」

接著是一段長長的靜默，然後昆塔納太太問我媽媽：「傑米接受得怎麼樣？」

「他讓我滿驚訝的。他說亞里比他想像的堅強。我想傑米覺得自己跟亞里更親近了。他扛著自己內在的戰爭好一段時間了。而我覺得他可以體會亞里內心的戰爭。」

「也許我們都可以。」

然後我聽見了她們的笑聲。「妳真是個聰明的女士，喬麗黛。」

我覺得自己站在那裡、聽著一個本不該屬於我的對話，實在太愚蠢了。我覺得自己在做一件非常錯誤的事。我不知道該怎麼辦，所以我再度溜出了家門。

我決定走回但丁家。也許他冷靜下來了。也許他現在已經沒那麼生氣了。

我想著我爸和我媽，還有昆塔納太太和昆塔納先生，我覺得很不舒服，因為我和但丁讓他們擔心了。我們在讓他們受苦，而我討厭這樣。但是我接著又想到，我們的媽媽可以和對方聊這一切，是多麼美好的一件事。她們很需要這樣。

我的路程中，幾個男孩從相反的方向，和我擦身而過。就在他們經過我身邊時，其中一個人說：「你打了我的一個朋友，混蛋。為了保護一個死同性戀。他是什麼東西？你他媽的男朋友嗎？」

我還不知道自己在幹麼，我就抓住了他的衣領，把他推倒在地。「你想要惹我嗎？很好。我會痛揍你一頓。你試試看啊。你不會活著過十八歲生日的。」我真的真的很想往他身上吐口水。但我沒有。我只是繼續往前走。我很高興但丁不在身邊，這樣他就不會看見我表現得像個克羅馬儂人（Cro-Magnon man）。

距離但丁家還有一個路口的時候，我不得不停下來，坐在人行道邊。我在顫抖。我坐在那裡，直到顫抖停止。我思考著香菸的事。我爸說香菸可以幫助他平復自己的顫抖。我媽說那是個迷思。「而且你想都別想。」坐在這裡想想抽菸的事也不錯，比想著我剛才可能會對那個孩子做什麼要好得多了。

來到但丁家後，我敲了敲門。昆塔納先生來應門，手中拿著一本書。「嗨，亞里。」

「嗨，昆塔納先生。」

「你為什麼不叫我山姆？那才是我的名字。」

「我知道那是你的名字，但我永遠不能這樣叫你。」

「喔，對。」他說。「太不尊重了。」

「沒錯。」我說。

他微笑著搖了搖頭。

「但丁在生我的氣。」我說。

「我知道。」

我不知道該說什麼。我只是聳聳肩。

「我猜你應該不知道，你這麼喜歡的男孩居然也會發脾氣吧。」

「對，我猜是吧。」

「上樓吧。如果你敲門的話，他應該會開門的。」

當我開始爬樓梯時，我聽見昆塔納先生的聲音。「你們是有權利對對方生氣的。」

我轉過身看著他——然後點點頭。

＊

但丁的房門是開的。他正抓著一截炭筆，瞪視他的素描簿。「嗨。」我說。

「嗨。」他說。

「你還在生我的氣嗎？」

「通常我會生好幾天的氣，有時候可能還會更長。但你一定很特別——因為我現在已經不生氣了。」

「所以我現在可以說話了嗎？」

「你要先幫我打掃房間。然後吻我。」

「啊，我懂了。這是我的行為帶來的後果。」我環顧他的房間。這裡看起來像是剛被暴風雨掃過一樣。「你怎麼有辦法住在這種房間裡啊？」

「不是每個人都活得像個修士，亞里。」

「這跟你弄得那麼髒亂有關係嗎？」

「我喜歡髒亂。」

「我不喜歡。你的房間看起來跟我的大腦一樣。」

但丁對我微笑。「也許我就是因為這樣才會愛你的大腦。」

「我不覺得你愛我的大腦。」

「你怎麼知道？」

我們整個下午就在打掃他的房間、與聆聽披頭四的唱片中度過了。等到房間打掃完，但丁便躺倒在床上，我則坐在他的大皮椅上。但丁問我在想什麼。所以我說：「我們的父母，但丁。他們真的、真的很愛我們。」

「我知道。但如果我們一直想他們的話，我們就永遠都不可能上床了。因為我們的媽媽就會跟我們一起出現在這個房間裡。這樣就太糟糕了。所以我們不要把媽媽們帶進這個房間——就算佛洛伊德說她們永遠都會存在啦。」

「佛洛伊德。我寫過一次關於他的報告。多謝你提醒我。」

「對，在佛洛伊德的世界，不管我們和誰睡在一起，床上都擠滿了人。」

我看見他的畫架上有塊巨大的畫布，用布蓋了起來。這一定是他在進行的畫作。

這幅畫他已經畫了好久了。「我什麼時候可以看？」

「這是個驚喜。等時候到了，你就會看到了。」

「那會是什麼時候？」

「等我說可以的時候。」

我感覺到但丁的手搭在我背上。我轉過身。慢慢的。慢慢的。我讓他吻了我。

對，我猜你可以說我回吻了他。

第二十章

我一直在想但丁和製圖師的事。繪製新世界的地圖。這不應該是一件驚人而美好的事嗎？根據亞里和但丁所繪製的世界。但丁和我走過的世界，從未有人見過的世界，由我們來畫下所有的河流與山谷，開闢新的道路，讓走在我們身後的人不會感到害怕——他們也不會迷失。這有多麼美妙啊？

對，但丁已經開始影響我了。

但是，嘿，我有的只是一本用來寫字的筆記本。這個驚人和美好的程度，對我來說就只有這樣了。我可以接受啦。很好笑的是，我擁有這本皮革筆記本已經好久了。它只是躺在我的書架上，裡頭附著一張歐菲莉亞阿姨寫給我的字條：**有一天，你會用屬於你的字句填滿它。我總覺得，你會和文字談一場長長的感情。誰知道？它們或許還會拯救你呢。**

所以現在我坐在廚房裡，瞪視著空白的頁面，一邊思索著歐菲莉亞阿姨的字條。我已經看著空白的頁面好久了，就像是在和一個敵人對峙一樣。我想要寫點什麼，我想要說點有意義的事——不是對這個該死的世界，因為全世界都不在乎我或但丁。事實上，當我想到這個世界的故事時，我想不論是誰寫的故事，他都沒有把我們倆算進去。但我不想寫給這個世界——我只想要寫我正在想的事，以及對我來說重要的事。

我已經想這件事一整天了：在璀璨的星空下，我在沙漠中和但丁接吻。就像是有人用火種點燃了我一樣，我覺得我就要爆炸、並照亮整個沙漠的夜空。我自己寫下的字怎麼能拯救我呢？我希望歐菲莉亞阿姨現在就在我身邊。她不在。但我，亞里，我在這裡。我想我要這樣開頭：親愛的但丁。然後我要假裝我是在對他說話。但是老實說，我只是要做我平常一直都在做的事——對，自言自語。對我自己說話，是我唯一擅長的事。我只是假裝在對但丁說話，並讓我自己相信我是在跟某個值得的人對話。

媽媽說我要學會愛自己——這是一個奇怪的想法。愛自己看起來是一個很奇怪的目標。但是，靠，我又怎麼知道呢？

去年，布洛克先生說，我們會在自己的寫作中找到自我。我能想到的就只有：聽起來是個迷路的好方法。對，我想我已經迷路好幾百次、好幾千次了，而我還不知道我是誰，或是我要往哪裡去。

但如果我帶著但丁的名字一起前進，他就會成為一支火把，照亮這個名為亞里斯多德．曼杜沙的黑暗之境。

親愛的但丁：

我不喜歡你生我的氣。這讓我覺得很難過。我不知道我還能說什麼。我得再多想想這件事。你生氣的部分，並不是我想到你的時候會想到的事。但你不該符合我對你的定義。我不想要你活在我想法中的監牢裡。只有我一個人應該住在那裡。

問題是：我一直都在想你，想著你站在我面前、脫光衣服，並告訴我：這就是我。然後我也會脫去我的衣服，說：這就是我。

然後我們會碰觸彼此。然後我會覺得我好像從來沒有碰過任何其他人一樣，好像我從來不知道碰觸是怎麼回事，直到你的手落在我的皮膚上。

我一直想像我的手指撫過你的嘴唇，一次又一次。

我試著不要去想像這些東西。我不想要去想這些東西。

但是這些想法對我來說美好得不可思議。而我一直在問自己，為什麼整個世界都認為這些想法——我的想法——是那麼的汙穢。我知道你也沒有這些問題的答案。但我想你也在問同樣的問題。

我只是一直想像你躺在醫院裡，你的微笑幾乎完全被那些傢伙造成的瘀青給遮住。他們以為你只是一隻動物，可以任他們踢打、甚至殺死。但我認為他們才是——他們才是動物。

我們什麼時候才能好好當人呢，但丁？

第二十一章

腿腿和我去跑步。我喜歡早晨與沙漠的空氣，而腿腿和我似乎是這世界上唯一的活物。

我從來不知道我跑了多遠。我只是一直跑。我不是很喜歡測量東西。我只是跑步、傾聽我的心跳，以及我的身體的節奏，就像但丁在水裡時傾聽自己的身體那樣。

我總是會跑過但丁的家門前。

＊

他就在那裡，坐在家門前的臺階上，光著腳，穿著破爛得足以讓你直接看穿的T恤，眼神中仍然帶著睡意。他對我揮揮手。我停下腳步，解開腿腿的牽繩，她則跑向但丁，開始舔他的臉。我從來不讓腿腿舔我的臉，但但丁熱愛讓腿腿親他。

我看著他們。我喜歡看著他們。然後我聽見但丁的聲音。「你喜歡用看的，對不對？」

「我猜是吧。」我說。「也許我和我爸一樣。」

我走上階梯，在他身邊坐下。他和腿腿忙著和彼此親熱。我想要把頭靠在他的肩上——但我沒有。我流太多汗了，而且我聞起來很臭。

「你今天想要去哪裡晃晃嗎？」

「當然。」我說。「我們可以開卡車去很遠的地方兜風。你知道，在開學之前。」

「學校，呃啊。」

「我以為你喜歡學校。」

「我知道我在高中是永遠也學不到東西的。」

這使我笑了起來。「所以已經沒有東西可以學了嗎？」

「嗯，不值得我待在學校一整年。我們應該直接升大學，然後同居。」

「這是我們的計畫嗎？」

「這當然是我們的計畫了。」

「如果我們殺了對方怎麼辦——如果我們當室友的話？」

「我們不會殺了對方的。而且我們也不只是室友。」

「我懂。」我說。我非常不想開啟那個對話。「我要回家沖個澡。」

「在這裡洗吧。我和你一起洗。」

這使我笑了起來。「我覺得你媽應該不會很喜歡這個點子。」

「對，嗯，爸媽有時候都會毀掉一切好玩的事。」

回家的路上，我想像著但丁和我一起沖澡的樣子。

一部分的我想要逃離愛上但丁後一切複雜的事務。也許亞里加上但丁等於愛，但是它同樣也等於複雜。同時，它也等於要和全世界玩躲貓貓。但跑步的藝術和逃跑的藝術，是有區別的。

第二十二章

那天稍晚，但丁和我去游泳。我們開始打起水仗，而我猜我們打水仗唯一的原因，是因為這樣我們就可以不小心碰到對方了。走回家的那段短短的路程中，但丁扮了個鬼臉。

「那是怎樣？」我說。

「我在想學校。還有抬頭看著老師，好像你真的相信他比你聰明一樣。這感覺有點讓人厭煩。」

「厭煩？」我笑了起來。「『厭煩』絕對是一個很但丁的詞。

「這很好笑嗎？」

「不，只是你很喜歡說『厭煩』。」

「怎樣？你不知道這個詞嗎？」

「不是啦——只是這不是我會用的詞。」

「嗯，那出現讓你厭煩的事時，你會怎麼說？」

「我會說那讓我很不爽。」

突然，但丁的臉上出現了一個很好看的表情。「太棒了吧。」他說。「這他媽的太棒了吧。」他靠向我，用肩膀頂了頂我。

「你很有趣啊，但丁。你很喜歡『無窮無盡』這種詞，像是你會說『我的無聊已經無窮無盡了』，或是像『邊陲』——」

「你去查了這個詞嗎？」

「對，我還可以把它用進句子裡：亞里和但丁住在邊陲地帶。」

「他媽的太棒了。」

「你看，所以你才會那麼有趣。你就像是一本會走路的字典，但你又喜歡罵髒話。」

「這種事情會讓我變得有趣嗎？」

「對。」

「當個有趣的人比較好，還是帥哥比較好？」

「你在釣我的誇獎嗎，但丁？」

他露出微笑。

「當個有趣的人跟當帥哥彼此並不排斥啊。」我看著他，直視著他那雙大而清澈的棕色眼睛，咧嘴一笑。「彼此並不排斥。天啊，我連講話都開始像你了。」

「用有腦的方式講話並不是一件壞事。」

「不是，但是用你的字彙量來提醒所有人你是個高人一等的人類，就——」

「你開始讓我很不爽了。」

「然後你現在用我的方式說話了。」我大笑。但他沒有。「你是個高人一等的人。」我說。「而且你很有趣，很帥，而且……」我翻了個白眼。「而且你很有魅力。」然後我們爆笑起來，因為「魅力」是他媽媽的用詞。每次他惹麻煩時，他媽媽都會說：「但丁・昆塔那，你不像你自己想像的那麼有魅力。」但他確實就是「魅力」這個詞的代表。我覺得但丁的魅力強得足以讓我脫褲子了。還有內褲。

老天，我的腦子好髒。我要直接下地獄了。

第二十三章

親愛的但丁：

我在幫你打掃房間時，我開始在想，你為什麼喜歡把房間搞得這麼亂，但你腦中的一切卻看起來又這麼有條理。你畫的黑膠唱盤和唱片機的素描好美。你從床底下拿出來給我看時，我甚至連話都說不出來。我看見你床底下有好多好多素描。有一天我一定要偷溜進你房間，用手摸過每一幅畫。那感覺就會像是我在碰你一樣。

我活在一個名為愛的謎團中。我看著你以完美的動作跳水，我想著你有多完美。然後你對我生氣，因為我不想用所有的時間來和你相處。但一部分的我確實想要用所有的時間來和你相處。而我知道這是不可能的——這根本就不是個好主意。就因為我認為唸同一所不是個好主意，並不代表我就不愛你。你想要和我多說一點話，但你又突然叫我不要講話。你好沒有邏輯。你一點邏輯都沒有。我猜這也是我愛你的原因之一。但這也是你把我逼瘋的原因。

我昨晚又夢到了我哥哥。是同一個夢。我不太懂我的夢，也不太懂它們為什麼會存在於我腦中，還有它們到底有什麼用。他總是站在河的另一邊。我在美國。他在墨西哥。我是說，我們住在不同的國家裡——我猜這確實也是事實。但我好想要跟他說話。他或許比別人想像的都還要善良——對，他是搞砸了沒錯，但也許並不是無藥可救。沒有人是完全無藥可救的。我這樣說是對的嗎？還是他真的只是一個悲慘的混蛋，而他的人生就是一場徹徹底底的悲劇。不管如何，我都想知道。這樣我就不用花一輩子的時間猜想我哥哥的人生，他模糊的記憶一直在我腦中，就像一根木屑卡在手心裡，怎樣都拔不出來。就是這種感覺。但丁，如果你媽媽生了一個男孩——如果你得到了你一直想要的弟弟——請你愛他。對他好一點。這樣當他長大時，他就不會被噩夢糾纏了。

在我埋首寫筆記本時，媽媽走進了房裡。「我覺得這是個好主意。」她說。「在筆記本裡寫下來。」然後她注意到我使用的筆記本。「那是歐菲莉亞給你的，對不對？」我點點頭。我覺得她看起來快哭了。她開口要說點什麼——又改變了心意，然後她說：「你跟但丁要不要在開學前去露營幾天？你以前很愛露營的。」

現在換成我想哭了。但我沒有。我沒有。我想要抱她。我想要一直、一直抱著她。

我們只是看著對方，露出似笑非笑的表情——而我想要告訴她我有多愛她，但我就是沒辦法。我就是沒辦法，我也不知道。有時候我內心住著許多優美的詞彙，但我就是無法把這些字說出口、讓別人知道它們都在這裡。

「所以，你對露營的點子有什麼想法？」

我不想讓她看出我有多興奮，所以只是非常平靜地說：「媽，我覺得妳太讚了。」

她知道。她知道要怎麼解讀我臉上掛著的笑容。

「我讓你一整天的心情都好起來了，對不對？」

我用自以為是的欠揍表情看著她，表示我不會跟妳聊這個的。

然後她用有點貼心、又自我滿足的表情回望著我，表示真的，我真的讓你一整天的心情都好起來了。然後她笑了起來。我喜歡這樣，有時候我們不用言語也能和對方說話。

然後她投下了一個震撼彈：「噢，對了，我差點就忘了。你姊姊們想要帶你出去吃午餐。」

「午餐？媽……」

「你知道，你現在已經不是小男孩了——當你越來越接近大人的時候，你就要開始做大人的事——和家人跟朋友出去吃午餐。」

「妳告訴她們了，對不對？」

「我是告訴她們了，亞里。」

「靠！媽，我——」

「她們是你的姊姊，亞里，而且她們愛你。她們想要對你表示支持。這有這麼糟糕嗎？」

「但是妳非得告訴她們嗎？」

「嗯，你是不會自己告訴她們的。而且她們不該當最後一個知道的人；她們會很受傷的。」

「嗯，妳沒有經過我的同意就告訴她們，我也很受傷。」

「我是你媽，我不需要經過你的同意。我可以告訴我的小孩我覺得他們需要知道的事。」

「但是她們好霸道。她們根本就不把我當個人。她們在我小時候都把我當成某種娃娃來打扮，而且她們老是喜歡對我指指點點。不要碰這個，也不准碰那個，不然我會宰了你。呃啊。」

「天啊，你受了這麼多苦啊，安傑・亞里斯多德・曼杜沙。」

「這句話有點狡猾喔，媽。」

「不要生我的氣。」

「我是生妳的氣。」

「我相信你很快就會放下了。」

「對。」我說。「她們會訪問我嗎？她們會問我一大堆我沒辦法回答的問題嗎？」

「她們不是記者，亞里——她們是你的姊姊。」

「我可以邀請但丁一起來嗎？」

「不。」

「為什麼不行？」

「你知道為什麼。正是因為你想要邀請他的那個原因。他會負責說話，而你只要坐在那裡看著事情發生就好了。我愛但丁，而我不會讓你利用他當作擋箭牌，就因為你不想要談起那些讓你不舒服的事。」

「也就是大部分的事。」

「對。」

「我會跟妳說話，對吧，媽？」

「最近才發展出來的新技能。」

「但是往正確的方向跨出一步。」我說。我臉上掛著一個愚蠢的笑容。

我媽露出微笑——然後她非常輕柔地笑了起來。她的一隻手爬過我的頭髮。

「噢，亞里。讓你的姊姊們愛你吧。讓你自己被愛吧。你可能不知道，有一群人正在排隊等你讓他們進入你的心呢。」

第二十四章

所以我就坐在披薩屋裡的沙發區，對面坐著我的兩個雙胞胎姊姊。艾蜜莉雅（Emilia）看起來就和我們媽媽年輕的時候一模一樣，而艾維拉（Elvira）則看起來像我的歐菲莉亞阿姨年輕的時候。艾蜜和維拉。

掌權女士艾蜜點了一個大的燻腸、香腸與蘑菇披薩。然後她幫我點了一杯可樂。

「我已經沒那麼常喝可樂了。」

「你以前很愛可樂的。」

「事情已經變了。」

「嗯，那就看在以前的份上，喝一杯吧。」

「嗯，反正妳都幫我點了。」

她對我微笑。老天，我真希望她不要長得那麼像我們的媽媽。

維拉翻了個白眼。「她就是那麼霸道。她比我早出生整整三分鐘又三十三秒，然後她從此之後就變成我的大姊了。你贏不了的，亞里。」

我把手肘撐在桌上，將臉埋進雙手的手掌裡。「我永遠都贏不了妳們兩個。我就是妳們可以隨便指使的小弟。」

艾蜜給了我她最著名的笑容。「你小時候很可愛啊。我們給了你一個小泰迪熊，你還把他取名叫提多。你以前去哪裡都要帶著提多。你那時候真的很討喜。然後你長到十歲，就變成一個小混蛋了。這是事實。爸媽根本把你寵壞了。」

「啊，手足之間的吃醋。」

艾蜜伸出手，輕輕把我的一隻手臂拉向她。她吻了吻我的指關節。「亞里，不管你知不知道，我都很愛你。」

維拉點點頭。「當然，我永遠都更愛你。」

「而你總是只是把我們打發掉。」

「對，嗯，我就是個混蛋。但妳們已經知道了。」

「你不是個混蛋，亞里。」維拉看起來好像快哭了。在我們家裡，她可是落淚女王。「你對自己太嚴格了。」

然後艾蜜便抓準時機附和起來。「真的，從你小時候就是這樣。有一次，你把成績單帶回家，然後你在拿給媽看的時候，你一直在說：『對不起』你還用拳頭打自己的頭。媽抓住你的手，讓你坐下。你是為了一個有點糟糕的七十分在自責。你那時候全部都拿九十分，只有一個八十，還有一個七十。而且你總是喜歡說『這都是我的錯』之類的話。但是事情並不都是你的錯。」

維拉點點頭。「柏納多離開的時候，你問媽：『是我惹他生氣了嗎？他是這樣才走的嗎？』那讓我很心碎，亞里。你好愛他。柏納多沒有回來，所以你就變了。你變得很安靜——一切都藏在心底。總是把一切都怪罪在自己身上。」

「我完全不記得這些了。」

「不記得也沒有關係的。」艾蜜說。

維拉看著我。她的表情親切卻堅定。「只要試著不要為你不需要負責任的事情負責就好了。」

「妳是說，例如我是同性戀的事嗎？」

「沒錯。」

然後她們像是早就練習過了一樣，同時開口。「你喜歡男生也沒有關係啊。」

艾蜜笑了起來。「我是說，我們也喜歡男生，所以我們沒有什麼立場說話。」

「妳們本來就應該要喜歡男生。」我告訴她們。「但我不是。我最後就會變成妳們的小孩偷偷討論的那個同性戀叔叔。而且這個叔叔年紀還沒有比他們大多少。」

「我覺得他們不會在乎。他們很崇拜你。」

「我和他們相處的時間也不多。」

「這是真的。但當你跟他們相處的時候，你就很棒啊。你會逗他們笑，你會憑空捏造愚蠢的故事給他們聽。話說回來，那是個罕見的天賦。而且你以前會唱歌給他們聽。」

我討厭流下臉頰的淚水。我到底發生了什麼事？「謝了。」我低語。「我不是很擅長愛人。媽說我應該要讓自己被愛。」

維拉用她的手指彈了彈我的指關節。「她說得對。而且你知道，亞里，要愛你並沒有那麼困難。」

「我覺得我滿難被愛的。」

「嗯，是時候停止相信你自己想出來的一切了。」

「我在哪裡聽過這句話？」

「你可能聽過這句話幾千次了，但是你從來沒有真的聽進去。你該開始聽話了，老弟。」艾蜜最喜歡給人人生教誨了。不知道為什麼，她的建議聽起來像是個命令。不知道她的兩個小孩會不會覺得她有點煩人。

「亞里，我們一直都愛你——就算你不想要我們愛你也一樣。」維拉的聲音中含有很多很多的溫柔。「你不能告訴其他人他們該愛誰。」

「我猜我是應該也要同樣愛妳們吧。」

「這不是個要求——但這樣會很不錯的。」

「我會努力的。」

「你真的是個自作聰明的混蛋，亞里，你知道嗎？」

「對，我知道。但丁說這是我魅力的一部分。」

我們之間陷入了一小段沉默。我看著地板，然後再抬頭看向她們——然後我看見了我媽臉上會有的表情，那種不只是說著我愛你、並且會讓你心碎的表情。那樣的表情是在說我會永遠愛你。

「我猜，我就算告訴妳們我愛妳們，我也死不了吧。」

「嗯，你剛才就說了——而且你沒死。你應該知道你從來沒對我們這樣說過吧。」

艾蜜點點頭。

「我之前真的是個混蛋，對不對？」

披薩在艾蜜或維拉來得及回答之前上桌了。

第二十五章

亞里，我們對你只有一個願望——我們只想要你幸福。我還能聽見姊姊們的聲音在我腦中迴盪。

幸福。

那到底是什麼意思？那應該是指免去所有的悲傷吧。而那個詞：「想要」。那個詞和「慾望」有關。我在腦中不斷重複著他們對我說的話。我們對你唯一的願望，亞里，就是你要幸福。

我在腦中聽見但丁的聲音。我在你心中看見了渴望……一種飢渴……這幾個詞就活在你身體裡。

慾望。這是與身體有關的事。這是與心有關的事。身體與心。

＊

我以前所住的世界，裡面的一切都是我自己想出來的。我不知道那個世界有多小。我在自己的想法中窒息。好像我住在一個幻想出來的世界裡。而我現在所住的世界，已經變得越來越大了。

舉例來說，在我現在所住的世界中，有一片天空。那片天空又藍又大，美麗無比。但我要在地圖的何處寫上「幸福」呢？我在地圖的何處寫上「慾望」？

然後一個念頭出現在我腦中：「幸福」和「慾望」並不是同時並進的。

這兩個詞根本不該相提並論。

慾望並不會使你幸福——它只會讓你變得悲慘。

第二十六章

在我繪製的世界地圖中，有某些道路會通往某些地方。其中會有一條通往沙漠的路，我會把那座沙漠命名為乾旱（Arid），因為這個詞中包含了我的名字，我會走上那條路、我會站在那裡，站在那座名為乾旱的沙漠中，而我會看到一場夏季風暴來臨。我會呼吸，並明白那場風暴的氣味，就是上帝的氣味。我會畫出一條通往小山坡的小路，那裡會有一棵牧豆樹和一塊巨石。我會坐在那塊巨石上，看著暴風雨直直往我坐的地方撲來——雷聲和閃電距離我越來越近。但暴風雨並沒有威脅到我，因為它的存在並不是一種暴力，而是一種歡迎，歡迎我來到這個世界，並提醒我，我是沙漠和所有美好事物的一部分。當雨水來臨的時候，它會傾盆而下、落在我身上，我會成為它的一部分。我想像但丁在雨中親吻我。我們不會害怕暴風雨。他和我會坐在那裡，直到我們學會雨的語言。

在我的地圖上，我會把那個地方命名為 Lugar de los Milagros。奇蹟之地。

第二十七章

電話響了第二聲，但丁就接起來了。「請問有沒有一位但丁·昆塔納先生？我只需要占用他幾分鐘的時間。」

「是的，昆塔納先生在家。請容我問問你是哪位，還有你今天要推銷什麼產品——另外，你是代表哪家公司？」

「噢，這是當然的了。我的名字是藝術天使，而我代表一間假期旅遊小公司——傑米·莉莉與亞里事務所，辦公室位於聖安東尼奧、休士頓、達拉斯、阿爾伯克基，而我們最新的辦公室則座落於艾爾帕索。我們專門辦理便宜的小旅行，因為我們相信每個人都值得休假。」

「我認為這個哲學相當值得嘉獎。」

「嘉獎？」

「是的，是的，嘉獎。非常值得。」

「現在，正如我所說，昆塔納先生，今天是你的幸運日。你獲選享受我們的暑假套餐行程。本優惠包括在新墨西哥州克勞德克羅夫（Cloudcroft）露營兩天半，並在美麗的白沙國家公園稍作停留。那些白色沙丘是由石膏晶體所組成，即使在最炎熱的夏日也不會變熱，能提供舒適的赤腳體驗，創造了理想的徒步旅行環境，非常適合對鞋子反感的人。」

「反感？他們在業務訓練大會上有教你們這種用詞嗎？」

「你一定對我們業務的教育水準有著錯誤的印象。」

「嗯——」

「如我所說，白色沙丘為你提供了完美的赤腳體驗。從沙丘上看見的克羅德克羅夫，景色美不勝收，而你不需要任何露營經驗就能接受我們的方案。交通與其餘各項花費都會完全由本公司負擔。」

突然間，電話的另一端陷入一陣沉默。

「但丁？你在嗎？」

然後我聽見他低語：「你是認真的嗎，亞里？這是真的嗎？」

我對著電話點點頭。

「不要哭。」

「我沒有要哭。」

「有，你有。」

「而且如果我想要哭，我就會哭。你不能告訴我我該怎麼做。」然後我就聽見他哭了起來，接著他控制住自己。「我不需要滿二十一歲也能接受你們這麼慷慨的方案嗎？」

「不。」我說。「本公司只需要家長或法定監護人的簽字同意書。」

電話的另一端再度陷入沉默。「而我們那段時間都會獨處嗎？」

「對。」我低語。

「你是這個地球上最不可思議的人類了。」

我對著話筒微笑。「和我待在一起三天之後，你可能就不會這麼想了。也許愛上我這種人之後，你需要的解藥就是這個。」

「我不需要解藥。我沒有生病。」

但我有。我想。我的相思病說多嚴重就有多嚴重。

第二十八章

親愛的但丁：

我到地下室去檢查露營裝備。我爸把一切都收拾得井井有條。每次露營後，他都會先把所有的裝備通風，然後再把它們收起來。他會確保所有的裝備都是乾淨的，準備下次可以馬上使用——只是我們很久沒去露營了。我仔細看過了所有的裝備：一個帳篷、兩個煤油燈、睡袋、一個小型丙烷野營火爐、一個空丙烷罐和幾張防水布。所有東西都整齊地堆放在他自己搭建的架子上。我記得我在五年級或六年級的時候有幫忙他製作這些架子。我其實沒有太大的幫助。大多時候，我只是站在那裡看著他。對於製作這些架子，我唯一真正有記憶的是，我爸爸低聲教導我該尊重鋸子的事。「如果你喜歡自己的手指完好，那你最好集中注意力，並且保持專注。」當然，他沒有真的教我怎麼使用鋸子。他在鋸木頭的時候從不讓我靠得太近。我猜，也許是我媽有特別針對我和鋸子的事，給我爸上了一課吧。

現在回想起來，我覺得我媽對我的保護總是有點太超過了。我以前都以為她只是霸道。但現在我覺得她一點也不霸道。我猜她是一直害怕會失去我。我想這種恐懼是來自她和我哥哥的經驗。

我記得你告訴我，你總是在分析你的父母。現在我開始分析我爸媽了。我們是什麼時候拿到心理學學位的？

我把筆記本闔上，低頭看著腿腿，她正躺在我的腳邊。「腿腿，妳記得妳爸媽嗎？」腿腿看著我，把頭靠在我的大腿上。「妳當然不記得了。我，我就是妳爸。我是個好爸爸，對不對？」我們為什麼要這樣對狗說話，好像牠們真的聽得懂我們說的那些蠢話似的？我把她的頭抬起來，吻了吻她的狗額頭。

我媽走進廚房，搖了搖頭。「有些人會親狗，是滿可愛的。但我的話，我對狗表達愛意的方式就是餵飽牠們。」

「也許是因為妳喜歡貓超過狗吧。」

「我喜歡貓，我也喜歡狗。但是我不喜歡牠們爬到我的床上——而且我也不會一直親牠們。」然後她直直看著腿腿。「幸好亞里是你的主人。不然你就必須要睡在院子裡了，就像那種老派的、有尊嚴的狗一樣。」她切下一小塊起司，走到腿腿面前——然後餵給她。「愛狗的方式應該是這樣才對。」

「不，媽。那是妳賄賂狗的方式。」

*

我爸和我打量著露營裝備。「所以，你和但丁要去露營啊？」

「你那個笑容是怎麼回事？」

「我只是試著在想像但丁去露營的樣子。」

我忍不住笑了起來。「我已經把事情都做完了。他會沒事的。」

「我們以前常常去露營。」

「為什麼後來就沒去了？」

「我不知道。你以前很愛露營。你一直都是個認真的小孩，但當我們去露營時，你似乎就會放鬆了一點。你會一直笑，而且對周遭的一切都感到驚嘆不已。你會把所有可以的東西都撿起來——你會在手上一直把玩，好像你想要探究到那樣東西的謎團最深處。

「我記得我第一次和你一起升營火的時候。你眼中帶著那種讚嘆的眼神。你那時候大概四歲吧。你抓著你媽的手，大叫：『媽！你看！是火耶！爸爸做了火！』你小時候對我來說比較容易。」

「容易？」

「像我這樣的男人。」他頓了頓。「像我這樣的男人，可以對小孩表達喜愛。但是後來又更難了……」他又停了下來。「你開始習慣不說話了。你開始習慣沉默。你知道，要打破那個被你視為自己一部分的沉默，是很難的。沉默成為了一種生活方式。亞里……」他垂下視線，看著地板——然後再度看向我。

我知道有淚水順著我的臉頰流下，我甚至沒有試著把它們吞回去。

「我並不是不愛你。我只是，嗯，你知道的。」

「我知道，爸。」

我知道我爸想說什麼。我靠在他身上，渾身顫抖。顫抖著，顫抖著——而我發現自己像個小男孩一樣，靠在爸爸的肩膀上哭泣。在我哭泣時，他的手臂環住我，抱著我。我知道我和爸爸之間，有一些事情正在發生，一些重要的事——而且沒有任何語言可以形容。儘管言語很重要，但它們並不是一切。有很多事，是發生在言語世界之外的。

我不知道我是不是因為爸爸剛才說的話而哭。我認為這是其中一部分。但是說真的，我想我是在為很多事而哭，為了我和我對另一個男孩身體的渴望而哭，那股渴望太神祕、太可怕，又太令人困惑了。我在為我的哥哥而哭，他的鬼魂一直困擾著我。我哭，是因為我意識到我有多麼愛我的爸爸，而他正在逐漸變成一個我所了解的人。他不再是陌生人了。我哭，是因為我浪費了太多時間去把他當成一個爛人，而不是一個安靜而善良的人，只是經歷了一場叫做戰爭的地獄並倖存了下來。

我是因為這些才哭的。

我媽說過，他們都只是人，她和我爸爸都是。她說得對。也許這就是我開始長大的信號，我開始知道我的父母是人，而他們的感受也和我一樣——只是他們感受這些東西的時間比我長得多，而且他們已經學會要如何處理這些感受了。

我緩緩從爸爸身邊退開，點點頭。他也點點頭。我想要記住他臉上那抹淺淺的微笑，並隨時攜帶在我身邊。當我轉身往地下室的樓梯走去時，我看見媽媽就站在樓梯的最下面。現在我懂人們說流出「喜悅的眼淚」是怎麼回事了。

第二十九章

親愛的但丁：

我以前一直不懂像你這種會哭的男孩——而我現在也變成這種人了。我不太確定我喜不喜歡。我是說，我也不是無緣無故地哭。我是說，靠，我也不知道我是什麼意思。我在改變。而且好像所有的改變都非要同時發生不可似的。這些改變，也不是壞事。我是說，這是好事。這些都是好的改變。

我以前並不喜歡我自己的樣子。

而現在，我只是不知道我是誰了。嗯，我是知道我是誰。但我現在正在變成一個我不認識的人。我不知道我會變成什麼樣子。

但是我好多了，但丁。我變成了一個更好的人——但這樣或許也不代表什麼。

當我認識你時，我記得你告訴我，你為你的父母瘋狂。而我當時認為，這大概是我從別人嘴裡聽過最奇怪的話了。你知道，有時候我什麼屁都不懂。我想我一直都是愛我父母的。也許我只是不知道，我對他們的愛到底有沒有這麼重要。我是說，他們是我的父母，對吧？我總是以為，我在他們眼中是不存在的。但事實其實相反。他們對我來說好像才是不存在的。

因為我以前沒有能力看見他們。

我覺得我以前就像一隻小貓，出生時眼睛是閉著的，只能一邊走一邊叫，因為我看不見自己要去哪裡。

但是但丁，你猜怎麼樣？這隻小貓現在他媽的睜開眼睛了。我看得見了，但丁。我看得見了。

第三十章

在我們出發去露營的前一天晚上，昆塔納夫婦邀請我過去吃晚飯。我媽烤了一個蘋果派。「空手去別人家是很不禮貌的。」父親對她咧嘴一笑，說：「你媽媽常常會有這種移民行為。她就是無法自拔。」我覺得這很好笑。我媽其實也這麼覺得。

「送派並不是移民行為。」

「喔，是的，它就是，莉莉。就因為妳送的不是玉米粉蒸肉和烤辣椒，並不代表它就不是移民行為了。你只是用美式文化把它包裝起來而已。蘋果派？沒有比這更美國化的了吧。」

我媽媽親了親他的臉頰。「閉嘴，詹米。Estás hablando puras tonterías（你又在胡說八道了）。你沒有要去抽根菸什麼的嗎？」

＊

我通常都是走路去但丁的家，但今天我決定開卡車。我腦中一直在幻想我把派掉在人行道上的樣子，而我不想成為那個戲劇化的中心。當我七歲的時候，我不小心弄掉了裝滿媽媽做的聖誕餅乾的瓷盤，而那成為了我終生的心靈創傷。在最近之前，那是我最後一次哭出來。我媽甚至也沒有生氣。事實上，出於某種原因，她還一直在安慰我——而這讓情況變得更糟了。

我看得出來，我媽也完全同意我的決定。「你表現出了智慧的跡象。」她說。

「媽，也許我只是表現得很務實而已。」

「嗯，智慧和務實並不是互相排斥的啊。」

我只是點點頭。

「你現在越來越擅長不要對我翻白眼了。這是你的韌性。」我可以聽見我爸在另一個房間大笑。

「媽。」我說。「我覺得妳永遠都不可能學會講屁話的。」

她對我咧開嘴，然後把派遞給我。「好好玩吧。把我的愛傳給但丁的父母。」

「媽，他們不需要妳的愛。」我邊說邊往門口走去。「他們只需要妳的蘋果派。」

當我輕輕關上門時，我可以聽見我媽的笑聲。我朝但丁的家前進。

＊

開去但丁家短短的車程中，我微笑著——我微笑著。

＊

昆塔納太太來應門。我站在那裡，手中端著一盤蘋果派，感到有點害羞又有點愚蠢。「嗨。」我說。「我媽叫我送來她的愛和這個蘋果派。」

老天，昆塔納太太簡直是微笑大賽的冠軍。

她從我手中接過派。而我只想到，我還沒有把派打翻，而且我把它平安地轉移到經驗豐富的蘋果派接待者手上了。我跟著她走進飯廳，昆塔納先生正在把一個盛著捲餅的大盤子放到桌上。

「我做了我聞名世界的捲餅喔。」他對我咧嘴一笑。

但丁走進房裡，穿著一件粉紅襯衫，上面有一隻小鱷魚。我試著不要去注意，那種粉紅色與他的皮膚相互映襯之下，幾乎使他整個人在發光。老天，他好帥。但丁。靠。天啊。「我煮了米。」

「你會煮飯喔？這麼驚喜。」

「嗯，我只知道要怎麼煮米，還有加熱剩菜。」

他臉上那抹甜美的表情。但丁真的很謙虛。

＊

我得說，昆塔納先生做的捲餅是真的很厲害。但丁煮的墨西哥米也好吃到讓人升天。不像我媽煮得那麼蓬鬆，但是也很棒了。但丁和我一人吞了五個捲餅，昆塔納先生吃了四個，而昆塔納太太為自己只吃了三個而道歉。「我通常都只吃兩個的，但我得吃兩人份。而且他現在正在裡面跳舞呢。」

但丁的眼睛一亮。「他現在在踢腳嗎？」

「沒錯。」她對他打了個手勢。「摸摸看。」

但丁半秒內就站了起來，來到他媽媽身邊。她把他的手放到她的肚子上。「感覺到了嗎？」

但丁一句話也沒說——然後，他終於說道：「噢，媽，這太不可思議了。我的天啊，那、那就是生命。妳的身體裡有好多生命。喔，媽。」一會兒之後，他緩緩抽回手，吻了吻他媽媽的臉頰。「媽，妳知道，我跟妳吵架的時候，我都不是認真的。」

「我知道。嗯，除了鞋子的事之外吧。」

「對。」他微笑。「除了鞋子之外。」

「說到這個——亞里，我要讓你當鞋子警察。但丁只能在白沙公園才能打赤腳。」

「我覺得我可以勝任。」

「你要站在她那邊嗎？」

「不要回答他。」昆塔納先生說。「這沒有正確答案的。」

但丁狡猾地看了他爸爸一眼。「爸覺得他是瑞士。他永遠都是中立國。」

「不，我只是想求生。」

這使我笑了起來。

「嗯，我已經等了很久了，我要來吃一片莉莉的蘋果派。我們可以一邊吃派，一邊聊聊你們兩個去露營時要有哪些表現。」

我的天啊，我覺得我要死了。她不會和我們聊性的。我是說，事實上，我腦子裡想的只有這個，這只代表我和這世界上所有的十七歲男孩一樣而已。我僵直地坐在那裡。幸好昆塔納太太忙著切蘋果派和盛盤。不然她可能會注意到我臉上好想要躲到桌子底下的表情。

「不能抽大麻，也不能喝啤酒。懂嗎？」

我點點頭。「是的，女士。我了解。」

「喔，我不是擔心你，亞里。這小小的教訓主要是說給我的但丁聽的。」

「媽，我又不可能從帽子底下變出大麻來。」

「我不知道喔。你太有創意了。」

「喔，媽，別說得一副好像妳跟爸就沒有在未成年的時候抽過大麻或喝過啤酒一樣。」

「首先，你爸和我在未成年的時候做過的事，跟你沒有關係，再來，這和你的情況也無關。我是個媽媽，如果你想相信我只是想要控制你，那也請便，但你錯了。我只是不希望你們兩個惹上麻煩。你們已經有太多事情需要應付了。你也知道我的意思，所以就不要硬辯了。」她吻了吻但丁的額頭，把一塊蘋果派放在他面前。

昆塔納先生對太太拋來一個飛吻。

「你看。」但丁說。「你看他送她飛吻的樣子。那代表他在說幹得好，親愛的。然後他還想相信自己是瑞士。」他扮了個鬼臉，然後把叉子插進派裡。當他嘗到味道時，他還來不及吞下，就瞪大了眼睛。「我的天啊，這他媽是我這輩子吃過最好吃的蘋果派了。」

昆塔納太太垂下頭，搖了搖頭。「我要用肥皂洗你的嘴巴了。我知道你愛那個詞，你也知道我討厭那個詞。你的字彙量很大，我很確定你可以找到其他詞來替換它的。」

「我已經查過其他詞了。但它們都相形遜色。」

「你看見我臉上不認同的表情了嗎？我也許沒辦法阻止你在我不在場的時候用那個詞，但不要在我面前說。永遠不要。」

「對不起，媽。我說真的。」他用叉子指向他的派。「吃吃看。」

她用自己的招牌眼神看了但丁一眼，然後吃了一口派。「我的天啊，亞里。你媽媽是在哪裡學烘焙的？」

「我不知道。她廚藝一直都很好。」

「她在教室裡也跟在廚房裡一樣優秀嗎？」

「我覺得是。」

昆塔納太太點了點頭，然後又咬了一口。「我也這樣覺得。」她說。「而我幾乎可以原諒你說那個詞了。」

但丁的臉上露出勝利的表情。

「不要太囂張。我是說『幾乎』。」

然後我注意到昆塔納先生幫自己切了第二塊我媽做的派。

「山姆，你有沒有好好品嘗啊？還是只用吞的？」

「喔，我當然有品嘗了。你們可以繼續說話啊，我正在忙著跟莉莉的蘋果派培養感情呢。」

但丁對我微笑。「感謝上帝你媽媽做了派。我媽現在脫離說教模式了。」

「你就是不懂見好就收，是不是，但丁？」昆塔納太太忍不住大笑起來。

＊

我們確實從昆塔納太太那裡得到了另一個簡短的教育——但我不介意。她在乎我們。這也幫助我理解，但丁的固執是從哪裡來的。當然是來自他的媽媽了。等她說完，她便吻了我們兩人的臉頰。然後她看著我。「但丁永遠不會停止嘗試比我更固執的。他永遠不會成功。但這並不會阻止他嘗試。然後，告訴莉莉她是個天才——明天我會把她的派盤還給她。」這代表我們的媽媽要在我們出門時討論她們的兒子了。

＊

但丁和我坐在前門的臺階上，凝視著外面的黑暗。但丁脫掉鞋子。「我們在電話裡開玩笑的時候，你還不知道『值得嘉獎』是什麼意思，對吧？」我甚至不用看他的臉，就知道他臉上掛著我比你聰明的表情。

我決定忽略我逐漸熟悉的那個語氣。「對，我覺得我應該從來沒有聽過這個詞。完全沒聽過。但現在我在我的詞庫中增加了一個新詞。」

「詞庫？」

「詞庫。」我重複道。「值得嘉獎。是值得稱讚的意思。字根是拉丁語的『laude』。讚美。」

「哇喔，看看你。亞里斯多德・曼杜沙。」

「對啊，看看我。」

「你說話很快就會開始變得像字典了。」

「不可能。」我說。「不可能。」

*

但丁陪著我走向卡車。「我現在在吻你喔。」

「我是在回吻你。」我說——然後把車開走。

第三十一章

親愛的但丁：

我滿腦子都是你。我滿腦子都在想，睡在你身邊會有什麼感覺。我們兩個都是裸體。我不斷吻你、吻你、吻你，你會有什麼感覺。我也好害怕。我不知道我為什麼這麼害怕。我從來沒有這麼興奮、這麼快樂或這麼害怕過。

你也會害怕嗎，但丁？

請告訴我你也很害怕。

第三十二章

我整夜都沒有睡。我睡不著。但丁。但丁。但丁。

日出時，我去跑步。當汗水順著我的臉流下時，我能嘗到自己汗水的鹹味，而我想到了自己的身體。也許我的身體就像一個國家，如果我要成為一名製圖師，我要做的第一件事就是繪製出我自己的身體。然後也順便畫出但丁的地圖。

沖澡的時候，我輕聲喚著他的名字。但丁。

但丁，但丁，但丁。他就像一顆在我身上每一個毛孔裡跳動的心臟。他的心在我的心裡跳動。他的心在我的腦海裡跳動。他的心在我的腸胃裡跳動。他的心在我的腿裡跳動。他的心在我的雙臂、我的手掌和我的手指上跳動。他的心在我的舌尖、我的嘴脣上跳動。難怪我在發抖。顫抖著，顫抖著，顫抖著。

第三十三章

我爸爸的卡車裝滿了我們的露營裝備。

爸爸不打算讓我開自己的卡車。

我從昆塔納家吃完晚飯回來後，我們討論了一下。「那東西很適合在城裡開，但你這次需要更可靠的車。」

「你是說我的卡車不可靠嗎，爸？」

「你的眼神好像是我剛剛侮辱你了一樣。」

「也許是喔。」

「不要過度投資你的身分在那輛卡車上。」我媽說。

「妳聽起來好像一直在和昆塔納夫人聊天喔。」

「我會把這句話當作一種誇獎。」

我和但丁，我們兩個都無法成功地戰勝我們的媽媽。

＊

媽媽遞給我一個紙袋，裡面裝滿了我去跑步時她做的捲餅。我看向袋子裡，盯著用鋁箔紙包著的捲餅。「哪一種？」

「Huevos con chorizoy papas.」

我忍不住笑了。她知道這是我的最愛。「妳是有史以來最偉大的媽媽。」我說。她用手指梳了梳我的頭髮。「你和但丁要小心。要平安回來。」

我點點頭。「我保證，媽，我會小心的。」

她吻了吻我——並在我的額頭上畫了個十字。「玩得開心。」

我爸把他卡車的鑰匙交給我。「我不在的時候，不要弄壞我的卡車。」我告訴他。

「聰明的傢伙。」他給了我一點錢。

「我有錢，爸。」

「拿去吧。」

我點點頭。我爸給了我一點東西，而且我指的不是錢。他給了我一小部分的他自己。

發動卡車時，他們站在前廊上對我揮手。腿腿看著我，好像我不帶她去露營就是背叛她了一樣。嗯，好吧，當她坐在我爸媽中間時，她看起來是沒有那麼沮喪啦。我是說，我爸幾乎跟我一樣愛那隻狗。

我對我爸媽揮揮手。

我爸媽，他們看起來好活躍。他們看起來好活躍，因為他們活著，是大部分的人做不到的那種活著。

*

當我開車到他家門前時，但丁和他爸媽正坐在前廊上。我一停下來，但丁就背著背包，跳下臺階。他的父母向我揮揮手。「如果你們遇到麻煩，就打電話叫我們去接你們吧。」

「我會的。」我喊道。

我注意到昆塔納先生正抱著昆塔納太太，並吻了吻她的臉頰。他對她低語了一句什麼。

當但丁爬上卡車時，他對著爸媽大喊：「我愛你們。」

我喜歡但丁的父母表現得就像他們才新婚一樣。他們身上有某種特質，讓我覺得他們會一直保持這麼年輕。但丁就和他們一樣。他也會永遠保持年輕。我呢？我已經表現得像個老人了。

我發動引擎，我臉上掛著微笑或是咧嘴笑著，我自己也不確定。但丁脫掉他的網球鞋，然後他說：「我一直在為你寫一首詩。我還沒有寫完——但我已經寫好結尾了。『你是我走過的每條街。你是我窗外的樹，你是飛翔的麻雀。你就是我正在讀的書。你是我曾經愛過的每一首詩。』」

我覺得自己好像是宇宙的中心。只有但丁能讓我有這種感覺。但我很清楚——我永遠不會成為宇宙的中心。

第三十四章

上路後，我指了指座位上的袋子。「袋子裡有一些捲餅。我媽媽做的。」

「你媽媽超棒。」他遞給我一個捲餅，自己也拿了一個。他撕下鋁箔紙，又從袋子裡拿出一張餐巾紙。他咬了一口，然後又咬了一口。「這真是太好吃了。」

「對啊。」我說。「玉米餅是我媽昨晚做的。」

「自己做玉米餅？哇。她可以教我媽嗎？」

「如果她不想學怎麼辦？」

「她為什麼會不想學？」

「因為這是工作。一旦人們知道你會做，你就完蛋了。我的姊姊們都說：『喔，想都別想。』她們都用買的。」

但丁微笑著。「好吧，也許你媽會教我怎麼做。」

「對我來說很棒啊。你想做多少玉米餅給我都可以。」

「哈、哈、哈、哈、哈。你以為我會一直幫你做玉米餅嗎？喔，想都別想。你可以自己去店裡買。」

「反正你可能也做不好玉米餅。」

「你為什麼要這麼說？」

「因為學做玉米餅需要耐心。」

「你是說我沒有耐心？」

「我說的就只是字面上的意思。」

「你再繼續這樣說話，你就必須要再親我一次了。」

「耐心，我的好兄弟，耐心。」我們在前往白沙國家公園的路上，從頭到尾都在開玩笑。和但丁在一起時，會讓我變得活潑。不知道為什麼，我們兩個人都好餓。我們開到白沙公園時，我們已經一人吃了三個捲餅。而我們還是很餓。

第三十五章

我剛把卡車停在一個巨大的石膏沙丘下，但丁就打開車門，衝向我們面前的白沙海洋。

「亞里！這真的太讚了！真的太他媽的不可思議了！」他一邊脫下自己的襯衫，一邊爬到沙丘頂部。「我的天啊！」

我喜歡這樣看著他，這個不怕被人審視的但丁，這個不怕表現得像個小孩的但丁，這個不怕表現得像個傻瓜的但丁，他不怕做自己，也不怕成為他周遭一切的一部分。我看著他轉著圈，張開雙臂。如果有可能的話，他會把整個景觀抱在懷中的。「亞里！亞里！你看！這片沙地一直延伸下去耶！」

我脫下襯衫，從前面的抽屜裡拿出防晒乳。我慢慢爬上沙丘。腳下的沙子柔軟涼爽，刺人的外表也無法偷走土地所留下的純真。我記得我爸媽第一次帶我來這裡的時候。姊姊們把我埋在沙子裡，後來我牽著媽媽的手看日落。我們參加了一些夜晚的活動，我還記得我爸在我們上車時，把我扛在肩上。「亞里？你又在想事情了嗎？」

「對不起。」

「你在想什麼？」

「你。」

「騙子。」

「被你拆穿了。我在想我第一次和爸媽還有姊姊們一起來這裡的事。我那時候應該已經五歲了。」

但丁從我手中接過防晒乳，然後我便感覺到防晒乳冰涼的觸感，他的手碰觸到我的背和肩膀。我想起了那起意外後，他用海綿幫我擦澡的那一天，他臉上的淚水，以及我有多麼討厭他，因為我才是應該要哭的那個人。他的眼淚在說，你救了我的命，亞里，而我不想去想這一點。我當時以為我討厭他，但卻不知道為什麼，而且我根本不可能討厭他——尤其是因為我在不知情的情況下那麼愛他。「轉身。」他說——而我照做了。他把防晒乳抹在我的胸口、肩膀和肚子上——我笑了，因為感覺有點癢。「我愛你，亞里斯多德．曼杜沙。」他低聲說。

我什麼也沒說。我只是看著他清澈的棕色眼睛，而我猜我在微笑，因為他說：「這個微笑很帥喔。」他把防晒乳遞給我。我在他的胸口、手臂和背部塗上防晒乳，而我只是想著他有多麼完美，他游泳選手的身體、他的皮膚。我們站在那裡，我感覺到我的心臟在突突跳動，好像想要跳出我的胸膛、跳進他的胸口，然後永遠待在那裡。

「你在想什麼，亞里？告訴我吧。」

「我在想，如果我現在就死了也沒關係。」

「從來沒有人這樣對我說過。這句話真可愛。真的。只是如果我們現在馬上就死了，我還是覺得不可以。」

「為什麼？」

「因為你還沒有和我做愛啊。」

這使我露出微笑。這真的使我露出微笑。

＊

「你知道這裡原本是海嗎？想想那麼多的水啊。」

「我可以在這片海裡教你游泳的。」

「你就會教我怎麼跳水了。」

他點點頭，微笑起來。

「話說回來。」我說。「我們可能會在水裡溺死的。」

「真的嗎？你就非得要這麼說？」他牽起我的手。

我們走進永無止境的白色沙丘中，很快地，我們就遠離了世界上所有的人。所有的人都從宇宙中消失了，除了和我牽著手的那個年輕人，而曾經出生過和死去的一切，都存在於他的手和我的手相交的地方。所有的一切——天空的蔚藍、雲中的雨、白沙、海洋中的水、所有國度中所有的語言，以及所有在破碎中學會跳動的、那些破碎的心。

我們沒有說話。這是我這輩子最安靜的時刻。即使是我忙碌的大腦——它也安靜了。安靜得讓我覺得自己身處在教堂裡。我的腦海裡閃過一個念頭，我對但丁的愛很聖潔，不是因為我很聖潔，而是因為我對他的感覺很純淨。

不，我們沒有說話。我們不需要說話。因為我們發現心可以產生音樂。我們正在聆聽心靈的音樂。我們看著遠處的閃電，聽到了雷聲的迴聲。但丁靠在我身上——然後我吻了他。他嘗起來有汗水和我媽做的捲餅的餘味。時間並不存在，而在這一刻，無論世界怎麼看我們，我們都不是活在別人的世界裡，而是我們自己的世界。

我們好像真的成為了一個新世界的製圖師，繪製了一個屬於我們自己的國度，只屬於我們，雖然我們都知道這個國度會消失，幾乎就和它的出現一樣迅速。在它出現的同時，我們卻已經擁有了這個國度完整的公民身分，而我們可以自由地相愛。

亞里愛著但丁。但丁愛著亞里。當我親吻但丁時，我並沒有感到迷失。一點也不迷失。我找到了我的歸屬。

住在重要事物之地

宇宙中有一個聲音，是在地球上行走的一切活物的真理。我相信我們是為某些我們不理解的原因而生的——而我們要自己去發掘這些原因。那是你唯一的任務。如果你足夠勇敢，願意坐下來、在內心的寂靜中聆聽宇宙的聲音，那麼你永遠都會知道重要的是什麼——你也會知道，你對宇宙的重要性，遠比你所知的更多。

第一章

大地的顏色會隨著光而變化。爸爸的聲音出現在我腦中。沙漠中的光，與穿過山中樹林的光大不相同。光線的斜射，使一切都顯得純潔、無瑕而柔軟。沙漠裡的光很銳利，沒有一絲溫柔的部分——一切都很強硬，因為在這裡的一切都必須強硬起來，才能生存。也許這就是我很強硬的原因——因為我就像我所愛的沙漠。而但丁並不強硬，因為他是來自一個比較柔軟的地方，那裡有水和嫩葉，可以過濾光線，剛好足以讓你的心不至於變成鐵石。

「我們走了多少英里？」

我笑了。「那是你說我們到了沒的方式嗎？」

但丁給了我一個「我不會對你翻白眼」的表情。

「八十多英里。我猜我們大概還要走二十五英里左右，才會抵達一個露營地。」

「營地，你知道這個詞的字源嗎？」

「你為什麼喜歡探究一個詞是從哪裡來的？」

「我不知道。我六歲時就愛上了字典。我媽媽認為如果我去玩樂高可能會更好。但是不知為何，我爸媽都知道，我不是很喜歡玩具。所以他們就不再試著把我變成一個不是我的人了。」

「所以他們才會是好父母。」

「對，我覺得這是真的。我八歲的時候，他們給了我一本《精簡版牛津英語詞典》。那是有史以來最好的聖誕禮物。」

「我八歲的時候，拿到了一輛自行車。那是有史以來最好的聖誕禮物。」

但丁笑了。「你看，我們一模一樣啊。」

「所以，」我說。「你本來要跟我說『營地』這個詞的。」

「你也不是真的在乎。」

「還是告訴我吧。你不能開了一個頭之後又不把話說完。」

「這是一個新規則嗎？」

「對。」

「你會比我還難遵守這條規則的。」

「我腦中一直相信，你絕對會一直糾正我的。」

「最好是啦。」

「非常亞里的回答。」

「你開始要惹毛我了。」

「你惹上大麻煩囉。」

「也許你就是我在尋找的那種麻煩。」

我從來沒有和別人玩得這麼快樂過，只有但丁。「所以，『營地』這個詞。」

「『營地』，它指的是一片開闊的土地。這個詞形容的是一片平坦的土地，是用來進行軍事操練的。但它也有個街頭的意思，代表的是同性戀男子拙劣的行為——尤其是他們在鬼混的時候。」

這使我笑了起來。但我不確定我有沒有聽懂。但丁可以看出我臉上疑惑的表情。

「你知道，如果一個男的表現得……你知道，就是故意表現得非常娘，或是某個人——他們就會說他很『做作』。還有，如果某人的品味很糟——那就是……」然後他停了下來。我知道他想到了什麼。「村民樂團（The Village People）——他們就很做作。他們就是要做作。」

我微笑起來。「村民樂團？該死的村民樂團。」

然後但丁開始唱起了《大男人主義》。他唱得超級投入。然後他開始取笑起自己。他說：「你覺得我表現得很同性戀嗎？」然後突然間，就因為這個問題，他便從搞笑轉變成憂愁而嚴肅的樣子了。

「那是什麼意思？我是說，你是同性戀，對吧？我也是同性戀。哇喔，這麼說出口真的好奇怪。你知道，我在你家、然後你說你媽媽難以解讀的那一天，我那時候不懂那是什麼意思，所以我回家查了。然後我知道了這個詞的意思，它就開始活在我的體內。然後那個字就不一樣了，因為它是我的了。『同性戀』這個詞也是一樣。我猜它還需要一段時間才會活在我的體內吧。」

我看得出來但丁在思考。然後他說：「英文中沒有一個詞可以用來形容你，亞里·曼杜沙。任何一個語言中都沒有。」

「所以現在我們是個互相仰慕的社會了。」

「別耍賤了。我剛對你說了一些好聽的話耶。你只要說謝謝就好。」然後他開始哼唱起《YMCA》，我好討厭這首歌，但其他人好像都很喜歡。他的臉因為一個微笑而亮了起來，使我想到太陽正要下山時在沙漠上投下的光。

「你知道，亞里，你看起來其實不像是會喜歡男生的那種人。」

「誰知道你是什麼意思。」

「你知道我在說什麼。」

「我是知道你在說什麼。不，我不覺得你表現得很同性戀——我是說，如果你是想要加入村民樂團的話，你是不可能成功的。而且話說回來，喜歡男生就代表你一定要表現成什麼樣子嗎？」

「對某些人來說是吧，我猜。」

「你常常在想這件事嗎，但丁？」

「我猜是吧。你呢？」

「沒有，我大多時候，都只是在想你。」

「好答案。」

「非常直接。」

「我們應該要訓練自己盡可能避免用到『直』這個字了。」

「同性戀男生有使用手冊嗎？」

「我們應該要來寫一本。」

「我們對當個同性戀一無所知啊。」

「有沒有課可以上？」

我看了他一眼。

他的手指爬過自己的頭髮。「如果全世界都知道了怎麼辦？」

「幸好整個該死的世界都不在乎我們。我們又沒有重要到會被聯邦調查局調查什麼的。」

「也是，我猜你說得對。也許還是不要太『做作』得好。」

「嗯，至少現在，我們只需要在乎平坦的土地就好，不要管浮誇又品味差的部分。」

「你永遠都『做作』不起來的，亞里。」

「你怎麼知道？」

「你生來就不是這種人。」

「我不是很確定我生來是哪種人，也沒有人知道以後他們會變成怎樣的人。但是你呢？你，但丁，你會成為一個知名藝術家。你就是一個藝術家。藝術不是你做的一件事而已——它就是你。」

他的臉上出現一種嚴肅而銳利的表情。「我是真的想要。我想要成為藝術家。我也不在乎我有不有名，我也不在乎我會不會賺錢。我一輩子都在夢想成為一個藝術家。你呢，亞里？」

我想著我列出的清單——那些我想要做的事。我想著我劃掉的兩件事：學彈吉他和跟但丁上床。如果我不擅長音樂，也許我可以很擅長跟但丁上床。但如果我以前從來沒有做過，我要怎麼把這件事做好呢？而且我的清單上，沒有任何一件事是長期的。我對人生沒有任何計畫。

「嗯，我寫了一本筆記。我想它可以在我成為製圖師的這條道路上幫助我。也許我永遠也不會像你一樣對什麼事產生強烈的熱情。但當我老了的時候，我也不想問自己，我的生命到底重不重要。因為如果我當個善良的人，如果我當個好人，那麼我的人生就會是好的人生。我猜這聽起來不是很有野心吧。」

「你擁有我一輩子都不可能有的東西。你很謙虛。這個詞就住在你體內。你甚至不知道。」

我覺得他對我的看法有點太慷慨了。「我不謙虛。我喜歡和人抗爭。」

「也許那是你保護人的方式。」

「那我也沒有非常謙虛，對吧？」

「你想要知道我的想法嗎？我覺得我對男人的眼光太無懈可擊了。」

「嗯，我還不算是個男人——但是，嘿，如果你需要用我來當個藉口，給你自己一個誇獎，嗯，那我配合你演下去又有什麼損失呢？」

他搖搖頭。「亞里，我覺得你知道我剛才給了你一個間接誇獎。如果有人對你說了好話，你要說謝謝。」

「但是——」他不讓我說完。

「謝謝，你只需要這樣說就好了。」

「但是——」然後他再度打斷我。

「就因為你不認為自己有什麼特別的，不代表我就必須要同意你。」

第二章

「是樹！」但丁大叫，好像他從來沒有見過蘋果樹或松樹一樣。他把頭探出車外，風吹過他的髮梢。他閉上眼，吸進清新的空氣，吸氣、吐氣。對他來說，使自己成為大地的一部分，是一件很自然的事。也許這就是他不喜歡鞋子的原因。我想知道，我有沒有可能像但丁一樣屬於土地。

「就連地面的形狀，好像都在改變。」他說。

也許心的形狀，會隨著土地的形狀改變。我不懂物理、幾何和地理，也不懂東西的形狀，或是那為什麼好像無比重要。

「重力。」他說。

「重力？」

「你就是重力。」他說。

我完全不知道他在說什麼。

我們再度陷入沉默。

我們已經遠離了沙漠山丘旁的一座城市，繼續打著赤腳在白色沙丘上漫步——

現在我緩緩開著我爸爸的卡車爬上蜿蜒的道路，我才意識到我的卡車永遠也不可能完成這趟旅行的。我很高興我聽了我爸的話。我突然想到，但丁總是問我在想什麼，但我幾乎沒有問過他這個問題，所以我開口了：「你在想什麼？」

「我在想，人們實在太複雜了。而且人們也不會進行有邏輯的對話。嗯，因為人們都沒有邏輯。我的意思是，仔細想想，人們其實沒有那麼始終如一。他們會到處跳來跳去，因為，嗯，就像我說的，人們不是直線思考的，而這樣也沒關係，這就是人們有趣的原因啊。也許這就是世界運轉的原因。會一直、一直、一直運轉下去——哪裡都不去、哪裡都到不了——很多人甚至不知道要怎麼思考——他們只知道要怎麼感覺——」

「就像你。」

「我想說的不是這個。對，但是……所以，對，我是用感覺的。也許我的感覺有點太多了。這也不是什麼問題。但我也知道該怎麼思考。」

「真是有智慧啊。」

「你也是，亞里——所以他媽的閉嘴。」

「我從來不覺得我有智慧。」我說。

「你會閱讀。你會思考。而且你不會把別人的屁話照單全收。」

「嗯，只有你的會照單全收。」

「我會假裝沒聽到的。」

我不得不露齒一笑。

「如果你不知道要怎麼思考，那用感覺的也沒有什麼不好。所以，我的問題是，為什麼這麼多白人會討厭黑人？但這些人明明就是他們用鐵鍊拴著帶來美國的啊。」

「因為，嗯，因為他們覺得有罪惡感吧，我猜。」

「沒錯，而且這和思考沒有關係。你看，他們不讓自己感到罪惡，但他們確實感到罪惡，因為他們應該要感到罪惡。他們只是把這些屁事埋藏起來，但他們是活埋，所以這些感覺就在他們心中亂跑——而這搞亂了他們的情緒，導致變成了仇恨。這真是他媽的太瘋狂了。」

「這些理論都是你一個人想出來的嗎？」

「不，真希望我可以收下這個榮譽。這是我媽媽的理論。」

我微微一笑。「啊，諮商師嗎？」

「對，她超優秀的。」

「我也覺得。」

「她是你的大粉絲喔。」

「對，嗯，那是因為……」我阻止自己說出口。我甚至不知道那個念頭會出現在我的腦中。

「那是因為你救了我的命。」

「我沒有。」

「有，你有。」

「我們不要談這個了。」

但丁安靜了很長一段時間。「你跳到一輛車前面，以免那輛車輾過我——因為你這麼做了，所以你救了我的命。這、是、個、事實。而且，亞里，這個該死的事實永遠都不會消失的。」

我什麼都沒說。然後我只是說：「這是你愛我的原因嗎？」

「你是這樣想的嗎？」

「有時候吧。」

「嗯，這剛好不是事實。亞里，我從一開始看見你浮在水面上時，就愛上你了。」

＊

「沙漠消失了。」但丁說。「或者消失的其實是我們。」

有時候，我都會想，他身上到底有什麼特質，使我這麼想要靠近他、並且就待在他的身邊？但他現在再也不遙遠了，因為就算我沒有和他待在一起，我也把他帶在心裡，而我不知道這樣正不正常。我不是很清楚愛應該要是什麼樣子。我只知道它對我來說是什麼樣子。而當他說出這樣的話時，我就知道原因了。

「消失的事物總是會再度出現。」我說。「就像蘇西和吉娜。」

但丁看了我一眼。他的眼睛中縈繞著一個問題。「你為什麼覺得她們這麼煩？她們人很好啊。」

「我從幼稚園就認識她們了。也許我是把她們視為理所當然了吧。但她們嘗試得太用力了。她們幾乎整個暑假都不在。不然的話，她們會一直糾纏我的。而且她們還說服你當她們的朋友。我也從來沒說過她們不是好人啊。她們都是以為自己想要當壞女孩的好女孩，但她們沒有當壞女孩的天分。」

「這有什麼不好嗎？而且，她們想和我做朋友有什麼不對？我覺得這樣很棒。而且她們兩個都非常漂亮。」

「那跟這個有什麼關係？」我微笑起來。我知道我為什麼微笑。「我懷疑，比起漂亮的女生，我更喜歡的是漂亮的男生。不敢相信我居然這麼說了。」

「我很高興你這麼說。因為這代表你開始了解你是誰了。」

「我不覺得我會真正了解自己是誰。」

「嗯，如果你想知道更多的話，問我就好。」

我搖搖頭，繼續在山間小路上行駛，四周松樹圍繞，我們行經了一個又一個的山坡。我回想著我的第一趟露營旅行，我爸也帶著我們開過一模一樣的路，忍不住自顧自地笑了起來。

「有什麼好笑的？」但丁總是在研究我，好像要理解我的一切是有可能的一樣。無法理解的我。

第三章

我們在克勞德克羅夫停了下來，那是一個小城鎮，充滿了小店和幾個畫廊，還有幾間小酒館。我在幫卡車加油時，但丁則開始四處閒逛。

他對我招了招手，打了個手勢，要我跟他進入一個畫廊。畫廊裡一個人也沒有，只有一個女子臉上掛著平靜、友善且成熟的表情。但丁喜歡「成熟」這個詞。我以為這個字是指懂得對沒那麼有錢的人保持親切的有錢人。也許我錯了。但她看起來確實像個有錢的女子，而且剛好很友善。

我站在但丁身邊，他正盯著其中一幅畫看，而我想要碰觸他，想要把手搭在他肩上。但我沒有。我當然沒有了。

女人對我們微笑。「兩個年輕人，長得很帥喔。」她溫柔地說。

但丁對她微笑。「妳在和我們調情嗎？」

她發出一聲輕笑，而她眼角的皺紋不知為何使她看起來有點憂傷。我喜歡她的黑色眼睛，在她潔白的皮膚上看起來甚至更黑了。

我意識到我一直盯著她看。而當我們視線相交時，我覺得我好像做壞事被發現似的。我轉開視線。

「我喜歡這個。」但丁說。那幅畫只是一片藍色，甚至看不出來那是天空或是水域。也許那是海洋。有一隻眼睛看向觀眾，有一串像是淚水的東西從其中落下，只是那些淚水並不是淚水，而是一連串的小箭頭向下墜落。畫作的邊緣有幾個像是手寫的筆跡，只是幾乎看不出字型。「這太不可思議了。」

我並不覺得這幅畫很厲害，但我喜歡它。我也喜歡這個藝術家試著表達什麼的感覺——儘管我並不知道他想要說什麼。但它讓我想要停下腳步來研究它，所以也許這就是但丁覺得「不可思議」的地方。

「你喜歡嗎，亞里？」

我點點頭。不知為何，我知道他知道我並沒有和他一樣的熱情。我一直覺得他知道我的想法——儘管我知道那不總是真的。

「那是我兒子的其中一幅作品。這些全都是我兒子的作品。」

「哇喔，他真的很有天分。」

「嗯，他曾經是。」

「曾經？」

「他最近過世了。」

我們兩人都點點頭。

「我很遺憾。」我說。

「他很年輕。他太年輕了。」然後她向後退開，好像在試著把悲傷驅離。她對但丁微微一笑。「我很高興你喜歡畫畫。」

「那些字是在寫什麼？」我問。

「那是他寫的一首詩。他把詩放在信封袋裡，貼在畫的後面。」

「我們可以看嗎？」

「當然可以了。」

她走向我們所站的地方——然後拿下牆上的畫。「把信封拿去吧。」她說。

但丁小心翼翼地從畫作後方撕下信封的膠帶。女子把畫掛回牆上。

但丁拿著信封的樣子，好像它是某種易碎品。他緊盯著它。我可以看出它在說：**是什麼讓事物變得如此重要？**他從信封中抽出一張紙，攤開來。他瞪視著上面的字跡。他看向女子，而她已經回到我們剛進來時所坐的古董桌邊坐下了。她看起來既完美又破碎。

「我的名字叫但丁。」

「多好聽的名字啊。我叫艾瑪（Emma）。」

我覺得她看起來確實像個艾瑪。我不確定我為什麼會有這種想法。「我是亞里。」我說。

「亞里？」

「亞里斯多德的簡稱。」

她露出一個非常美麗的微笑。「亞里斯多德和但丁。」她說。「多好聽啊。你們的名字都很適合。但丁是詩人，亞里斯多德是哲學家。」

「但丁是個詩人，這是真的。但我不覺得自己夠格稱為哲學家。現在或以後都不行。」

「嗯。」她說。「我不覺得你是個膚淺的年輕人。你常常思考嗎？」

「他一直都在思考。」我還在想但丁什麼時候會插嘴、發表他的看法呢。「他隨時隨地都在想所有的事情。我是說所有的事情喔。」

「我想太多事情了。」我說。

「沒有所謂的想太多事情。如果大家都願意多想一想再說話，這個世界會美好很多。也許就會少一點仇恨了。」她看著我們兩人，好像要看清楚我們是什麼人似的。「所以，亞里，你也許你並不認同，但你或許正是一名哲學家喔。謙虛是一個很好的特質，請好好保住它。」

但丁指向他手中握著的那首詩，然後再指向她。「妳可以讀給我們聽嗎？」

「不，我覺得我不行。」她的拒絕並不嚴厲——她很溫柔，而我想我可以聽見她聲音中帶著的一絲破碎。我知道有一股痛苦在她的內心活著。「何不讓你來讀呢，但丁？」

他瞪視著那首詩。「我怕我沒辦法讀好。」

「詩人知道要怎麼讀詩的。」

「如果我毀了它怎麼辦？」

「我相信你不會的。」她說。「把它當作你寫的來讀吧。這是訣竅。」

但丁點點頭。他緊盯著字跡——然後開始讀詩。他柔軟而肯定的聲音充斥著空蕩蕩的畫廊：

「『這不是一幅畫。這也不是一首詩。這不是一片海洋。這也不是一片天空。文字不屬於畫的一部分。一個藝術老師的話告訴我，我永遠不可能成為藝術家。詩詞不屬於畫的一部分。而我不屬於這個世界。這不是一幅畫。在夜晚為了一位我永遠不認識的愛人而哭的，也不是我的眼睛。這和我的痛苦無關，也和我在夜晚忍受著一個人的牢籠的孤寂無關。

『我快要瞎了，很快我就會什麼也看不見。但我過去曾看見、曾感受到的一切從不重要，而看向你的這隻眼睛也會消失。我的眼睛和我的詩作和我的藝術並不重要——在一個什麼都無法重要的世界中，都不重要。

『我媽媽教我，愛是唯一重要的事物——而她的愛住在我心中，那是無法買賣的東西，而它也存在於這幅畫和這首詩裡，因此我們稱之為藝術的東西才變得重要。

『一個愛著另一個男人的男人並不重要，因為他不是個男人——他的畫作和他的詩詞，他所想、所說或所感的一切也都不重要。人們是這樣相信的。但這是謊言，而我不相信這些謊言。所以我成為藝術家、成為詩人，我才能畫和寫一些重要的東西——就算它們只有對我重要。而這是唯一重要的事。』」

我看見艾瑪的臉上流下安靜的眼淚，而我想到了「端莊」一詞，那是我唯一能想到適合用來形容她的詞彙。我媽媽在歐菲莉亞阿姨的喪禮上，也帶著同樣的表情。艾瑪看著但丁，輕聲說：「你讀詩的樣子像個詩人。很好聽。」

但丁微笑起來。「嗯，也許不像妳兒子那麼會讀。」

但丁——他永遠都知道該說什麼。

而她坐在那裡，就只是坐著，因為她沒有別的話可說了。而但丁和我站在那裡，就只是站著，因為我們也沒有話可說。而在這間小小的畫廊裡，被一個死去的男人的作品所包圍，我們並不認識他，而我們卻仍然被一名母親的愛所圍繞，這一切似乎都有某種寧靜的感覺。我從來沒有想過這些事，而現在認真想起來，我覺得我並不喜歡知道母親有多少愛，因為知道這些太痛苦了。而我不想活在痛苦裡。但這好過自我厭惡，因為那只是一種愚蠢的生活方式。

我對艾瑪微笑，而她回我一個微笑。但丁靠向我，我也讓他靠著。房裡的沉默幾乎就像是一首歌。而艾瑪和但丁和我——我們正唱著這首沉默之歌。有時候沉默是唯一值得一唱的歌曲。

人生中有些時刻，是你會記得一輩子的。我媽媽的聲音出現在我腦中。我知道我會一直記得這一刻，還有這個我既認識又不認識的、名為艾瑪的女人。我知道一件事：她是一個重要的人。我只需要知道這一點就好了。

這很好笑，我以前甚至不會去注意大人，因為，嗯，因為我就是不會想到他們，也不會想到他們會像是有自己的人生一般地活著。我猜我只是覺得他們永遠都是掌權者，而且他們喜歡指導你。我從來沒有真正想過任何事，只除了我自己的感覺。靠，我一直都活在一個該死的小世界裡。

而我現在所生活的世界，它既複雜又令人困惑——而知道別人的痛苦，也讓我有點痛苦。大人們，他們會受傷。知道這一點是好事。我現在生活的世界好多了。好多了。我也好多了。感覺好像我以前生病了似的。而我現在正在從病痛中恢復。但也許這不是事實。我只是個愚蠢的孩子，而且很自私。

也許這就是成為男人的感覺。嗯，也許我還不算是個男人。但也許我已經越來越接近了。

我已經不是個男孩了，至少這點可以確定。

第四章

我開著車穿過森林的小路，尋找紮營的地方。但丁正深陷沉思中，不過反正我也不需要靠他幫我找地點。眼前有一條小岔路，而我看見它延伸到一塊小空地，是個完美的露營地。因為樹蔭的關係，四周看起來比實際上的時間晚了一點。但我知道要不了多久，天色就會暗了。

「我們開始動手吧。」

「告訴我該怎麼做。」

「噢，這是第一次唷。」

我們相視而笑。

上一團露營的人在圓圈中留下了石頭。但丁和我拿出我從家裡帶來的木材。我把幾根木頭放在還有灰燼的地方，下面還有一根燒了一半卻被熄滅的木材。我拿起我帶來的一個錫桶，裡頭裝滿了樹枝和火種。

「你為什麼要帶這麼多東西來？我們可以在這裡收集就好啦。」

我抓起一把土，握在手中。「這裡的東西都太潮溼了。我爸說，來這裡的時候一切都要準備好。因為你永遠無法預料。」我微笑著，把那一把土往但丁身上扔去，正中他的胸口。

「嘿！」但但丁並沒有遲疑，我們便繞著卡車開始了一場由潮溼的泥土組成的雪球大戰，直到我們都累了為止。

「我們不用花太多時間就可以把自己弄髒，對不對？」我聳聳肩。「我們就是來玩的。」但丁把我臉上的一點土撥掉。然後他靠上來吻我。

我們站在那裡接吻了很久。我感覺到整個身體都在顫抖。我把他拉近，繼續接吻。最後我終於說道：「我們必須把帳篷搭好。在天黑之前。」

但丁低下頭，打了我的肩膀一下。我們抬起頭，看向逐漸匯聚的烏雲，並聽著遠處的雷聲。「我們開始吧。」又出現了，他聲音裡那股幾乎隨時都有的熱情。但除此之外，還有一點什麼。某種急切而鮮活的東西。

＊

我們坐在營火邊。我們穿著大外套，而冰涼的微風正威脅著要變成更強烈的風。「感覺暴風雨要來了。」但丁說。

「你覺得帳篷撐得住嗎？」我點點頭。「噢，但丁，你這個小心的人啊。它撐得住的。」

「我有個小驚喜喔。」

「驚喜?」

他回到帳篷,然後拿出了一瓶酒。他微笑著,看起來非常得意。「我從我爸的酒櫃裡偷出來的。」

「你這個瘋子。你這個小瘋子。」

「他們永遠都不會發現的。」

「屁咧。」

「嗯,我想說如果我用問的,他們也會答應吧。」

「真的嗎?」

「有可能。」

我看了他一眼。

「而且你知道大家都怎麼說的:請求原諒比請求許可好多了。」

「真的?」我搖搖頭,微笑起來。「你是怎麼逃過——」

「逃過我所有該被處罰的事嗎?我是但丁啊。」

「噢,這就是答案了嗎?還敢說人囂張啊。」

「我有時候是會有點囂張。」

「你偷了你爸的波本耶。」

「順手牽羊不代表我是個賊——只是代表我叛逆。」

「你要推翻你爸的政權了嗎？」

「不，我在劫富濟貧。他是個波本富翁，而我們是波本貧民。」

「那是因為我們未成年。你媽會屠殺你的。」

「『屠殺』聽起來好嚴重喔。」

「我不敢相信你居然偷了你爸一整瓶的波本。你喜歡這種戲劇化的場面嗎？」

「我討厭戲劇化。我只是想要體驗活著的感覺，想要推向極限、並更靠近天空。」

「對，嗯，如果你喝太多波本的話，你就會跪在地上把食物都吐光。」

「好，我不想繼續這個話題了。我愛的男人居然不支持我。」

「說好的不喜歡戲劇化呢？」

他忽視我的問句。「我要倒給自己喝了。如果你不想要參一腳喝我偷來的酒，我很樂意自己一個人喝。」

我拿起一個塑膠杯，舉向他。「倒吧。」

＊

我們並肩坐在摺疊椅上。我們接吻了，一邊說話。我們當然一邊喝著我們非常大人的波本酒和可樂了。雖然我不太確定大人會不會喝波本配可樂就是了。說實話，我也不在乎。我只是聽著但丁說話，讓他靠在我身上，並且親吻他，就感到很高興了。這裡只有我跟他兩人，還有包圍著我們的黑暗，還有暴風雨的威脅。這裡的營火使但丁看起來像是從黑暗中冒出來的樣子，他的臉在火光中閃閃發亮。我從來沒有感到這麼有活力，而我想，我永遠也不可能像此時此刻對但丁的愛這樣，去愛任何人或任何事了。他就是世界的地圖，也是這世界上唯一重要的東西。

然後我們的吻變得認真。我是說，是真的很認真。我們的吻變得無比認真，使我整個身體都顫抖起來。我不想停止，而我發現自己呻吟著、但丁也呻吟著，這一切都好奇怪、好美麗又好詭異，而我喜歡這種呻吟。一道閃電打了下來，我們大笑著向後彈開。然後天上下起了雨，我們便跑進帳篷裡。

我們聽著雨水敲打著帳篷，但帳篷很穩固——不知為什麼，暴風雨反而使我們感覺到安全，然後我們接吻起來，我們脫去彼此的衣服，但丁的皮膚和我的相貼著，而暴風雨和一切的雷鳴閃電，似乎都是來自我的體內。我從來沒有覺得這麼活躍過。我的整個身體都想要靠近他、他的味道和香氣，而我從來不知道這一切，關於身體的一切、關於愛的一切。這種叫做慾望的東西是一種飢渴，我永遠都不希望它止息。接著，就像是一股電流流經我的身體，我想死掉大概也是這種感覺。我無法呼吸，然後我便倒在但丁的懷中，而他不斷低語我的名字——亞里、亞里、亞里——而我想要低語他的名字，但我卻一句話也說不出。

我抱著他。

我低語著他的名字。

然後就我抱著他睡著了。

＊

我醒來的時候，已經日出了。

我可以感覺到白天的平靜。

我可以聽見睡在我身邊的男孩平穩的呼吸聲。但在當下，他對我來說，看起來更像個男人。而我的身體，似乎也不是屬於男孩的身體了。再也不像了。我確實認為人生有些會改變你的時刻，那些時刻會讓你知道，你永遠也回不去自己一開始的樣子，而你也不會想要變回以前的自己了，因為你已經變成別人了。我緊盯著但丁。打量著他的臉、他的脖子和他的肩膀。

我為他蓋好被子，然後緩緩往旁邊退開。我不想吵醒他。

我打開帳篷，外面的空氣很清涼。我光裸著身體，走進陽光之中。冰涼的微風吹拂著我的身體，使我一陣顫抖。但我不介意。我從來沒有這樣注意我的身體過。這一切都好陌生，而我覺得那個只會發出啼哭聲的嬰兒，好像突然知道自己擁有說話的聲音。就像這樣。那是一種我從不知道的興奮感，而我覺得我永遠也不會再體驗到了。我只是站在那裡。沒有微笑，沒有笑聲，我只是站在那裡，動也不動。

我深吸一口氣，然後又一口氣。

然後我聽見體內傳來一聲笑聲，那是我從來沒有聽過的。我覺得自己很強壯。而有那麼一刻，我覺得這世界上沒有人能傷害我。

是的，我很快樂。但這不只是快樂而已。我想這一定就是我媽媽所說的喜悅了。就是這個。喜悅。

另一個詞又在我體內慢慢長大了。

＊

當但丁醒來時，我就躺在他身邊。他對著我微笑，我的拇指則撫過他的臉頰。

「哈囉。」我低語。

「哈囉。」他低聲回答。我不知道我們躺在那裡多久，只是看著彼此，不想說話，因為我們不管說什麼都會是錯的——因為不管我們說了什麼，都會破壞這股沉默與它的美好。是的，文字確實可以帶來理解，但它們也可以帶來誤解。文字並不完美。

我和但丁之間的沉默，這股沉默就很完美。但這股沉默最後也需要被打破，就在我準備說些什麼的時候，但丁開口：「我們去散步吧。」

＊

我看著他在帳篷裡更衣，而我也不在意他有沒有注意到。「你喜歡看我嗎？」

「沒有，我只是沒有其他事可做了。」我對他拋去一個微笑。

「這句話真的好有亞里的風格喔。」

「是嗎？」

他把網球鞋的鞋帶綁好，然後靠過來吻了我。

我們收拾好睡袋和毯子，還有但丁的枕頭。「我一定要帶我的枕頭。」我喜歡他的枕頭。聞起來有他的味道。

我們利用卡車的後照鏡洗臉、刷牙、梳好頭髮。但丁花了很多時間用手指梳整他自己的頭髮，但看起來還是像沒有梳過一樣。好像有微風在他的頭髮之間跳舞似的。

我有時候會覺得自己好像沉睡了很久——而當我遇到但丁之後，我就開始甦醒了，我也開始看見了他，以及我所生存的這個苛薄、可怕又優秀的世界。在這個世界生活很可怕——但你可以學著不要害怕。我猜我得決定，哪一個才更真實，是那些可怕的東西，還是——還是但丁。但丁，他是我的世界中最真實的東西。

＊

我靠在卡車上，但丁則在我面前揮了揮手。「嘿，亞里，你在哪裡？」

他的提問溫柔而親切，我把頭靠在他的頭上。「在我的腦袋裡。」

「你在想什麼？」

「我其實是在想你的爸媽。」

「哇喔，聽起來真好啊。」

「嗯，你爸媽滿好的。」

他微笑著，在陽光下，他看起來既鮮活又燦爛。我想著但丁的其中一張黑膠唱片，我不記得那首歌的名字，但我可以聽見她清澈的嗓音帶著滿滿的憂鬱氣息，其中一句歌詞唱著花朵，以及她們都會往愛的方向傾倒，而且她們會永遠保持這樣的方向。那就是但丁。他總是靠向愛的方向，而我也在靠向他。但我不確定關於「永遠」的部分。

什麼是永遠？

但丁牽起我的手，我們沿著一條小徑走著，一切都十分安靜，而我們可以聽見遠處有一條小溪在流動。「我喜歡這裡。」但丁說。「這裡好無人喔。」

「我不覺得這個詞是這樣用的。」

「我也不覺得。但你懂我的意思。」

「對。」我說。

我不知道我們到底在看哪裡的風景，我也不覺得我們在乎自己在往哪裡前進，這一點都不重要。我們只是走過一條安靜而孤獨的小徑，這是一條我們從未走過的道路，而雖然它很孤獨，但它看起來並不孤獨——而這條路上一切都是這麼的陌生，似乎也沒有關係，因為我並不感到害怕。也許我應該要感到害怕的，但我沒有。但我想，但丁也許會害怕，所以我問他：「你會怕迷路嗎？」

「不會。」他說。

「我完全不知道我們要去哪裡。」

「你在乎嗎？」

「不太在乎。」

「我也不太在乎。而且當我和你在一起的時候，我是不可能迷路的。」

「不，這只代表，如果我迷路了，你就會跟著一起迷路。」

「所以，如果我和你一起迷路，我就不會覺得迷失——所以我就沒有迷路。」他笑了起來。就在這一刻，他的笑聲讓我想起了風吹過樹葉時所發出的聲響。「你看，我們不該害怕迷路的，因為：我們。牽。著。手。啊。」

我只是咧嘴一笑。對，我們牽著手，而他發現了我的手，他發現了一個名為亞里的國度，而我發現了一個名為但丁的國度。一切看起來都好寧靜。就是這個詞。

我記得但丁躺在床上，而我坐在他的大椅子上，聽著他從那本早已磨損的字典中讀出這個字的定義：平靜、祥和、不受困擾、安靜。「我們完蛋了，亞里。」他當時說。「我們兩人跟這幾個詞一點關係也沒有。」

他說得對。我和他都不是天生就那麼寧靜的。我的腦子總是擠滿了太多東西，而但丁，他的腦中總是在創造某種藝術作品。他的眼睛就像是拍照用的相機，總是記得一切。

＊

我們跟著小溪，來到一座小池塘，我們對看一眼，然後大笑起來。然後我們就像是在比賽誰脫衣服比較快似的，但丁一躍跳進了池塘，大叫：「靠！好冷。」

我很快就跟上他的腳步。真的很冷。但我沒有發出任何叫聲。「啊。」我說。「你說這樣算冷？」

我們開始對著彼此潑水，然後我在他發抖時抱住了他。「這可能不是個好主意。」他說。他靠在我身上。

陽光正照著這塊小空地，我指著池塘旁的一顆大石頭，說：「我們去那邊晒乾吧。」

我們躺在溫暖的石頭上，直到身體都乾了為止。但丁不再發抖了。我躺在那裡，閉著眼睛。然後我聽見但丁笑了起來。「嗯，我們現在就是兩個裸男，躺在這裡。真想知道我媽會說什麼。」

我睜開眼，看向他。我把他擁在懷中，然後吻他。「你在想你媽喔？跟我想的不一樣耶。」然後我再度親吻他。

我吻他、吻他。然後吻他。

＊

我們走回營地時，一路上一句話也沒說。我發現自己在猜測他的想法，而我猜他也在猜我的想法。但有時候，你其實不需要知道這一切。

我想但丁想要知道關於我的一切。但我很高興，今天他並沒有想要知道一切。

他牽起我的手。然後他看著我。

我知道他想說什麼。他在說，我愛你的手。

對，文字的力量真的被高估了。

＊

當我們回到營地時，下午才過去沒多久。遠處看起來會有午後雷陣雨。等到我們吃完飯，但丁便問我在想什麼。「我在想，我們應該要睡個午覺。」

「我也在想一樣的事。」

我抱著但丁躺在那裡，然後低語：「我想念腿腿了。」

「我也是。我真希望她也來了。你覺得她還好嗎？」

「還好啦，她是隻堅強的狗狗。也許她會學會跟貓和平共處。」

「這好難喔。」

「你知道，有時候，我都覺得那隻狗救了我的命。」

「就像你救了我一樣。」

「真的？」

「對不起。」

「我是說，我那時候覺得好孤單。我從來沒有感到那麼孤單過。而我正好跑步經過你家前面。然後腿腿就在那裡，一路跟著我回家。我需要那隻狗。我真的需要他。她是一隻很棒的狗。忠心、成熟又聰明。我是說，就連我媽都愛她。」

「你媽不喜歡狗嗎？」

「喔，她喜歡狗啊。她只是不喜歡狗在屋子裡。但不知道為什麼，她就讓腿腿進來了。有時候我覺得我媽比我還愛那隻狗，但她不肯鬆口。」

「媽媽都會這樣。」他喃喃說著。我知道他要睡著了，然後我也打起瞌睡。

*

我不知道我睡了多久。我做了一個夢，而我一定是尖叫了，因為但丁把我搖醒。「那只是個夢而已，亞里。那只是個夢。」我靠向他。「又是夢到我哥哥。我做過這個夢好多次了。它好像就是不願意放過我。」

「你想要和我說嗎？」

「不，我不——我沒辦法——我沒辦法說。」

我讓他抱著我。儘管我並不想要被抱著。

「天要黑了。」我說。

「我已經生好火了。」

我看著他。

「我學得很快。」

「看看你。男童軍但丁耶。」

「閉嘴。」

*

我們在火上烤著熱狗。我們沒有聊什麼重要的事——我們只是聊著學校、聊著我們以後想要去的大學。但丁想要去哥倫比亞大學，或是在俄亥俄州歐柏林的那間大學。然後我們安靜了下來。也許我們不想去想，以後我們可能再也不會住在同一個城市裡，然後我們也不會繼續在一起。而不管「亞里和但丁」代表了什麼，這都不代表永遠。然後我們真的安靜下來。但丁拿來兩個塑膠杯，倒給我們一人一杯波本加可樂。酒有一點烈，而我覺得我有一點，嗯，有一點醉。

「我猜我會去唸德州大學。」他微笑著對我說。

我回給他一個微笑，然後我們乾杯。「敬我們和德州大學。」他說。

「這杯我就乾了。」

我不覺得我們真的相信「亞里和但丁去德州大學」這個計畫會成真。對，痴人說夢。人們最愛痴人說夢了。

我們沒有注意到天氣。突然間，一聲雷響，閃電劃破了夜空。然後大雨傾盆而下。我們衝進帳篷裡，放聲大笑。我點亮一根蠟燭，柔和的燈光使一切都變得柔和，但我們四周似乎都被黑影所包圍了。

但丁對我伸出手。他吻了我。「你會介意我脫掉你的衣服嗎？」

這讓我回想起我的手臂和腿都不能移動時，他替我擦澡的那時候。但我不想活在那段時間或那一刻了，所以我說：「不，我不介意。」

我感覺到他解開我的襯衫。

我感覺到他的手指碰觸我的皮膚。

我感覺到他的吻。然後我就交給他了。我就只是交給他了。

第五章

不知為何，我們醒來時，心情都很雀躍。也許因為我們是被歌唱的心所喚醒的。「歌唱的心」這個念頭，一直到這一刻才進入我的腦海。但丁試著搔我癢——我不喜歡，但是似乎有點好玩，而當我占了上風、並開始搔他的癢時，他就大笑著尖叫「住手！住手！」。然後我們親熱了一下，而我覺得這樣開啟一天也是不錯的方式。

我們開始拔營，盡可能把帳篷上的雨水擦掉，然後把它摺回去。我們把所有東西打包好，放到卡車後車箱。我緩緩開著車穿過泥濘，希望我們不會陷進去，而我不斷把卡車往下壓低、再往上拉起。緩緩地、緩緩地，我們來到了一條比較寬、也不泥濘的道路，最後終於上了主要幹道。

「想要去克勞德克羅夫吃早餐嗎？」

「好啊，然後我們可以在離開的時候去看看艾瑪。」

＊

但丁點了草莓鬆餅，我點了培根蛋和全麥吐司，佐莎莎醬。他喝了一杯柳橙汁，我則喝了兩杯咖啡。

「我不是很喜歡咖啡。」

我一點也不覺得意外。「我喜歡咖啡。我其實超喜歡的。」

但丁扮了個鬼臉。「然後你還喝黑的？呃啊，很苦耶。」

「我不介意苦。」

「你當然不介意了。」

「這世界上的東西又不是全都甜的。」

「就像我嗎？」

「你很硬要喔。」

他對我露出傻笑。

「你這個白痴。」

「所以，你的重點是什麼？」

帳單上桌時，我拿出錢包。

「把你的錢收起來。」但丁說。「這單算我的。」

「大男人喔。你的錢是哪來的？」

「山姆啊。」

「山姆？你爸？」

「他說我應該要為某樣東西付錢——因為我沒有付出任何東西。」

「嗯，你付出了他的酒啊。」

「哈、哈。」他拿出幾張鈔票，付給服務生。「不用找了。」他像個有錢人一樣地說。

我只是搖搖頭，露出微笑。

＊

我們走出餐廳，前往畫廊。「你知道嗎，亞里。走在你旁邊又不能牽你的手，讓我覺得好難喔。」

「假裝你有牽著就好了。」

「這樣不公平啊。你看。」他對走在我們前面的一對正牽著手的男女揚起下巴。我們看著他們停下來接吻，相視而笑，然後牽著手繼續前進。「這樣一點都不公平。」

我不知道該說什麼。他說得對——那又怎麼樣？大多時候，這個世界看事情的方式和我們又不一樣。這世界會看著那對男女，然後微笑著想，真是甜蜜啊。但如果世界看到我和但丁做一樣的事，他們只會垮下臉想，噁心。

＊

但丁和我站在畫廊門口。門是開著的，歡迎參觀者入內欣賞藝術作品。艾瑪讀著《紐約時報》，深陷思緒之中。我可以看見報紙上的頭條：「面對愛滋病所帶來的情感傷痛。」

她抬起眼，露出微笑。「亞里斯多德和但丁。」她說。「嗯，你們看起來一定是去露營了。好玩嗎？」

「好玩。」但丁說。「我從來沒有露營過呢。」

「從來沒有嗎？」

「我不是那種很愛往戶外跑的人。」

「我懂了。你是喜歡把臉埋在書裡的人。」

「之類的。」

「所以亞里就是喜歡往外跑的那個囉？」

「嗯，我猜是吧。」我說。「我小時候，我們家一年會去露營兩、三次。我真的很愛露營。艾爾帕索夏天太熱了，這裡就涼快很多。」

「你喜歡釣魚嗎？」

「不算是，但我以前都會跟我爸爸去，我想我們看書的時間比釣魚的時間還多。我媽才是家裡最會釣魚的那個。」

她身上散發出某種氣息。我想是傷痛，失去兒子的那種傷痛。她似乎把這種傷痛穿戴在身上——但這並不使她看起來軟弱。不知道為什麼，我感覺她非常強壯——而且固執。她讓我想起了我媽媽——她仍然扛著我哥哥所帶來的傷痛。他還沒死，但她已經失去他了。

「我很高興你們來了。我有東西要給你們。」是那幅畫。她已經把它包起來了。「我想要你們把這個收下。」她把包裹遞給但丁。

「我不能收。這是妳兒子的作品，而且——」

「他的作品中，我最珍藏的都在家裡了。其他的則在這間畫廊裡。我想要你們收下。這是給你們兩人的。」

「這樣要怎麼分？」

「嗯，你們一人收藏它一年，隔年的時候再交給另一個人。一來一往。」她微笑。「你們可以一輩子共享它。」

但丁微笑。「我喜歡這樣。」

我也喜歡。

我們聊了一會。但丁問她有沒有丈夫。

「我的人生中曾經有過一個。我很愛他，但是你愛的人不一定會一輩子陪著你。我不後悔。許多人會一輩子活在他們犯的錯中，但我不是那種人。」

我思考著這句話。我在想，也許我就是那種會活在自己犯的錯中一輩子的人。

但也許不是。我猜我很快就會知道答案了。

她和但丁聊了很多話題，但我大多只是用聽的。我沒有很認真聽他們說話的內容——不算是。我是聽著他們說話的聲音。我試著要聽出他們的感覺。我試著要學會什麼叫做真正的傾聽，因為我一直都不是個很好的聽眾。我太著迷於自己的想法了。實在太著迷了。

在我們離開之前，她告訴我們，要永遠記得那些重要的事，而什麼事情重要、什麼不重要，都是由我們自己決定的。她抱了抱我們倆。「記得，你們兩人對宇宙的重要性，遠超過你們自己的想像。」

第六章

我們從山上開下來，回到沙漠裡。但丁在路途中拿出一個長長的黃色寫字板。他繼續寫著要給他媽媽的弟弟名字建議清單。

「你覺得她會讀你的清單嗎？」

「她當然會了。」

「你覺得你會有多大的影響力？」

「嗯，我很確定我就快知道了。你覺得這些名字怎麼樣：羅德里戈、麥西姆、賽巴斯欽、賽吉歐、奧古斯丁，或是沙瓦多？」

「我喜歡羅德里戈。」

「我也是。」

「她也許會是女生。你為什麼不想要妹妹？」

「我不知道。我就是想要一個弟弟。」

「一個異性戀弟弟。」

「對，沒錯。」

「你覺得你爸媽會愛他超過你嗎？」

「當然不會了。但他會生孫子給他們。」

「你怎麼知道他會不會想要小孩？你怎麼知道你爸媽會想要孫子？」

「所有人都想要小孩。所有人都想要孫子。」

「我不覺得這是事實。」我說。

「大多時候是事實。」但丁臉上掛著「我很確定」的表情。

「我就不覺得我會想要當爸爸。」

「為什麼不？」

「我沒辦法想像我是爸爸的樣子。我也不太去想這件事。」

「因為你忙著想我嗎？」他竊笑著。

「對，一定是因為這樣，但丁。」

「不，我是說，真的嗎，亞里？你不會想要當爸爸？」

「不，我覺得不會。這會讓你失望嗎？」

「不，對。不，只是——」

「只是你覺得不想要小孩的人一定是哪裡有問題而已。」

但丁什麼話都沒說。

我知道這沒什麼大不了的。但我意識到，但丁的批判性很強。我以前還沒有注意到這一點。

當然，也不是說我就不批判人。每個人都會——尤其是那些說他們不會的人。

我猜我是以為但丁不是這種人，但他就跟所有人一樣是個凡人。

嘿，他也不完美。

他不需要。我當然也不完美。差得遠了。而他愛我。不完美、一塌糊塗的我。

很好。很甜蜜。不可思議。

第七章

我想問但丁他對愛滋病有什麼了解。我想要問他會不會去想這件事。有超過四千個同性戀男子因此而死了。我和我爸媽一起看了新聞，就在我和但丁出發去露營的前兩天。我們看見舊金山和紐約蠟燭守夜的照片，而在那之後，我們並沒有討論這件事。一部分的我很高興我們沒有討論。而我知道但丁也一定知道這件事，因為他的爸媽一天到晚都在討論全世界發生的事。

我不知道但丁和我為什麼還沒有討論到這件很有可能會影響到我們人生的事，而我為什麼偏偏在我們抵達城外的時候想到這件事呢？

＊

當我駛上車道時，我媽和腿腿正坐在前廊上，讀著一本書。腿腿坐起身，吠叫起來。我想起我見到她的那一天。我想起我自己，腿上打著石膏。我在她身邊坐下，吻了吻她的額頭。

但丁伸出手，抱了抱我媽。

「很好。」她說。「你們現在身上都有煙味了。」

但丁微笑。「亞里讓我變成真正的露營者了。」他坐在前門的階梯上，開始哄起腿腿來。

我翻了個白眼。「對啦，我把但丁變成一個普通的老鷹童軍了。」

我爸從屋裡走了出來。「好手好腳的回來了啊。」他打量了一圈但丁。「他沒有對你太嚴格吧？」

「沒有，先生。我學會要怎麼搭帳篷了。」

我心裡自作聰明的那一塊幾乎要說：我們也學會怎麼做愛了。一瞬間，我覺得有一點點羞愧。我幾乎可以感覺到自己臉紅了起來。羞恥感。那個詞是打哪來的？在那一刻，我覺得自己好骯髒。我覺得我做了件非常、非常骯髒的事情。

和但丁在一起真的很簡單。我們碰觸彼此時，感覺就像是一件非常純潔的事。困難的是要學著與這個世界共存，與它所有的批判共存。這些批判不知怎麼地潛入了我的身體。就像是在暴風雨中去海邊游泳的感覺。你隨時都有可能溺水。至少感覺像是這樣。前一分鐘海面還很平靜，下一分鐘，暴風雨就來了。而問題是——至少對我來說——那陣暴風雨住在我的身體裡。

＊

回到自己的卡車上，讓我感覺很好。但丁開始脫下自己的鞋子。「你不覺得你回家的時候穿著鞋子比較好嗎？」

但丁微笑，然後把鞋帶繫好。

當我在他的家門前停下車時，我瞥了但丁一眼。「你準備好要面對後果了嗎？」

「就像我說的，他們搞不好根本沒注意到。」

我聳聳肩。「我猜我們很快就要知道了。除非你想要自己進去啦。」

他看了我一眼。「喔，搞屁啊。進來跟我爸媽打個招呼吧。」

＊

昆塔納先生正坐在他的椅子上讀著一本書，昆塔納太太則在看雜誌。當我們走進門時，他們抬起頭來，露出微笑。「我站在這裡都聞得到煙味了。」昆塔納太太說。

「露營怎麼樣？」

我看向昆塔納先生。「但丁學得很快。」

「他是啊。」昆塔納太太的表情告訴我，她看起來快要發飆了。她看起來並不是生氣。她只是帶著那個表情，我不知道，就像是貓要準備抓老鼠似的。「你不打算問我們，在你們出門之後，我們做了什麼嗎？」

「嗯，老實說，我不打算問耶，媽。」但丁知道該來的還是要來。他臉上掛著「噢靠，被抓包了」的表情。

「嗯，幾天前，我們找了朋友來家裡玩。」

「對，我們找了朋友。」昆塔納先生說。「而我買了一瓶製造者商標的波本，就是為了這種場合。那是我朋友最喜歡的波本。」他瞥向昆塔納太太。

「當我走到酒櫃的時候……」昆塔納太太頓了頓。「我們不需要把這個故事說完，對吧，但丁？」

我不得不誇獎但丁。他也許覺得像是中了陷阱的老鼠，但他並沒有讓他的父母看出來。

「嗯，是這樣的。」但丁開口。昆塔納太太已經開始翻白眼了，而昆塔納先生實在忍不住——他只是微笑著。「我想說，如果我們可以有什麼東西暖暖身體，那就太好了，因為山上會很冷，而且我真的不覺得你們會介意——」

「先暫停一下。」昆塔納太太說。「我完全知道你打算怎麼說。你準備要說，嗯，如果你們真的介意的話，請求原諒也比請求許可好多了。」

但丁的臉上掛著「噢，靠」的表情。

「但丁，我把你整個人都摸透了。我知道你的優點和缺點。而你需要處理的一個缺點，就是你認為自己能夠靠口才擺脫掉所有的麻煩。這是個糟糕的特質，但丁，而且這不是你從我們身上遺傳來的。」

但丁準備開口說點什麼。

「我還沒說完呢。而且我們已經談過使用改變情緒藥物的事了，包括酒也是。你知道規則的。我知道你不喜歡規則——我也知道你這個年紀的孩子大多都不喜歡——但是你不喜歡規則，並不代表你就可以打破它。」

但丁從背包中拿出酒瓶。「妳看，我們幾乎沒喝多少啊。」

「你想要邀功嗎，但丁？你偷了你爸爸的波本，而且你未成年。所以技術上來說，你違反了兩條法律。」

「媽，妳在開玩笑，對吧？」

但丁轉向自己的爸爸。

然後昆塔納先生說：「但丁，你真該看看自己現在臉上的表情。」然後他放聲大笑起來——昆塔納太太也大笑起來——然後我也笑了起來。

「非常好笑。哈。哈。哈。」然後他看向我。「所以你才想進來看，對不對？你想看看會有什麼火花。哈！哈！」他拿起背包，大步往二樓走去。我正準備要跟著他上樓，但昆塔納先生阻止了我。「讓他自己去吧，亞里。」

「我們這樣是不是有點壞？這樣笑他？」

「不，這樣不壞。但丁也常常會開我們這種玩笑。他期待每個人都有風度。他自己平常也算有風度，但不是每次都是。有時候，他也喜歡用一點小鬧劇為生命增加一點樂趣。這不是什麼大事，我覺得他也知道。而且，以他媽媽的角度來說，但丁也需要學會，規則不是他訂的。但丁喜歡掌控。我不希望他變成那種認為自己可以為所欲為的男人。我不希望他相信自己是宇宙的中心。」

我點點頭。

「如果你想的話，就上去吧。只是如果他不開門的話，不要覺得受傷喔。」

「我可以從門縫下塞紙條進去嗎？」

昆塔納太太點點頭。「這樣不錯。」

昆塔納先生遞給我一支筆和一個黃色的寫字板。「我們會給你一點隱私的。」

「你們都是好人。」我說。這不是一句非常亞里的話。不過這句話還是脫口而出了。

「你也是好人，亞里。」昆塔納太太說。對，她真的很了不起。

我坐在但丁爸爸的辦公室裡，思索著我要寫的東西。最後，我只是寫下：**但丁，你給了我人生中最好的三天。我配不上你。真的配不上。愛你的亞里**。我走上樓，把紙條塞進他的門縫裡，然後自己離開了。在我開車回家的路上，我想著但丁，想著在我吻他、貼緊他的身體時，在我體內穿梭的那些閃電雷鳴，還有我身體的感覺是多麼奇妙又美好、我的心是多麼活躍。我聽聞過別人口中的奇蹟，卻從來不知道什麼是奇蹟，而我想著，現在我覺得我已經完全懂了。我想著，生命就像是天氣，它會改變，而但丁的情緒就像是藍天一樣純淨，有時候卻又像黑壓壓的暴風雨。也許，就某方面來說，他就和我一樣，而也許這不是一件好事——但也許這也不是什麼壞事。但丁也很複雜。人們——他們就包含在宇宙的祕密中。最重要的是，他很真實。他很美好，充滿人性且真實，而且我愛他——我不覺得有什麼事情可以改變這一點。

第八章

當我走進家門時，我媽對我微笑。她拿著電話指向我。我接過電話。我知道是但丁打來的。「嗨。」我說。

「我只是想說——我只是想說我愛你。」然後我和他一句話也沒說，只是聽著電話兩端的沉默。然後他說：「我知道你也愛我。就算我現在心情不太好，那也沒什麼關係，因為心就只是心情而已。」然後他掛斷電話。

我感覺到媽媽的目光落在我臉上。

「幹麼？」我說。

「你現在看起來好帥。」

我搖搖頭。「我現在只是需要洗個澡。」

「這也沒錯。」

我注意到我媽看起來有點憂愁，幾乎是哀傷了。「出了什麼事嗎，媽？」

「不，沒什麼。」

「媽？」

「我只是有點難過。」

「發生什麼事了？」

「你姊姊們要搬家了。」

「什麼？為什麼？」

「里卡多（Ricardo）和羅伯托（Roberto）的工作計畫。他們被調職到圖森了。」

「妳不覺得很奇怪嗎？姊姊她們的老公是同事？」

「這樣不奇怪。我想只是因為這種事情不太常發生吧。但他們是好朋友，而你姊姊們也覺得這樣很好。他們密不可分，而這個工作是個大機會。他們是化學家，而他們所做的事，對他們來說不只是工作而已。」

我點點頭。「所以他們都跟妳一樣。」

她看著我。

「我是說，教學對妳來說也不只是工作。」

「當然不是。教學是一個專業——只是剛好有些人不太同意，所以我們的薪水才這麼高啊。」

我喜歡我媽口氣中的嘲諷。嗯，不過如果她的嘲諷是針對我的時候，我就沒有那麼喜歡了。「他們什麼時候要離開？」

「三天之後。」

「三天？有一點快耶。」

「有時候，事情就是會很快發生。太快了。我猜我只是沒有料到吧。我會想念他們的。我會想念孩子們。你知道，有時候人生就是會朝你投出變化球。我猜我不是個很好的打擊者。我從來沒有學過怎麼打變化球。」

我不知道該說什麼。我不想說些蠢話，像是他們搬得也不算太遠之類的。再說，心情不好也不是什麼壞事。對某件事感到哀傷也沒有關係。有時候，也沒有什麼話好說——但我討厭看她這麼傷心。我媽不太常感到傷心。我想著她裱框在浴室裡的那首詩。我複誦了那首詩給她聽：「有些孩子會離開，有些孩子會留下。有些孩子則永遠迷失。」

她看著我，幾乎要露出微笑，又幾乎要流下眼淚。「你真的很特別，亞里。」

「我的姊姊們，她們就是離開的孩子。我哥哥則是迷失的那個。我的話，媽，我應該就是會留下的那個。」

我看著淚水流下我媽媽的臉頰，她把手貼上我的臉頰。「亞里。」她低語。「我從來沒有像這一刻這麼愛你過。」

*

我沖了一場長長的澡，在我清洗身體時，我想到了但丁。我不是故意想到他的。他就在那裡，在我的腦海中。腿腿躺在我的床腳邊。她已經跳不起來了。所以我抱起她，放到床上。她把頭靠在我的肚子上，而我告訴她：「妳是世界上最棒的狗狗，腿腿。妳是最棒的狗了。」她舔著我的手。我們一起進入夢鄉。

我夢到了我哥哥——和我姊姊們——還有我。我們正坐在廚房桌邊，說著話、哈哈大笑，我們看起來都好快樂。當我醒來時，我面帶微笑。但我知道這只是個夢，而我知道這個夢永遠不會成真。生命不是一場惡夢——但它也不是一場好夢。我要怎麼度過我的人生？還有但丁，如果我的人生少了他，會變成什麼樣子？

＊

我很早就醒了，帶著腿腿走進廚房。我煮了一些咖啡，喝了一點柳橙汁，並拿出我的筆記本：

親愛的但丁：

我不知道為什麼我不想跟你聊這件事——儘管我們都知道，艾瑪的兒子是死於愛滋病。我對這個疾病所知不多，但我知道這是同性戀男子致死的原因，我晚上也會和我爸媽一起看新聞，但我們從來沒有談過。你媽媽一定也知道很多。我不知道你有沒有看到艾瑪在讀的那份《紐約時報》，頭條上寫著：「面對愛滋病所帶來的情感傷痛。」我有聽見我爸告訴我媽，有四千個男人因這個疾病而死。我媽說，實際數字一定比這更多。四萬個同性戀男子，但丁。我想艾瑪的傷痛和她面對悲傷的優雅態度，都很打動我。昨天我們回來時，我們有點被那場小小的鬧劇給分心了，所以我們完全忘記她給我們的那幅畫。我想我們今天應該要把它掛在你的房間。

這世界對我們來說並不安全。有其他製圖師，用他們的眼光製作了這世界的地圖。他們沒有為我們在地圖上留下寫名字的位置。但我們就在這裡，就在那張地圖上，在這個不想要我們的世界裡。這個世界永遠不會愛我們，就算這裡的空間這麼遼闊，這世界也會選擇毀滅我們、而不是給我們一個容身之處。我們沒有容身之處，因為他們已經決定好，我們唯一的選擇就是流放之地。我查過「流放」這個詞的意思了，而我不希望這個詞住在我心裡。我們會來到這世上，是因為我們的爸媽想要我們。但不管他們多愛我們，他們的愛都不可能打動這個世界，使他們更接納我們一點，哪怕是一寸都不行。這個世界充滿了愚蠢、惡毒、殘酷、暴力和醜陋的人。我想我們所生活的世界是有真理的，但我也很確定，我還不知道它是什麼。而這世上有一群混蛋認為，他們可以想討厭誰就討厭誰。

你是我世界的中心——而這讓我感到很害怕，因為我不希望自己迷失在你裡面。我知道我永遠不會把這些事告訴你的，因為，嗯，因為有些事情我就是必須保密。那些因為愛滋而瀕死的男人拿著一張海報，寫著沉默等於死亡。我想我知道那是什麼意思。但像我這樣的人，沉默則是一個可以讓我遠離文字的地方。你懂嗎，但丁？在我遇到你之前，我完全沒有在意過文字這回事。它們對我來說不存在。但現在我看得見它們了，我覺得它們對我來說太強大了。

現在我的腦中充斥著文字，充斥著愛，充斥著太多念頭。我想知道，像我這樣的人，哪一天才能知道平靜是什麼感覺。

我闔上筆記本，喝完我的咖啡。我換上慢跑的服裝。腿腿的臉上掛著哀傷的表情。

我抬起頭，注意到我媽正在看著我。

「又在和你的狗說話了嗎？」

「對。」

「我看過有人說，會和狗說話的人，都是更充滿熱情的人。」她用手指梳了梳我的頭髮。「跑步順利喔。」

我想要親吻她的臉頰，但我沒有。

我奔跑著，像我從來沒有跑步過一樣。我奮力跑著，也許是因為憤怒、也許是因為愛。又或者，也許跑步並不總是一件壞事。你可以一直跑、一直跑——只要你最後會回家就好。

第九章

我和我爸一起看著新聞。

這是和他相處的其中一種方式。

他在新聞中看見的東西，使他火冒三丈。我從來沒有真正見過我爸發火，而我很高興他發怒的對象並不是我。他們在訪問一個退役軍人，這傢伙正口沫橫飛地批評著在舊金山街道上遊行的抗議者。這男人說，他打仗，並不是為了要讓這些變態可以有機會冒犯自己的政府和毀壞街道的。「讓他們搬去中國好了。」

而我爸說：「真希望我可以把那個混蛋叫來坐下，就在這間客廳裡，讓我面對面跟他說話，軍人對軍人的那種，他就不會像個高人一等的混蛋了。我會逼他大聲讀出我們的憲法和人權條例，讓我知道他有看懂。因為顯然他根本從來沒有看過這兩個該死的東西。」

他從椅子上站起來又坐下。然後又站了起來。然後又坐下。

「有些人只是因為打過仗，就表現得像是個專家一樣，讓我很不爽。他們覺得自己有資格對我們所有人喊話，而這傢伙現在覺得自己有資格邀請大家搬去中國。我得告訴你，我們這些退役軍人有一個共通點——我們都很愛抱怨自己的政府。我猜只有軍人有贏得這個權利吧——根本都是狗屁。」

我都忘了我爸有多愛罵髒話。

「這些在舊金山街頭遊行的人不是變態，他們是公民，而且他們自己都要死在一場流行病中了。這場病的死亡人數都已經勝過了我和他打過的那場仗，而政府卻不願意動動手指來幫忙。為什麼？因為他們是同性戀，而我猜對某些人來說，這代表他們都不是人。但我們去打仗時，他們告訴我們，我們是為了捍衛我們所擁有的自由而戰的。他們沒有告訴我們，我們只是為了那些與政治站在同一陣線的人而戰。

「你知道，我看見很多年輕男人死在那場戰爭中。我抱過許多垂死的年輕人，而且有些人還沒有比你大多少。他們死了，血都滲進我的制服裡，他們的嘴唇在叢林的熱雨中顫抖。他們沒辦法死在自己的國家，他們死在不屬於他們的土地上。他們死時，眼中還帶著疑問。他們才成為男人不到一小時，他們就死在他們唯一的家人懷裡，也就是另一名士兵懷裡。靠，他們應該要在家打籃球或親吻自己的女友或男友，親吻任何他們所愛的人才對。我知道許多為國打仗的人們都被當成英雄來景仰。但我知道我是誰——而我不是個英雄。我不需要成為英雄也能當個男人。」

我的爸爸哭了起來。他用顫抖的雙唇說著話。「你知道我學會了什麼嗎，亞里？」他看著我。我可以看見他所有的傷痛，我知道他回想起了所有死在那裡的男人。而他把他們盛裝在心裡，因為他就是這樣的男人。而我現在理解了，他每天都扛著這樣的傷痛在生活。

「我終於知道生命很神聖，亞里。生命，任何人的生命，所有人的生命都很神聖。而那個混蛋上了電視，告訴全世界，他不是為了他們而戰，因為他們不配。嗯，他就是在為此而戰的。他之所以打仗，是因為他們的權利必須被人聽見。而且他的生命也沒有比他們的更神聖。」

不管我想說什麼，聽起來都會很廉價。我沒有辦法說任何話來治癒他的傷痛和他的失望。我什麼都不知道。

他用袖子把臉上的淚水抹去。「我猜你大概沒想到你爸也能說這麼多話吧。」

「我喜歡聽你說話。」

「你媽比我擅長。」

「對，但你有一些她沒有的東西。」

「像是什麼？」

「她不喜歡罵髒話。」

他露出一抹比笑聲更好的微笑。「你媽相信我們需要更有紀律地使用文字。她不相信暴力——任何形式的都不行。她認為髒話也是一種暴力。而且她也不能接受別人對她說謊，不管是什麼理由。她覺得謊言是最糟糕的一種暴力。」

「你有對她說過謊嗎？」

「我從來沒有為任何重要的事對她說過謊。而且再說了，誰會想要對像你媽這種人說謊？她會一眼就看穿你的。」

第十章

「是你嗎，亞里？」

我抬起眼，看見了艾維德茲太太（Alvidrez）。「嗨。」我說。「是我啊。」

「你長得跟你爸一樣帥囉。」

我媽所有的朋友中，艾維德茲太太是我最不喜歡的一個。我總是覺得她有點虛偽。她會一直稱讚別人，但我覺得她應該都不是認真的。她的聲音聽起來有點過度甜美，而你根本沒有理由這樣做——當然，除非你一點都不甜美。我猜我只是不覺得她是個非常真誠的人，但我怎麼知道呢？她是我媽在教會的朋友之一，而她們都會一起做善事，像是樂捐衣服、樂捐聖誕玩具，或是食物銀行等等。她不會是壞人的。但有時候，你對某人就是會有不好的感覺——而你就是甩不掉它。

「你媽在家嗎？」

「是的，女士。」我說，一邊從臺階上站起來。「進來吧。我去找我媽。」我為她打開門。

「你很有禮貌呢。」

「謝謝。」我說。不知為何，她說這句話的方式——使它聽起來不像是誇獎。更像是她覺得驚訝。

「媽——」我大喊。「艾維德茲太太來找妳。」

「我在臥室裡。」她喊回來。「我馬上就出來。」

我指向沙發，請艾維德茲太太坐下。我找藉口走進廚房裡，倒了一杯水。

我聽見我媽和艾維德茲太太打招呼。「蘿拉，真是驚喜。我還以為妳在生我的氣。」

「嗯，沒關係。那只是件小事而已。」

「確實，對吧？」

她們兩人之間有一陣短暫的沉默。我想她也許是在等我媽為了那件小事情道歉，但我媽沒有上鉤。然後我聽見我媽的聲音打破了那個我認為不太舒服的沉默。

「妳想要喝杯咖啡嗎？」

她們都進了廚房，但我正打算在這裡寫我的筆記本。我對她們微笑。我媽沖了一壺新的咖啡，然後轉向艾維德茲太太。「蘿拉，我相信妳來的目的，不只是為了一杯咖啡吧。」我看得出來，我媽並沒有把艾維德茲太太視為她最親近的朋友。她的語氣中帶著一絲我很少聽見的不耐煩。這也不是她不高興時會對我使用的口氣。這是她在我爸拒絕戒菸時的語氣。

「嗯，我比較想要和妳私下聊聊。」

她在暗示我該離開了。我開始準備起身——但我媽阻止了我。「妳想對我說的話，妳都可以在我兒子面前說。」我看得出來，我媽是真的不喜歡艾維德茲太太，而且因為某些原因，她討厭她出現在家裡。我從來沒看過我媽這樣的表現。每當有人來訪時，我媽總是會放下手邊的事，盡可能讓對方感到賓至如歸。但我並沒有從我媽身上感受到歡迎的氣息。

「我真的不希望在孩子面前討論這件事。這真的不適合。」

「亞里不是孩子，他已經快要成年了。我相信他可以應付的。」

「我以為妳是一個更謹慎的媽媽。」

「蘿拉，我認識妳這麼多年，這只是妳第二次走進我的家門。第一次，妳是因為我大兒子的名字出現在報紙上，所以妳來安慰我的。但妳並不是真的來安慰我。妳是來定我的罪，指責我為人母親的不是。我記得妳說的每一個字，妳說，如果妳是上帝期待妳成為的那種媽媽，這一切或許都不會發生了。但是妳得原諒我這麼說，我告訴妳，我一點都不在乎妳對我是哪種媽媽有什麼看法。」

「我猜有些人就是沒辦法接受有建設性的批評吧。」

我媽咬著嘴脣。「建設性？妳和我對這個詞的定義有落差。」

「妳從來就不喜歡我。」

「我對妳向來就只有尊重——就算這不是妳贏來的也一樣。過去有一段時間，我是非常喜歡妳的。但也已經有很長一段時間，妳沒有給我喜歡妳的理由了。」

我喜歡媽媽和艾維德茲太太這個小對話的走向。如果她們要吵架的話，我已經知道艾維德茲太太要輸了。她沒有禱告。我把頭垂得很低，我不想讓她們看見我在微笑。

「我有話直說。當我知道什麼事情是錯的時候，我的信仰就會要求我開口，不管別人會怎麼想。」

「真的？妳要把信仰一起拉進來講嗎？不管妳想說什麼，蘿拉，就說吧——只是試著不要把上帝扯進來。」

「不管我去哪，上帝都陪伴著我。」

「上帝陪伴著我們所有人，蘿拉。所以祂才是上帝。」

「對，但我們之中有些人更加察覺祂的存在。」

我從來沒有在我媽臉上看過那個表情。我夠了解她，所以我知道她不會說出大部分此刻在她腦中的念頭。「現在我們已經達成共識，上帝是站在妳那一邊的，妳就說重點吧，蘿拉。」

艾維德茲太太直視著我媽的眼睛，說：「莉娜（Lina）的兒子死於那個疾病了。」

「什麼疾病？」

「那個讓紐約和舊金山的男人瀕臨死亡的疾病。」

「妳在說什麼？」

「我在說，迪亞哥（Diego）選擇了一個違背我們信仰的生活方式，而他死於愛滋病了。我知道他的訃告會寫他是死於癌症。我不贊同這個謊言，而我也不相信他該在天主教堂裡舉辦葬禮。而我在想，我們一群人應該要去找亞曼德里（Armendariz）神父，要求他做對的事。」

我看得出來我媽試著深呼吸幾下再開口。最後，她用一種安靜、但堅定得像顆拳頭的語氣開口，好像準備把她的神智一拳打飛似的。

「我希望妳好好聽我說，蘿拉，妳才能清楚理解我的立場。妳有沒有想過，這對莉娜來說會有多痛苦？妳有沒有想過、有沒有考慮過，她現在正在經歷些什麼？她是個正直善良的女人。她慷慨，也親切。她擁有妳缺乏的所有優點。我不知道妳為什麼認為我們的信仰是為了定人的罪而存在的。莉娜和她的家人或許不只要應付無比的痛苦，我很確定他們也感到無比羞愧。在她去了一輩子的教堂裡為她的兒子舉辦喪禮，那是沒有人有權拒絕的一種安慰。」

她還沒有說完，但她頓了頓，直視著艾維德茲太太的眼睛。

艾維德茲太太正準備要說些什麼，但我媽打斷了她。

「蘿拉，滾出我家。滾出去，這輩子別想再踏進我家的前門。我走在上帝的土地上這麼多年，我從來沒有對誰收回我的熱情。但是每件事都有第一次。所以滾出我家。如果妳覺得妳離開的時候還有上帝與妳同在，妳最好再想清楚一點。」

艾維德茲太太看起來並沒有被我媽說的話刺傷，但她顯然很不爽，而且她很想當最後發言的那一個。但我媽臉上鋒利的神情使她裹足不前。她靜靜站起身，走出廚房，然後重重在身後甩上前門。

我媽轉向我。「我發誓，我都想掐死那個女人了。我可以掐死她，然後去接受審判。然後我會誠實而衷心地提出我是因正當理由而殺人，而我完全相信我可以獲判無罪。」

她緩緩走向餐桌旁的一張椅子，然後坐了下來。淚水從她臉頰上滑落。

「對不起，亞里。對不起。我不像是我自己期望中的那種好人。」她不斷搖著頭。我把手伸過桌面，而她牽住我。

「媽，妳想知道我怎麼想的嗎？我覺得妳是我媽，我真的很幸運。超級幸運。而且我開始注意到，妳也許是我這輩子見過最善良的人類了。」

我喜歡她此刻對我微笑的樣子。她低語：「你真的在長大成人了。」她從桌邊站起來，來到我身後，並吻了吻我的臉頰。「我要去幫你姊姊們打包。我今晚回來時，我會坐下來好好想想，我要帶什麼去拜訪莉娜家。我也會送花給莉娜。不是送給葬儀社的，而是給她的。」

如果「火爆」這個詞還沒有被人發明出來，它也一定會被發明來形容我媽。

＊

我聽見我媽離開的聲音，然後感覺到腿腿的頭靠在我的大腿上。我摸了她很長一段時間。然後我對她說話——儘管我知道她聽不懂。「為什麼人們都不像狗這麼真誠？告訴我。妳有什麼祕密？」她用深色的眼睛熱烈地看著我，而我知道，就算狗不懂人類的語言，牠們確實可以理解愛的語言。

＊

我拿出筆記本，但不確定自己要寫什麼。

我不知道我為什麼突然對寫作產生了這種興趣。我是說，有時候我只是在想一件事，我就想要把它寫下來。我想要看看我在想什麼，也許是因為，如果我能看見我在思考的文字，那我就可以知道我在想的事情是不是事實了。

你怎麼會知道哪些事是事實呢？我猜人們如果用優美的文字，或許就能讓你相信某件事是真的了。

也許它會聽起來很美好，但這不代表那件事是真的很美好。我猜我不需要擔心這一點，因為我覺得我寫的東西永遠也稱不上優美，或是用但丁的話來說，「好看」。但我為什麼要顧慮這個？我不是作家。我不是要創作藝術的。我腦中有想說的話，那是我必須說給我自己聽的話。我需要為自己釐清一些事。如果我不把我必須說的話說出來，它會逼死我的。

親愛的但丁：

我媽是個好人。我這麼說，並不是因為她是我媽。我是指以一個人的標準來說的話。但丁，我以前一直以為我是個透明人。我以為我爸媽對我一無所知，他們不知道我的感覺、也不知道我是誰。我以為他們根本不在乎。尤其是我爸。而我希望他愛我，因此我討厭他，因為我覺得他不愛我。而我總是對我媽生氣，因為她老是對我管東管西，而我以為她只是想要掌控我的人生，想要告訴我什麼可以做、什麼不能做。而當她想要對我說話時，我只覺得她是想要教訓我，或是教我一些她覺得我該知道的事，我就會對自己說：對啦，對啦，我媽是學校老師，我這輩子都要被困在她的課堂裡了。

我跟你不一樣，但丁。你總是理解你爸媽愛你。你也愛他們。你從來不覺得自己應該要瞧不起自己的爸媽。你從來不在乎其他人怎麼想，因為你總是知道自己是誰。你很善良，也很敏感（而且，對，有一點情緒化，而且你有點太容易受傷了）。但你很感性。你很感性，也很勇敢。我以前一直以為你需要我在旁，這樣才能保護你。但你不需要被保護。因為你有一種特別的勇氣，那是大多數人現在沒有、以後也不會有的。我永遠也不會擁有住在你體內的那種良善。但你教了我很多事。我以前對我爸媽的那些看法，嗯，幾乎都是謊言，而我相信了我自己說的謊言。我爸比我還早發現我愛你。而且不只如此，他也沒有批判我。我也開始意識到，他真的很愛我。對，他愛我是因為我是他的兒子，但他也沒有因為我愛另一個男孩而批判我。那是因為他是個好人。天啊，但丁，我從來沒有把他們當成人來看待。你知道，我有好一段時間都是個混蛋。我再也不想當個混蛋了。

而我媽，她有一點像你。她知道她是誰，她知道自己的想法，因為她是那種會坐下來好好思考事情的人。

但丁，我媽是一個優秀、不可思議又火爆的女士。如果因為我愛你、因為我愛男人，我的人生就要成為一場戰爭的話，那我很幸運，因為我媽會和我並肩作戰。

我們很幸運，但丁。不只是因為我們的父母愛我們，也是因為他們是好人。

在今天之前，我從來沒有想過這件事。

我愛你，但丁。而這改變了我生命中的一切——這很重要。但我不知道這對我未來的人生有什麼影響。有好多事我都不知道。有好多事我永遠都不會知道。

第十一章

我聽見但丁的聲音從電話中傳來。「嗨。」他說。

「嗨。」我說。

「我是個混蛋。我——我是說——我是說，昨天晚上我表現得像個五歲小孩。有時候，我自己都不知道我在幹麼。有時我覺得我什麼都不是，就只是一團情緒糾結在一起，而我不知道我要怎麼把它們解開。」

「你真的是個詩人。」我說。「你說話也像詩人。你想事情也像詩人。你一點問題都沒有，但丁。你爸媽在捉弄你，也許他們是有個重點想要表達——但他們同時又在逗你玩。」

「我知道，我只是，我也不知道。我知道他們不是故意要傷害我的感情——你也不是。我知道我很有幽默感，但有時候那種幽默感會棄我而去。而且你覺得我是某種聖人。但我不是，亞里。我不是。」

「我不覺得你是聖人。我覺得聖人應該不會和別的男生做愛。但有時候我是覺得你很像某種天使。」

「天使也不會和其他男生做愛啊。」

「嗯，也許有些會喔。」

「我不是天使，也不是聖人。我只是但丁。」

「我覺得這樣也不錯。我可以過去你家嗎？我會把腿腿帶上卡車，載她一起過去。」

「這個點子真是太優秀了。」

「『優秀』這個詞住在我身體裡了嗎？我還沒收到通知呢。」

我掛掉電話。我得把腿腿抱起來，她才能坐在前座。我開去但丁家的路上，她一直舔我的臉。狗為什麼總是想要舔你的嘴唇？這是宇宙中的另一個謎團。

第十二章

當我抵達但丁家時，我把腿腿從座位上抱起來，放到人行道上。她毫無障礙地爬上階梯——並舔起坐在那裡的但丁的臉。

「我媽今天早上讀了抗議行動的事給我聽。我是說，那女人真的很會說教，整個西半球大概沒有人能贏過她了。『我的工作就是要提醒你，人生中每個行為都是有後果的，不管那些行為有多大或多小都一樣。我不會讓你靠著魅力度過一生，因為這樣做是作弊。人生中沒有一條捷徑是值得一試的。』你知道，亞里，她就像是黑暗中的一團火焰，不管有風或是暴風雨都不影響，因為沒有一場暴風雨強到可以澆熄我媽這團火焰。」

我想要對他說一些重要的話，但我不知道要怎麼說重要的事。所以我只是低語：「但丁，有一天，你也會成為那團火焰。也許你已經是了。」

「也許你只看你想看見的東西而已。」

「這是犯罪嗎？」

「也許喔，亞里斯多德・曼杜沙。也許正是如此。」

第十三章

我回到家時，我媽正在家裡做烤蔬菜玉米捲餅。兩份烤蔬菜玉米捲餅。一盤紅的，一盤綠的。「為什麼做這麼多菜啊，媽？」

「我要帶去奧特加（Ortegas）他們家的。這是我對莉娜的安慰。」

「為什麼有人死的時候，大家都要帶食物過去？這是從哪裡來的習慣？」

「你爸會說這是移民行為。」

「那到底是什麼意思啊？」

「大部分搬來這個國家的人，都不是在家鄉很成功的人。大家都很窮。當有人過世的時候，很多人會去拜訪，但那些家庭都沒有東西可以拿出來招待客人。人們都是有自尊的。所以大家會送食物過去，而世上沒有一件事可以比得過分享食物、和他人一起用餐。這會把喪禮變成一個小小的慶祝會。」

「妳怎麼會知道這麼多？」

「這叫做生活，亞里。」

我想到，我媽總是跟我說很多事，而我從來沒有好好認真聽她說話。在那一刻，我感到很慚愧。我以前總是希望能夠逃離她，好像我是某種囚犯似的。我總是想要離開屋子，並不是因為我有什麼地方想去，只是因為我想要離開。

我看著我媽把鋁箔紙蓋在烤盤上，一邊想著，現在和她相處變得好容易。她聰明、有趣、有幽默感，不重要的事情也不會讓她生氣，或是毀了她一天的好心情。我以前總是認為她想要我成為別人。但是想要我成為另一個人的並不是她——而是我自己。她會鼓勵我、挑戰我。而我不喜歡。但那不是因為她想要毀了我的人生。就某方面來說，她就像但丁的媽媽一樣。她們都希望她們的兒子可以成為好人——而她們會用盡一切力量來達成這個目標。而當我們聽不懂的時候，她們也一定會讓我們明白她們的意思。

＊

我有功課要做，但我決定和我媽一起去奧特加家，向他們送上安慰。「為什麼要今天去？喪禮不是在明天嗎？」

「因為，」她說。「我們會用愛來包圍哀悼的人，這是我們的傳統。我們的存在，會在他們感到無法承受的時候帶來安慰。這很重要。」

我爸載著我們去到奧特加家時，他說他對參加喪禮的重要性有個理論。「喪禮。」他說。「這比婚禮要重要得多了。人們不會記得你去參加過他們兒子的婚禮——但他們會記得你沒有去參加他們媽媽的喪禮。如果你沒有在他們最需要你的時候站在他們身邊，他們內心深處會感到受傷。而且，我們也要記得，我們去參加喪禮時並不只是為了哀悼死亡，而是為了要慶祝他們的人生。」

我坐在後座，我媽則轉頭過來對我眨眨眼。「你爸的婚禮出席率非常糟糕。但是如果是喪禮的話，他的出席率就很完美。」

我爸發出一聲接近笑聲的聲音。「莉莉安娜，有沒有人說過妳講話像個老師一樣？」

「也許是因為我剛好就是老師吧。但是呢，我的丈夫已經從軍隊裡退役十八年了，他說起髒話來還是像個軍隊的粗人。」

「我也沒有那麼愛說髒話，莉莉。」

「那是因為你不太說話。」

他們在開玩笑——就像但丁和我講話時會開玩笑一樣。

「妳不懂，對我來說，不管是我在亞里的年紀，還是更老了之後，說髒話這件事都一樣好玩。那是我內心僅存的像孩子的一部分了。我內心有太多大人的成分了。越南殺掉了我內心絕大多數的男孩本質。但我還是有一小塊的孩子碎片住在我體內，而那個小孩喜歡說髒話。」

「為了捍衛說髒話的權利，這是我聽過最動人的一種說法了。」她眼中含著淚水。「你從來不談戰爭。你應該要更常說的。就算不是為了你自己，也是為了我。」

「我在嘗試，莉莉。我真的很努力了。妳知道，就算在戰爭前，我也不太喜歡說話，但我知道該怎麼傾聽。」

「對，你很懂。」她說。她把眼角的淚抹去。「每次我覺得我已經非常了解你了，你都還是可以讓我驚訝。我覺得你太會操縱人心了。你讓我又重新愛上了你一次。」

我看不見我爸的臉，但我知道他在微笑。

一趟短短的車程，就能讓你發掘出一些你覺得自己已經了解了、但並沒有真的了解的父母的另一面。他們想辦法讓彼此的愛維繫了三十五年。我總是聽別人說，在一段婚姻中，一個人的愛會比另一個人的愛更多。但你怎麼知道呢？嗯，我猜在很多婚姻裡，很顯然只有一方在乎，另一方則完全不當一回事。但是在我爸媽身上，我覺得他們平手。

而且，為什麼人們總是喜歡去度量愛的程度，好像那是可以測量的東西一樣呢？

在友誼的國度裡

每個人類——我們每一個人——就像是一個國家。你可以在自己身邊打造城牆，保護自己、阻擋其他人接近，永遠也不讓別人拜訪，不讓別人接近，不讓別人看見你埋在心中的美麗寶藏。建造城牆也許會帶來悲傷而孤獨的人生。但我們也可以決定給別人簽證，讓他們進入你的國度，讓他們可以看見你所懷抱的財富。你可以決定要不要讓那些入境的人看見你的痛苦，以及你生存下去所需的勇氣。讓其他人入境——讓他們看看你的國度——是通往幸福的關鍵。

第一章

小時候，如果我進入一個充滿人的房間，我就會開始數人數。我會一次又一次地數——而我從來不知道我為什麼要這麼做。我浪費很多時間在數人數，而且這種行為完全沒有任何目的。也許我以前沒有把人當成人來看待，而只是數字。我不懂人——而且就算我自己也是個人，我卻又生活得離他們太遠了。不知為何，當我們抵達奧特加家時，我想到了這件事。我知道這間屋子裡會擠滿人，而那些人都是人、不是數字——而且他們都是有愛心的人。是他們的心帶他們來到這裡的。

我端著一盤烤盤料理，我爸則拿著另一盤。我想我們兩人的臉上都掛著同樣的表情：拜託別打翻。

當奧特加太太打開前門時，我看得出來她真的很喜歡我媽。她抱著我媽，在她的肩膀上大哭起來。「我很抱歉。」她說。

「妳要道什麼歉？」我媽說。「這又不是跨年派對——妳才剛失去一個兒子。」

她微笑著，試著整理好自己。「謝謝妳送的花，莉莉，真的很貼心。妳一直都這麼貼心。我很高興妳來了。」我們跟著她走進客廳，而奧特加太太為我們清出一個空間，讓我們把我媽做的烤蔬菜玉米捲餅放在餐桌上。奧特加太太看著我，搖了搖頭。「我知道你討厭媽媽的朋友誇獎你。但是我得說，你是個非常英俊的年輕人。」

很多大人都喜歡說我的外表如何，我一直都覺得這一點很有趣。我沒辦法控制自己出生時的臉長怎樣。這不代表我是一個好人。而這也不代表我是一個壞人。

「我長得跟我爸很像。」我說。

「你長得跟你爸很像。」她說。「你只是長著你媽媽的眼睛。」

我覺得有點尷尬，也不知道接下來該說什麼，所以我開口，然後說：「很遺憾妳現在這麼難過。」

她又開始哭了起來。而我覺得不太舒服，因為我讓她又哭了。「我不是有意要——我是說，我總是說錯話。」

她止住哭泣。然後她搖搖頭，對我微笑。「喔，亞里，不要對自己這麼嚴格。你沒有說錯話。」她吻了吻我的臉頰。「你就和你媽一樣貼心。」

*

這裡沒有人和我年齡相仿。有很多小孩在四處奔跑，而他們讓我忍不住笑了，因為他們看起來很快樂。奧特加家的兩個女兒也在——她們年紀比我大。沒有比我大太多，但也大得足以使她們對我失去興趣。就像我對她們也沒興趣。然後還有卡珊卓（Cassandra）。她是最年輕的。她跟我一樣大，你可以說我們是一起上學，但是「一起」這個詞對我們的狀況不太適用。

卡珊卓滿討厭我的，我也同樣討厭她。這是互相不欣賞的社會，不過我覺得「互相不欣賞」好像不是一個正式的詞。我希望我可以想辦法避開她，這樣我就不用親眼看見她臉上掛著的那種厭惡。她的長相只是加深了她散發出的優越感。卡珊卓不在我的視野中，使我鬆了一口氣。

一會之後，我厭倦了我媽的朋友們一直問我：「亞里，你是什麼時候變成一個男人了啊？」我一開始都還算很有禮貌，但當我聽到這個問題第五次時，我心中那個自作聰明的混蛋就很想回答：昨天吧。對，我覺得應該是昨天。我起床之後看了一下鏡子，然後就這樣，我是個男人了！一直聽著人們討論我不認識的人——雖然都是說好話——讓我感覺有點無聊了。我在紙盤上盛了一點食物，然後開始尋找一個可以讓自己隱身起來的位置。然後奧特加太太就在這時出現在我面前。

「卡珊卓在露臺上。也許她會需要一點陪伴。」我在想，卡珊卓也許是需要一點陪伴，但我猜她應該寧可要一隻老鼠的陪伴——而且是一隻很大的老鼠，甚至是一隻染著病的超大老鼠——也不想要我出現。我覺得我就像是帶著一把沒有子彈的步槍、準備上戰場一樣——這是某種自殺任務吧。奧特加太太當然看見我臉上的表情了。「亞里，我知道你們兩個對對方沒什麼好感。但我不想看她一個人待在那裡。你也許可以讓她從悲傷中稍微分心一點。」

「要是她打我怎麼辦？」我說。天啊，我居然真的這麼說了。

至少我把奧特加太太逗笑了。「如果她打你，我會幫你出醫藥費的。」她還在笑——而把人逗笑比把人惹哭的感覺好多了。她溫和地為我指出後門的方向。

我走上露臺，那裡更像是一個戶外的客廳，擺了植物、家具和立燈。我看見卡珊卓坐在那裡。她看起來就像是悲劇小說的角色，孤單的身影似乎註定要沉溺在悲傷的汪洋中。

卡珊卓坐著的戶外沙發旁，有一張帶著坐墊的椅子，看起來滿舒服的。她的長相漂亮得讓人有點害怕。她有著栗色的眼睛，能用眼神把你逼退，並讓你覺得你就像是在她家亂爬的蟑螂，而她正準備把你踩扁，幫你結束可悲的一生。「介意我坐下嗎？」

她的意識從剛才神遊的地方回到現實，然後對我擺出了我上面所描述的那種表情。「你。在。這。裡。幹。嘛？」

「我跟我爸媽一起來的。」

「嗯，像你這樣沒朋友的人，我猜你也只能跟你爸媽一起玩了。」

「我喜歡跟我爸媽待在一起。他們聰明又有趣——這比奧斯汀高中的那些混蛋要好得多了。」

「嗯，你不也是那群混蛋的其中一員嗎？原來混蛋們並不全都互相喜歡啊。」她也許真的高人一等——但她沒有理由讓所有人都覺得要為自己的呼吸道歉。「你那是什麼自以為是的表情啊？」

「我應該要接受妳討厭我的事實——然後保持這樣就好了。」

「你想要我為討厭你的事道歉嗎？」

「妳不欠我道歉。我也不欠妳。」

她轉開視線。這個姿勢像是她早就研究好的。而我覺得她好像一個演員。但這不代表我就認為她對我的感覺不是真的。那太真實了。

「你是個小男孩。我不喜歡小男孩。我喜歡大人。」

「我都忘了，妳從十二歲開始就變成大人了。可能妳就是因為這樣才沒有熱情吧。妳就是沒有同理心。」

「謝了，佛洛伊德醫生。告訴我，你是什麼時候開始研究心理學的？我也有幾個自己的觀察。你去跟人打架，是因為那會讓你覺得自己像個男人。而且你對自己的智慧有很高的評價。」

「我不覺得我有那麼聰明。」

「嗯，至少你絕對稱不上是深思熟慮。你到處傷害人。你傷害了吉娜和蘇西。她們是真的很喜歡你。她們想要跟你做朋友，但你一點都不在乎。蘇西有個說法。她說你一點都不高傲。你只是討厭自己而已。」

「嗯，也許是真的啊。」

「值得討厭的部分很多。我可以給你幾個理由，讓你加到清單上去。」

「別白費力氣了。做為一個不認識我的人，妳似乎對我瞭若指掌。」

「你不需要跟一個人互動也可以了解他。你知道你從來、從來沒有在走廊上跟我打過招呼嗎？」

「妳也不是和藹小姐好嗎！妳看我的樣子，好像隨時準備一巴掌把我打回地獄去一樣。但話說回來，妳看每個人的表情都是那樣。」

「你覺得你可以跑進我家來侮辱我嗎？去你的。」

我把到嘴邊的「我也去妳的，卡珊卓」吞了回去。「妳讓別人把妳打倒，妳就是個死人。妳知道妳是什麼嗎，卡珊卓？妳是個殺人凶手。妳用妳的眼神當作武器。妳是一把上膛的槍，只是偽裝成小女孩的樣子。」

「你對我一無所知。你不知道失去是什麼感覺。我才剛失去一個哥哥，而且他不是死於癌症。他是因為愛滋病才死的，而且感謝艾維德茲太太，很多人都已經知道了。我上一次見到他的時候，是在舊金山的醫院裡。我根本認不出他來。他那時候就已經死了。他總是可以讓我覺得自己有點價值。」她哭了起來——不只是哭泣，而是啜泣——而她的眼淚表達著失去、憤怒與傷痛，還有我永遠也不會讓人再傷害我。永遠不會。

「在自己垂死的哥哥面前那種無助的感覺，你懂嗎？他聰明，又勇敢——而且他是同性戀，這代表他不算個男人。連人都不算。就讓他們死吧。像你這種人也不會在乎。你不懂，像我哥哥這樣的男人光是出生，就要經歷多少痛苦。你永遠也不會懂他的勇氣。」

「妳怎麼知道？」

「因為異性戀小朋友都是麻木不仁的混蛋。」

我不知道我原來打算要這麼說，但話就這樣說出口了。「妳怎麼知道我是異性戀？」

她看著我。她用困惑的表情看著我，一句話也沒說。她一句話也說不出口，但她臉上帶著疑問。

「妳怎麼知道我不是同性戀？」我說出來了，而一部分的我鬆了一口氣、另一部分的我則後悔了。「卡珊卓，我是同性戀。我才十七歲——我很害怕。」我們之間的沉默似乎會持續到世界盡頭。「對不起。」我說。「我不是有意要告訴妳的。我是不小心的。對不起，我——」

「噓。」她低聲說。她身上所有的強硬氣息似乎全部都消失了。她現在看著我的眼神，那種溫柔是我從來沒有見過的。她低語：「嗯，也許你不該告訴我的。因為這種事你只能對你信任的人說，而你沒有理由信任我。但你說了。我聽到了。而我沒辦法假裝沒聽到。」我想她是在找正確的話來回應——但是沒有所謂正確的回應。「我猜這倒是解釋了很多事情。」她說。「噢，天啊。」她說。「喔，天啊，我真是個大混蛋。」她又哭了起來，這次是真正的放聲大哭。「亞里，我，天啊，我真是個大混蛋。我是——」

「嘿，嘿，聽著。別這樣。別這麼說。妳不是個混蛋。妳不是。妳真的不是。只有少數幾個人知道這件事。五個人而已。妳是第六個。現在我告訴妳了，我覺得我好像只是給了妳另一個重擔、要妳扛著。我不想要這樣。我不想。我知道那些同性戀社會運動人士說，沉默就等於死亡，但是我的沉默，至少現在，代表著我的生存。」

她只是一直看著我。她在研究著我。她已經不哭了。她試著微笑——然後她說：「站起來。」

「什麼？」

「我說站起來。」

我用著幾乎是挖苦的疑惑表情看著她。「好吧，如果妳堅持的話。」所以我站了起來——然後她抱住我。她趴在我的肩膀上哭泣。我只是抱著她、讓她哭。我不知道她哭了多久，對我來說，那也可以算是一輩子了——如果她需要用一輩子的時間來釋放她內心所有的傷痛的話。

當她終於停下來時，她吻了吻我的臉頰。然後她坐了下來，看著我裝滿食物的盤子說：「你要吃嗎？」

「妳可以吃。」

她抓起盤子。「我快餓死了。」她說。

我得說，她真的大口享用了起來。我忍不住大笑。

「怎樣？什麼事這麼好笑？」

「這麼漂亮的女孩子，狼吞虎嚥起來卻像個男生。」

她對我擺出一個敷衍的表情，幾乎像是在開玩笑了。「我做很多事情都可以像個男生。我投棒球可以投得跟男生一樣好，而且我敢打賭，我的打擊也比你好。」

「嗯，因為我不打棒球，這標準有點低喔。」

她微笑起來。「我有個主意。

「你為什麼不當個紳士，然後——」

「我以為我們已經達成共識了，我不是個紳士。」對，我現在面帶微笑。

她回應了我一個一樣裝模作樣的微笑。「這是事實。但顯然現在遊戲規則已經改變了，我現在也知道你真的很有潛力。我們需要新的策略。」

「新的策略？」這使我真的微笑起來。

「沒錯。現在，就如我剛才所說，你為什麼不當個紳士，然後多幫我們拿幾盤食物過來呢？」

我搖搖頭，往屋內走去。在我打開後門的時候，我轉過身問她：「妳一直都這麼霸道嗎？」

「一直都是。」她說。「這是我最擅長的事之一。」

「嗯，我們越常實踐一個美德，我們就會做得越好。」

我走進屋內時，還可以聽見她的笑聲。

＊

卡珊卓和我聊了很久。她告訴我她爸爸有暴力傾向，並在她哥哥出櫃後狠狠打了他一頓——而這終結了她父母的婚姻。他離開的時候，她才十二歲。

她笑著告訴我，當她媽媽得知他有外遇時，她終於可以好好咒罵他一頓。而這資訊當然是來自於艾維德茲太太了。

她的一生都很寂寞。但當我聽她說這些話時，我並沒有感覺到一絲絲顧影自憐。她沒有浪費時間在為自己感到可悲。而我呢，這卻是我這輩子唯一擅長的事。

＊

「所以，你男友的名字叫但丁。」

「對。『男友』這個詞聽起來還是好奇怪。但我不知道還能怎麼稱呼他。」

「你愛他嗎？」

「我為他瘋狂。我發現愛上一個人，就是某種程度上的發瘋。妳有沒有愛上過誰？」

「幾乎吧。我差點就栽下去了。」

「怎麼回事?」

「他年紀比我大。他在唸大學。我覺得自己是個女人,他覺得我是個女孩。他覺得自己是個男人,我覺得他是個男孩。我知道我們這樣下去只會是場災難,所以我叫他別打給我了。」

「做得好,卡珊卓・奧特加。做得好。」

*

我們準備離開奧特加家時,奧特加太太和卡珊卓陪著我們走到車子旁。我爸媽還在講著喪禮最後的一點細節,而我猜這意味著我媽也是其中一分子了。卡珊卓和我跟在後面。

「卡珊卓,妳的記憶力怎麼樣。」

「幾乎是圖像式記憶了。」

「我還是得問問,對吧?這樣我就可以給妳我的號碼,而妳可以把它寫在妳的圖像大腦裡。」我在半空中比劃著,並把我的電話號碼給她。她重述了一次號碼。

「知道了。」她說。

我可以看見我爸準備上車了,但我媽和奧特加太太還在說話。

「我猜你還沒告訴吉娜或蘇西吧。」

「還沒。」

「亞里，你應該告訴她們。」她的聲音帶著真實的請求。「她們永遠不會背叛你的，而且她們很關心你。我知道你是個很重視隱私的人，你也不覺得你該告訴任何人——這是為了你的生存著想。但是我保證，蘇西和吉娜——還有我——我們會幫你的。抱歉，這句話聽起來很自以為是，這是我的習慣了。你知道，吉娜和蘇西，她們很忠實的。你應該相信她們。」

我點點頭。

「我會的。我是說，我覺得我們好像是編出一個遊戲規則，她們煩我、我對她們不耐煩，然後我們好像都已經習慣玩這個遊戲了。她們一直都知道，她們不像我表現出來的那麼煩人。但在她們身邊時，我真的不知道要說什麼或做什麼。」

「是時候學一學了。」她吻了吻我的臉頰。「是時候該學習了，亞里斯多德・曼杜沙。」她只是不斷搖著頭。然後她轉過身。我看著她走回通往前門的小路上。我低語著她的名字。「卡珊卓・奧特加。」不管這名字原本代表著什麼，現在它的意義都大不相同了。她的名字以往總象徵著某種可怕的東西，現在它聽起來像是個前往新世界的邀請。

第二章

在我上床睡覺之前，我想要在筆記本裡寫點東西。所以我掏出筆記本，拿起一支筆，思考了一下。我不太確定我需要寫什麼——但我知道我需要寫點什麼。也許這就是成為製圖師的方法之一。我正在記錄屬於我自己的旅程。

親愛的但丁：

我媽告訴我，我的姊姊們要搬家了。她說她們三天後就要搬走了。她說有時候人生轉瞬間就會改變。我知道這句話是什麼意思，但我不知道這個形容是怎麼來的，我也不記得我是什麼時候、在哪裡學到這句話的。這代表突然的改變。前一刻你還在往這個方向前進，下一秒，你就突然開始往另一個方向走。發生了一件你從沒想過的事，而突然間，一切都變了，你發現自己走上了一條你從來沒想到的路。

但丁，你改變了我的人生、改變了我人生的方向。但這個改變並不是瞬間的。我今晚和卡珊卓·奧特加聊過了，而我不確定我有沒有和她講過你的事。

因為我過去對她的厭惡幾乎是純粹的，但今晚，我一部分的人生轉瞬就變了。而突然間，一個我討厭的女生變成了我欣賞的女生。一個曾經是敵人的女孩，成為了真正的朋友。我人生中從來沒有一個人是瞬間就變成朋友的。但就這樣，她對我來說變得很重要了。

而我覺得我有點變了——但我不知道是什麼意思。

我曾經以為你可以在某人的手中，發掘全宇宙的祕密。

而我覺得這是真的。我確實在你的手中發掘了全宇宙的祕密。你的手，但丁。

但我也認為，當一個更像是女人的女孩在你的肩膀上大哭時，你也可以發掘全宇宙的祕密。你也可以在自己的眼淚中發現全世界中所有的傷痛——如果你認真聆聽眼淚所唱的歌的話。

如果我們夠幸運。如果我們夠幸運，宇宙會把我們生存所需的人都送來我們面前。

第三章

一星期，再過一星期就要開學了。「學校」一詞就像是禿鷹在屍體上盤旋一般，籠罩著我們。現在是星期六。星期六在暑假期間其實沒有什麼意義。我出去慢跑。我喜歡跑完步之後汗水從我體內湧出的感覺。

跑完步後，我坐在前廊的臺階上思索著。我自顧自地笑了。亞里，你還說自己沒有任何興趣呢。

我媽走出來，在我身邊坐下。「不要太靠近我，媽。我現在很臭。」她笑了起來。「我以前還要幫你換尿布的。」

「呃，好噁心喔。」

這句話使她搖了搖頭。「有些事兒子是永遠不會了解的。」

我點點頭，然後一個點子從我腦中竄出。「媽，妳今天有什麼計畫嗎？」

「沒有。」她說。「但我有點想要煮飯。」

「太好了。」

「為什麼？你想要吃飯嗎？」

「妳還好意思問我那種自作聰明的態度是怎麼來的呢。」我把自己的點子全盤托出。「媽，妳覺得我可以邀請朋友來家裡吃午餐嗎？」

我媽露出快樂的表情。「我覺得這樣很棒啊。但是你是誰？你把我兒子怎麼了？」

「哈！哈！嗯，我覺得我得告訴蘇西和吉娜我的事——我想說可以請她們來吃午餐，然後，妳知道——」

「蘇西和吉娜？就是你一直抱怨她們不肯離你遠一點的那兩個女生？你總是把她們拒於千里之外，因為她們膽敢想要和你做朋友？」

「妳已經表達得很清楚了，媽。」我覺得自己真是混帳。「我猜我開始懂了。這聽起來可能會有點奇怪。但她們是我從一年級開始，最接近朋友的存在。我不想要再把她們推開了。就像妳說的，我會需要朋友。但丁和我不能獨自走上這趟旅程。」

「亞里。」她低語。「我已經放棄希望了，我以為你永遠也不會睜開眼睛、看見這兩個女孩有多重視你。我好以你為傲。」

「這大概只花了我十二年的時間吧。」

「遲到總比不到好。」她對我拋來一個飛吻。「你說得對，你真的很臭。沖個澡吧。我來煮一頓大餐。」

＊

我打給但丁，問他午餐有什麼計畫。

「什麼都沒有。你打算要約我來一場真正的約會嗎？」

「我媽要煮飯。她想要煮飯。她說她想煮的時候，意思都是大餐。」

「聽起來很棒啊！你還愛我嗎？」

「這個問題很蠢。」

「這才不是個蠢問題。蠢問題是像下雨的時候和朋友一起走在街上，而你朋友問：你覺得今天會下雨嗎？蠢問題是像我媽挺著大肚子走進房間裡，然後我還問她：媽，妳三十七歲了，妳不可能是真的懷孕了，對吧？這才是蠢問題。」

「好吧，那這問題不蠢。我應該要回答你：繼續問我這種你已經知道答案的問題——我就要——」我不知道我想要說什麼。

「你就要怎樣？」

「我就要吻你了。但我會用好像不是真心的方式吻你。」

「我覺得你應該辦不到喔。」

「你為什麼這麼肯定？」

「因為對象是我啊。」他用著開玩笑時才會出現的高高在上的口吻說道。「因為你只要把嘴唇貼上來，你就沒辦法控制我在你心裡激起的熱情了。」

「我要做個大膽的預測，但丁：你未來也許會寫很多本廉價的愛情小說喔。」

「你真的這樣想嗎？我會把這些小說都獻給你。」

「待會見。請記得帶上聰明的但丁，把現在和我說話的這個傻瓜留在家裡。」

「好吧，我會把這個傻瓜留在家裡，讓他心碎而死。」

我掛上電話。這個但丁，真的很有趣。而我欣賞他拿自己來開玩笑的能力。我還沒有學會這項藝術。

也許我永遠也學不會。

第四章

我深吸一口氣——然後決定打電話。一通討厭的電話，我在腦海中這麼稱呼它。你知道，我討厭的事情有很多。在遇到但丁之前，我早上總是討厭起床。這種厭惡很強烈。卡珊卓說得對。我欠蘇西和吉娜一個解釋，我得告訴她們我是同性戀。這實在太奇怪了。我是說，我還對著鏡子練習過我的說詞。我照著鏡子，對鏡子裡的我說：「亞里，你是同性戀。現在，跟著我重複一遍：我是同性戀。」這很蠢，我知道，但也許也沒那麼蠢。而且我通常不是會做那種傻事的人，因為我不是特別喜歡裝傻，我甚至都不喜歡這個詞。但丁說每一個字都值得尊重。我認為他的想法很令人欽佩。但有時我們太尊重某些詞了。就像「去你的」這個詞。我並不想失去對這個詞的尊重。或者，也許我不必尊重這個詞，也可以使用它。我知道我爸在這場爭論中會站在哪一邊。而我不必猜，也知道我媽會怎麼想。

我知道我坐在這裡想著這一切，是因為我不想打這通討厭的電話。亞里，你該告訴她們的。卡珊卓的聲音在我腦中響起。很好，真是太好了。又一個聲音住在我的腦子裡了。

我從電話簿中翻出蘇西的電話。我聽見電話響了幾聲，然後蘇西的聲音出現在電話的另一端。「蘇西？我是亞里。」

「亞里？亞里斯多德．曼杜沙居然打電話給蘇西．博德？嗯，讓我穿著婚紗，然後把我推進泳池裡吧。」

「別鬧了，沒什麼大不了的。我從一年級就認識妳了。」

「嗯，說得真好。你從一年級就認識我了，但我從來沒有在電話另一端聽過你的聲音。」

「那妳為什麼從來不打來啊？」

「因為你，亞里。是你不給我機會打的。噢，我想我可以打給亞里，看看他在忙什麼？」

「好吧，好吧，我知道了。」然後我腦中自作聰明的那部分又開始作怪了，所以我說：「那妳在忙什麼呢？」

「噢，沒什麼啊。我只是坐在那裡等著我朋友亞里打電話給我，一邊希望今天就是他終於決定打電話來的那天了。」然後她笑了起來，好像有點太自我感覺良好了。

「蘇西，妳開始讓我很不爽了。」

「真希望你每說一次這句話，我就可以拿到五分錢。」

「你想要我為了十二年沒打電話給妳而道歉嗎？」噢，靠，我想。我好像讓自己屈居劣勢了。我在想，也許道歉並不是個壞主意。

電話的另一端短暫地沉默了一下。「亞里，你有聽見你剛才對我說了什麼嗎？」

「很不幸地，我說完之後就聽見了。」然後我知道自己該說什麼才對了。「對不起，蘇西。和別人交朋友真的不是我的強項，我也沒有足夠的練習。我知道妳和吉娜不是因為好玩才一直煩我。我對妳和吉娜來說不是個透明人——而我喜歡當隱形人。我想要被人遺忘，而妳們不接受我這樣。我很高興，真的，妳和吉娜願意花時間好好看見我。」

我知道接下來會發生什麼事。她在哭了。我是說，這就是她的專長。她的眼淚是她在這世界上活著的一種方法。我等著她哭完。

「你的孤單讓我很難過，亞里。而且你有一個特質。我是說，人們就像是國家一樣。我和吉娜，還有你的朋友但丁，我們都是國家——而也許你給了你朋友但丁入境的簽證。但就算你有，那也只是一個人。一個人是不夠的。擁有朋友就像是去旅行一樣。吉娜和我給了你到我們國家旅行的簽證，你什麼時候想來都可以。所以，亞里，你什麼時候要給我們簽證？我們好想要去拜訪你。我們好想要你帶我們在你美麗的國家裡參觀。」然後她又哭了起來。

她的眼淚以前總是讓我覺得好煩。但我現在在想，這其實滿可愛的——像她這麼感性。

然後我說：「嗯，這就是我打給妳的原因。我想要告訴妳，所有的文件都已經完成，妳的簽證也已經核准，妳可以進入亞里這個國家了。但風險要自負。」

我知道她在微笑，而我很高興我打了這通電話。這很不容易——但是改變本來就是一件困難的事。我開始發現，改變並不會自己發生——我必須要促使它發生。

「聽著，我是要邀請妳和吉娜來我家吃午餐。我知道這有點臨時，我也知道妳可能很忙，所以——」

她立刻就打斷了我。「我們會去的。」她說。「我們直接到你家。」我真希望她沒有用這個字。

「但妳還沒跟吉娜說呢。妳怎麼知道她有沒有空？」

「相信我，她會讓自己有空的。」她頓了頓，然後說：「我不是要質疑你的真心，亞里，但我忍不住覺得你有別的計畫。」

「嗯，也許我是有別的計畫，但不是什麼不法的勾當。」

「非法的勾當。我喜歡這個詞。」

「我知道，這是妳教我的。」

她笑了起來。

「十二點。妳知道我住在哪裡。」

我掛掉電話。我注意到我在發抖。我不知道我在幹麼。以前的亞里是不會有這種行為的。但以前的亞里已經開始消失了，儘管我知道他還會留下一部分的自己，而我正在準備變成的亞里還沒有完全成形。我無法阻止自己顫抖。我不知道要怎麼做這件事。有那麼一刻，一股驚慌之感籠罩了我的全身，而我無法呼吸。我有點反胃——所以我衝去廁所，然後吐了出來。

我深吸一口氣，又深吸一口氣，然後又吸一口氣。我只是不斷告訴自己，一切都會沒事的。

我在做對的事。我不喜歡把自己的生命交給別人。這和卡珊卓、蘇西或吉娜無關，但在內心深處，我知道我的一生都將掌握在別人的手中。我感到心中有一股怒火，然後我感覺自己又顫抖了起來，我想知道這是不是地球在地震時的感覺，但接著我想，不，不，這是火山即將爆發時的感覺。我感到頭暈噁心，並把自己胃裡剩下的東西全都吐進馬桶裡了。不知道為什麼，我哭了，我停不下來，也不想停下來。

然後我什麼都感覺不到了，而我想要感覺一點什麼，所以我低語著但丁的名字，而我又開始有了感覺。有那麼一瞬間，我想成為另一個人或另一個版本的我，一個喜歡女孩的人，並能夠感受成為世界的一部分、而不只是躲在世界角落裡的感覺。但如果我是那樣的人，我就不會用我愛他的方式那樣愛著但丁了，而這種愛是我所感受過最痛苦、又最美好的事情，如果沒有他，我也不想活下去。

我不在乎我還年輕，我才剛滿十七歲，如果有人認為我太年輕、我的感覺不可能是真實的，我也不在乎。太年輕？去跟我的心說吧。

第五章

腿腿和我坐在前廊的臺階上，而她已經不再是隻小狗了。當但丁走上我家前面的人行道時，她便迎了上去。他跪下來抱住她。他不斷告訴腿腿他有多麼愛她，這畫面使我微笑起來。

他在我身邊坐下，然後來回打量著街道。當他發現四周一個人都沒有時，他便吻了吻我的臉頰。

「我有個故事要告訴你。」然後我把發生在我和卡珊卓之間的事告訴了他。我沒有跳過任何重要的部分，而我告訴他卡珊卓說得對，我是該告訴吉娜和蘇西，所以我邀請了她們來家裡吃午餐，但我完全不知道該怎麼開始這個對話，或是該怎麼揭露整個祕密、或者該怎麼出櫃，隨便你愛怎麼稱呼它都行。我看著他聽我說話的樣子，他的眼神從頭到尾都沒有從我身上離開。

當我說完時，他說：「有時候，愛你讓我覺得有點悲慘。但有時候，愛你讓我覺得非常、非常快樂。」我很高興他說愛我會讓他覺得有點悲慘，因為有時候，愛他也讓我覺得悲慘。知道這一點，讓我覺得自己不是個徹頭徹尾的混帳。我也知道，我此刻讓他感到十分高興。

「而且，你知道，你現在終於可以不要再愛著討厭卡珊卓這件事了。你每次開口閉口都是卡珊卓的。」

「我不記得我有這麼常提她的名字。」

「嗯，我是有點誇大了啦。但我記得我告訴你，我想要見見這個卡珊卓，但你說，噢，不，絕對不要。」

就在這時，吉娜・納瓦洛的福斯汽車在我們的屋前停了下來。她和蘇西走上人行道時，但丁站起身，給了她們一人一個擁抱。這就是我們未來行事的方法嗎？靠。但丁已經設下了一個標準，這不是我表現好感的方式，但是，對，好吧，我也站起來抱了抱她們。

然後吉娜說：「你是被幽浮綁架了嗎？他們是不是把你毀了、然後換成了另一個人，讓你變成比以前更友善的版本了？」

然後她看向但丁，說：「但丁，從實招來，你把真正的亞里藏到哪裡去了？我和蘇西以前最討厭的那個亞里呢？」

我直直看著吉娜的眼睛說：「這才不是真的。妳們從來沒有討厭過我。」

「你說得對。但我很想欸。這樣不算嗎？」

「不算。」我說。

「嗯，是你討厭我們。」

「我也很想，但我沒有。」

吉娜笑了起來，看著我。「嗯，這樣就算數了。」

「這樣不公平。這是什麼意思？這是哪門子的數學？」

「如果你到現在還沒學會，女生的數學和男生的數學很不一樣。我們長大得比較快。男孩的數學是最基本的那種，一加一等於二。女孩的數學是理論上的數學——是你讀博士才會學到的那種。」

我看著但丁，而他沒有說任何話來捍衛我。所以我用手肘頂了他一下，督促他說點什麼。「你不打算至少針對吉娜誇張的宣稱做出一點評論嗎？」

「不。」他說。「我今天是一名人類文化學家，我正在觀察彼此認識近十二年的年輕男女的行為模式，由於他們陷入了某種情緒停滯的狀態，我便試圖審視他們的行為，好加深他們支持和促進情緒穩定的人際交往能力。為了維護我做為社會科學家的角色，我必須保持我的客觀性。」

吉娜和蘇西對看一眼，然後吉娜說：「我喜歡這傢伙。」

我看向但丁。「客觀性？你走向吉娜和蘇西，然後用擁抱來歡迎她們。你建立起一個期待，我也必須要用擁抱來歡迎她們。所以我就這麼做了，我抱了蘇西和吉娜耶。」

蘇西只是搖搖頭。「擁抱別人不會害死你的。」

「嗯，不要太指望之後會常常有擁抱喔。如果但丁願意，他可以抱妳們。他不分青紅皂白地就是愛擁抱。我的擁抱是保留給特殊場合的，除了偶爾的爆發之外，這種情況可能隨時會發生、也可能不會。」

「你所謂的特殊場合有哪些？」蘇西的雙臂交抱。

「生日、感恩節、聖誕節、新年、情人節，這是一個假的節日，但是，對，情人節，以及非常悲傷的日子——心情不好的那種不算——以及非常快樂的日子，如果有發生一些值得慶祝的事的話。勞動節、國慶日和陣亡將士紀念日則是無擁抱日。」

「我懂了。」吉娜的語氣意味著她認定我剛才說的一切都是錯的，而且她一點都不打算遵守我設下的規矩，因為我的每一句話都很荒唐。

「妳真的懂嗎，吉娜？妳不能讓我變成別人。」

「夠囉，亞里。」

「我們現在在吵架嗎？」蘇西臉上掛著「我不高興了」的表情。「你邀請我們來吃午餐，我還以為你會更有禮貌一點呢。我們會是有禮貌的客人，而你會是個有禮貌的主人。」

「客觀來說，我必須要同意蘇西的說法。」

「在一旁觀察的人類文化學家沒有立場開口。」

「這才不是事實呢。」

「而且客觀來說？真的嗎？你根本就對客觀過敏吧。」

他思考了一下。「你說得對。我只是在鬧你而已。我一定會是個差勁的人類文化學家。但是你呢，先生，你一定會是個非常優秀的人類學家。」

我想要吻他。我總是想要吻這個傢伙。

然後，我聽見我媽的聲音。「有人想吃飯了嗎？」

＊

當然，我媽媽抱了抱吉娜和蘇西。我的意思是，她從小就認識她們，儘管她並不真正了解她們。但她喜歡她們，有時女人之間有一種男人沒有的團結——也許是因為她們需要這種團結，而男人不需要。我看著她們，她們似乎對彼此抱有一種真誠而自然的好感。也許是因為媽媽們對附近所有的孩子都有某種程度上的愛。我媽認識吉娜和蘇西的父母——從學校董事會議以及教會和鄰里協會會議中認識的。在她和我爸一起散步時，她會停下腳步與他們交談，關心他們的生活。我媽是一個好鄰居，而我認為，對她來說，那是一種愛人的方式。

我曾經認為愛是一種親密的感情，只會發生在兩個人之間。但我錯了。

＊

我媽媽在我們的盤子裡盛了她做的捲餅、肉粥和辣椒雞肉捲。在她幫我們盛完飯後，她說：「我不想妨礙你們討論事情。」她看著我。「我等你爸回家之後再和他一起吃飯。」

蘇西搖了搖頭。「妳得留下來和我們一起吃。我們希望妳留下來。」

「我不想覺得自己擋路。我不想讓你們覺得自己在被監督。」

「媽，我想要妳留在這裡。」我想她從我的表情中看出了什麼，她知道我真的想要——也需要——她留下來和我們一起吃飯。

她笑了笑，幫自己盛了一盤食物，然後在蘇西和但丁之間的空位上坐下。

「我的天啊！」吉娜用叉子將一口辣椒肉捲放進嘴裡。「這真是太厲害了！」此時，我們都大口享用起來。

「曼杜沙太太，妳必須把食譜給我媽。」

「但丁，我相信你媽已經有這些食譜了。」

「不，她才沒有。她做的飯不是這個味道。」然後他看著她。「但不要告訴她我這樣說。妳可以邀請她過來，然後開始做飯。妳知道，她可以在旁邊看。」

「我絕不會用這麼明目張膽的策略來侮辱你媽的。我相信她是個好廚師。」

「好廚師和大廚是不一樣的。」但丁為他所說的話感到非常自豪。

我媽忍不住揉了揉他的頭髮。「你是個非常有魅力的孩子，但丁。這點無庸置疑。」

我在想，因為大家都在吃飯，專注在我媽做的食物上，我正好可以直接切入重點，你知道，然後把可怕的出櫃宣言說完，就能把這件事結束掉了。我轉向蘇西和吉娜。「蘇西，記得妳說我是不是有什麼計畫嗎？對，我是有個計畫。」然後我的肚子裡又出現了那種感覺，一部分的我正在和另一部分的我抗爭，一部分的我想要說話，而另一部分的我則想要忘記我這輩子學過的所有語言，讓我進入一股永遠不可打破的沉默。我清了清喉嚨。「我有件事情要宣布。」我的心跳正在減緩。「蘇西，吉娜。」然後所有的話都卡在我的喉頭。

蘇西一直看著我。「我不喜歡你那種嚴肅的表情，亞里。」

「給我一點時間。」我感覺到我媽的手搭在我肩上——光是她的手放在那裡，就讓我覺得好多了。

蘇西的臉上掛著一個大大的問號。「你確定你沒事嗎，亞里？」

「對。」我說。「我今天邀請妳們過來，確實是有不可告人的動機。我要說的話對妳們來說或許不是一件大事，但很顯然，這對我來說比我想像的還要重要多了。」然後我開始大聲地自言自語起來。「閉嘴，亞里。說出來就是了。」

我看見蘇西笑著搖了搖頭。

「蘇西？吉娜？我想要向你們介紹但丁・昆塔納。他是我男友，我很愛他。我對愛的了解並不多——但我對愛的認知，都是我媽和但丁教我的。」

蘇西・博德打開了眼淚的開關。我就知道會這樣。

但吉娜沒有哭，她說：「我有兩件事要說。第一件事，我不覺得你說的事有什麼大不了的，因為我不覺得是同性戀這一點有什麼大不了——但我知道這對你來說很重要，而我親眼見證了你因為這件事有多痛苦，所以在我眼中，你很勇敢。我想說的第二件事，是你看男人的品味比我好多了。」

這句話使我媽發出了我這輩子幾乎沒有聽過或看過的笑聲——而這使我們其他人全都跟著笑了起來。

蘇西看著我媽。「嗯，妳對這件事的反應看起來滿好的，曼杜沙太太。」

「他是我兒子，蘇西。傑米和我總是相信，身為父母，我們的工作很神聖。我們永遠也不會因為事情變得困難而放棄或偏離這個職位。

「我的姊姊歐菲莉亞是女同志。我的家人拋棄了她。但是傑米和我都很愛她。我知道傑米愛她勝過他自己的兄弟姊妹。而除了我的丈夫和孩子之外，我也從來沒有像愛她那樣愛過任何人。」

她微笑著。我看過她教課，而我見過那抹微笑。我知道她正準備進入老師的模式了。她莊重、謹慎而權威地說道：「吉娜？蘇西？我要告訴妳們一件從來沒有任何人知道的事。我要對妳們坦白一件事：我是個異性戀女人。」

吉娜和蘇西看著我媽，然後對看一眼——然後放聲大笑。「曼杜沙太太，妳好幽默。」

儘管她自己也在笑，但她說：「這為什麼好笑？因為我說的話聽起來很荒唐。但我告訴妳們的事是百分之百的事實。我從來沒有和別人說過這句話。妳們知道為什麼嗎？因為我從來沒有任何理由必須說這句話。因為從來沒有人問過我。但我現在說了一句我從來沒有對任何人說過的話，妳們現在對我的認識有多少？」

「什麼都沒有。」蘇西說。

吉娜點點頭。「什麼都沒有。」

「沒錯，這就是妳們對我的認識。一無所知。但是我們所住的這個世界並不公平。如果大家知道亞里和但丁是同性戀，就會有一大群人認為，他們已經知道關於他們倆所有該知道的事了。這樣他們就可以討厭他們兩人。我沒有辦法控制世界是怎麼想的。我很確定有人會批判我，我在鼓勵一種不該被鼓勵的行為——但我從來不照別人對我的看法過活。我也不打算開始這麼做。」

＊

我們換了個話題，語調輕鬆了起來，幾乎就像是大家都只需要放輕鬆就好。但丁大多時候都保持沉默，但要不了多久，蘇西和吉娜就開始訪問起但丁，我們的交往是怎麼開始的。但丁很樂意被訪問。但丁很愛談論他自己的事——而且我不是貶義。

我喜歡聽他們說話，他們三個人的對話很好笑。而在不知不覺間，他們的訪問開始變成了真正的對話。而我大多時候是看著我媽。從她的表情，我可以看得出來，她內心中充斥著許多的快樂——就算這種快樂只是暫時的。

我爸出現在廚房的入口。他渾身大汗，而他的郵差制服看起來有點破舊。他的話多得不像平常的他。「嗯，我想我從來沒有看過莉莉的廚房像現在這樣。」他似乎對自己所見到的畫面感到十分錯愕。「蘇西，妳爸媽還好嗎？」

「他們很好，曼杜沙先生。他們依然是重生嬉皮（recovering hippies），但他們有在進步了。」

「嗯，我覺得當一個重生嬉皮比當重生天主教徒要來得容易多了。」

我媽看了他一眼。所以他決定要彌補自己剛才所說的話。「但，妳知道，當一個嬉皮人士不是什麼錯事，就像當天主教徒也不是錯的。所以不管有沒有重生——都好。」他看了我媽一眼，我知道他的眼神是在問：我這樣贖罪了嗎？

「喔，蘇西，妳能幫我把我借的書還給妳爸嗎？」

「當然，他說他想要跟你聊聊一本你們都看過的小說。但我不記得是哪一本了。」

「我覺得我知道他在說哪一本。」

我媽問他餓不餓，但他說他不餓。「我要去沖個澡，換個衣服，然後休息一下。」

我爸消失在走廊上。我看向蘇西。「妳爸和我爸會聊書？」

「一直都會啊。」

「而妳從來沒跟我說過？」

「我為什麼要跟你說一件我以為你已經知道的事？」

我坐在那裡，自問還有多少事是我不知道的。我也不能怪別人。這就是我媽跟我說過的。當你打開畢業紀念冊時，如果你知道拍照當天你沒有去，那你在你的照片格中看見一幅小漫畫、寫著「釣魚去了」的時候，你又怎麼會感到驚訝呢？我猜我已經去釣魚好一陣子了。

我媽站起身，開始收拾桌面。

「媽，我來收吧。」

「亞里斯多德．曼杜沙，在你住在這間屋子裡的十七年間，我從來沒有聽過你主動說要洗碗。」

我聽見吉娜尖銳的定罪：「你從來沒有洗過碗？」

蘇西的批判更加銳利：「你這個被寵壞的小混蛋。」

我想我乾脆就配合她們好了。「在我去做事之前，還有別人想要發表更多回饋、評論，或是社論嗎？」

「把碗盤放進洗碗機裡又不是一件難事。」

「我們家沒有洗碗機。」我媽聳聳肩。「我從來不喜歡那種東西。傑米和我就是洗碗機。」

吉娜和蘇西看著我媽，露出哇喔的表情。蘇西說的話並不是非常有說服力：「嗯，反正用老派的方式洗碗也比較好。好多了。」

有時候你說話的方式無法說服任何人——就連說話的人本身也無法。蘇西和吉娜的表情也露餡了：你們真的沒有洗碗機喔？

我媽插嘴：「亞里，你真的知道怎麼洗碗嗎？」

「洗碗能有多難？」

「一點都不難。」但丁說。「我知道要怎麼洗碗。我可以教亞里。」

我其實完全無法相信但丁居然知道洗碗的事。「你知道要怎麼洗碗？」

「對啊，我八歲的時候，我媽告訴我，我是時候該學了。她說晚餐可以分成三部分：煮飯、吃飯，還有收拾。她說我現在要開始對第三部分負責了。我告訴她我喜歡第二部分。然後她就用那種表情看我。我問她我會不會有薪水，而兩秒之後，我就知道我問錯問題了。她只告訴我，她煮飯沒有拿薪水，我爸也沒有——所以我收拾碗盤也不會拿到一毛錢。一陣子之後，我媽看膩了我臭著臉洗碗。所以有一天，她放了音樂，並要我和她一起跳舞和唱歌，然後我們一起洗碗。而我們玩得很開心。在那之後，我每次洗碗時，都會放音樂和跳舞。這還滿管用的。」

但丁和我一邊聊天一邊收拾桌上的碗盤。我媽脫下她的圍裙。「你的媽媽是個優秀的女人，但丁。」

當我媽走出廚房時，我說：「媽，妳知道，洗碗這件事其實沒什麼大不了的。」

「很好。」我媽說。「那從現在開始，你就可以負責洗碗了。」

我可以聽見她笑著走過走廊。我喜歡我媽表現得像是介於好老師和內心小女孩之間的模樣。

第六章

午餐後，腿腿和我坐在前廊的臺階上。吉娜和蘇西簇擁著但丁離開了。她們等不及要把他載回家了，這樣她們就能在路上問出更多亞里和但丁變成亞里和但丁的過程。她們是不可能從我這裡得到任何資訊的——她們也知道。但我也不介意。我已經知道但丁會成為蘇西和吉娜最喜歡的人之一。我發現我並不是會吃醋的人。

腿腿用狗狗的方式抬頭看著我。「我愛妳，腿腿。」我低語。告訴一隻狗你愛她容易多了。要對身邊的人這麼說，就沒那麼簡單。

第七章

但丁問我，他能不能跟我一起去參加卡珊卓哥哥的喪禮。「我知道我不是真的認識卡珊卓——而我也不認識她哥哥。但我覺得我應該要展現一點團結感。這對你來說合理嗎？」

「很合理，但丁。真的非常合理。我相信卡珊卓不會介意的。」

我媽告訴我，她會穿一件白色洋裝去參加喪禮——我覺得這樣很奇怪。她解釋說，天主教姊妹會的成員，全都會穿白色洋裝列隊入場。「這是為了死者的復活。」她說。我爸和我穿著白襯衫、黑領帶，還有黑西裝。我們坐在前廊上等著我媽——而我爸一直不耐煩地看著手錶。

我不知道我爸為什麼會在這類時刻感到不耐煩。瓜達盧佩聖母天主教堂離我們家很近，我們用不到五分鐘就會到了。「我要去接但丁。」我說。「我們在教堂見吧。」

就在這時，我媽走出了前門。我在我爸臉上看見了以前從未見過的表情。又或者，他這樣的表情出現過很多次了——我只是都沒有注意到。我媽還是能美得讓我爸停止呼吸。

＊

但丁和我坐在我爸旁邊。神父準備要祝福教堂入口處的棺材了。蘇西和吉娜坐在我們旁邊，我們對彼此點了點頭。我靠向蘇西，低聲說：「我不知道妳是天主教徒耶。」

「別蠢了。你不一定要是天主教徒，也可以去參加天主教喪禮。」她低聲回答。

「妳看起來很美。」我低語。

「至少你現在學會要怎麼彌補自己說的蠢話了。」她低聲回答。

「噓。」吉娜說。

我爸點了點頭，低語：「我站在吉娜這一邊。」

開場的聖歌開始了，合唱團的歌聲傳了出來。天主教姊妹會的成員們走了進來，兩兩一組，緩慢而莊重地進場。她們大概有六十人，搞不好還更多。這些女人都很懂什麼叫做團結。我看見她們許多人臉上掛著哀痛的神情，包括我媽也是。奧特加太太的哀傷就是她們的哀傷。我一直都以為這些女士們覺得人生很無聊，我也覺得她們都有一點無聊——所以她們才會加入姊妹會。但在這件事，我又錯了。她們有更好的理由。我向來很擅長把自己的嘴巴閉緊——但當我開始批判我不了解的人做了什麼事時，我應該要試著把我的大腦也閉緊一點。

這場彌撒是典型的喪禮彌撒——只不過它比大部分的典禮都盛大了一點。與會的人中，有許多男人跟迪亞哥的年紀差不多大，大多二十幾歲，他們全都坐在教堂的後排，眼中盛滿了悲傷。他們看起來好像知道自己不受歡迎，而我有點生氣他們被迫產生這種感覺。怒氣再度出現，而我覺得我開始意識到，它永遠也不會消失了，而我最好快點習慣。

＊

但丁和我回到卡車裡，我們和一行人一起前往墓園。我想著我的爸媽。我認同我爸對他從小到大接受的信仰——還有我從小到大接受的信仰。我知道在他內心深處，我爸還是覺得自己是個天主教徒。我媽是個很好的天主教女人，對她來說，原諒教會的錯處並不會太難。

第八章

但丁和我跟著長長的車流前往墓園，我們兩個都沒怎麼說話。我想著會堂前方的畫架上，放著一幅迪亞哥的放大照片。他是個英俊的男人，有著修剪整齊的鬍子，還有清澈的深色眼睛，看起來幾乎和頭髮顏色一樣黑。他的眼睛和卡珊卓一樣。照片中的他大笑著，而這一定是路上抓拍的，因為風似乎正吹過他的髮梢。我試著想像他拍照的那天，在病毒入侵他的身體、並將他從世界上偷走之前。我試著想像死去的那幾千個男人，他們有名字、有家人，有愛他們的人、也有討厭他們的人。

他們曾經都活著，而他們知道愛與被愛是什麼感覺。他們不只是別人計算中的一個數字而已。

但丁問我在想什麼，我說：「我爸告訴我，在越戰中，他們會算死傷人數。我爸說，這個國家在計算人數，但他們應該要做的是研究那些被殺死的年輕人的臉。我覺得愛滋大流行也是同樣的情況。」

「就是這種情況。」但丁說。「我們寧可看見一個數字，而不是一條生命。我問我媽，為什麼這麼多家報紙都喜歡把愛滋形容成流行病，但它明明就是個擴散到全世界的疫情。她說我的問題非常精準，而她很高興我用開放的眼光看待這個世界。她覺得，這也許是因為他們不想要讓愛滋顯得那麼重要。大部分的人都想要把這個疾病的嚴重性最小化。你怎麼想，亞里？」

「我覺得你媽對大部分事情的看法都是正確的。」

*

我只有在彌撒結束時，瞥見卡珊卓和她母親一起走過走道。我一直在找她，最後發現她和圍著她哥哥棺材的人們在一起，站在人群邊緣。她穿著一件黑色連身裙，肩上圍著一條墨西哥金的絲巾。她站在那裡，看起來就像我第一次走進她家後院時，所看見的那個悲傷、孤獨的身影。只有一點不同。除了悲傷之外，她身上還帶著別的一點什麼，更超越了悲傷。她並沒有因為羞愧而低下頭。

午後的陽光好像是照在她身上，而且只照在她身上。而且她臉上帶著挑釁的神色。她沒有崩潰，也不會崩潰。

我向蘇西和吉娜示意。

她們看到了她，我們互相點了點頭。

我們走向她，站在她身邊。吉娜站在她的一側，我站在另一側。當抬棺人將棺材抬出靈車時，她一直盯著棺材。

她好像甚至沒有意識到我們在那裡。但後來我感覺她握緊了我的手。我注意到她緊緊地握著吉娜的手。

「當你一個人站著的時候。」她低聲說。「會注意到的人——那些會站在你身邊的人。那就是愛你的人。」

她親吻了我們每個人的臉頰——以女人的優雅姿態。

第九章

親愛的但丁：

在每個學年開始之前，我都想爬到床底下，躲在那裡。我不知道為什麼學校的事會讓我感到那麼焦慮。我總覺得我把我的暑假都浪費掉了——嗯，直到我遇見你為止。

這個暑假真是太棒了。碰觸你，感受你的碰觸。夏天永遠都是但丁的季節。

我不知道我到底想說什麼。我真的不知道。

但有一件事是肯定的。這會是我上學的最後一年，然後大學的季節就要開始了。

我想我是不希望我的但丁季節結束吧。

我很害怕。

也許這個季節會是一切都要改變的季節。我幾乎有點興奮了。但我主要還是害怕。

但丁，讓我們來畫下這一年的地圖吧。讓我們寫下我們的名字，並畫出一些新的路徑。去看看我們從未見過的東西，成為我們從未成為過的人。

＊

開學的前一天晚上，但丁打了電話給我。他甚至沒有打招呼。「你知道我們的『學校』一詞是來自希臘文，意思是『休閒』嗎？」

「我不知道耶。這樣一點都不合理，對吧？然後，嗨，但丁。你好嗎？很好啊？順便說一下，我也很好。」

「我正要問呢。」

「你當然會問了。我只是在開玩笑。」

「你當然是在開玩笑了。如果你生活在古希臘的話，休閒對你來說確實就有意義了。如果你有空閒時間，你會用空閒時間做什麼？」

「我會用來想你。」

「很好的回答，亞里斯多德。那真正的答案是什麼？」

「好吧，除了和你在一起之外，我還會跑步、閱讀或寫日記。」

「我不算是休閒時間。」

「你說得對。你是很麻煩的工作。」

「錯了，僅供參考，我是屬於娛樂的範疇。」

「我就知道。」

「你當然知道了。現在，回到你的答案。你會去跑步，但這屬於鍛鍊的範疇——那不是休閒。但是閱讀和寫作確實算是你在空閒時間會做的事情。所以這正是希臘人的想法。如果他們有空閒時間，他們就會利用這段時間來思考，並實現現在所謂的『教育目的』。因此，如果我們把學校視為休閒，那麼我們可能就會對此抱有不同的態度。我們就會更快樂的。」

我說：「『世界上有那麼多東西，我相信我們都會像國王一樣快樂。』」

「你在取笑我嗎？你在取笑我。」

「我不是在取笑你。我只是在回想而已。我只是剛好在微笑，而且不是我在取笑你的那種微笑。」

「那我還有另一個會讓你微笑的想法。明天的開學日，會是我們這輩子最後一次的高中開學日。在這之後，亞里斯多德・曼杜沙就不會再有奧斯汀高中的開學日，但丁・昆塔納也不會再有主教高中的開學日了。這是最後一個開學日，而接下來的每一個學校活動，我們都可以掛著微笑說，這是我們最後一次做什麼事了。這樣就可以減少我們的重擔了吧。」

我大笑起來。「我沒有這麼討厭上學啦——你也沒有。」

「嗯，我喜歡學習，而你最後也承認了你喜歡學習。但其他部分就是有夠討厭的。」

「你真的很好笑。前一秒你還說得你有多成熟，好像你如果住在倫敦，你就會在英國廣播公司播報一樣。然後下一秒，你的說法就變得像個九年級生。」

「九年級生有什麼問題？你討厭九年級生嗎？」

「你是不是嗑藥了？」

「是的，絕對是。我很嗨。我超嗨、嗨到飛上天空了，因為我深沉地、深刻地、狂喜地、完全地、最堅定地愛上了一個名叫亞里斯多德・曼杜沙的人。你認識他嗎？」

「我覺得應該沒有喔。我以前認識他，但是他已經變成了另一個人，我不認為我認識這個新的他。不過，他是個幸運的傢伙——我的意思是，那種深沉、深刻、狂喜、完全而強烈的愛，嗯，這都是要給亞里斯多德那傢伙的愛。」

「喔，我也很幸運。我有充分的證據表明，這個你宣稱你不認識的亞里斯多德・曼杜沙，對我有著最純潔、最真誠的愛。而且，如果你見到他，請幫我告訴他——嗯，不，你不會見到他，因為如果你就算見到他，你也認不出他了。因為你以前認識他，但現在不認識了——所以我叫你傳話給他也沒用。」

「嗯，你永遠也不知道，我也許會在學校撞見他，而我有可能會認出他來，如果真的這樣的話，我當然很樂意為你傳話——只是我不知道你要我傳什麼話。」

「嗯，如果你碰巧遇到他，告訴他，但丁・昆塔納曾經是一個沒有真正朋友的男孩。沒有真正的朋友，並不會讓他不快樂，因為他很快樂。他愛他的父母，他喜歡閱讀和聽黑膠唱片，也喜歡藝術。他喜歡畫畫——而且他在學校還算受歡迎，所以是的，他很快樂。」電話的另一端沉默了一會。「但是，亞里，我並不是真的快樂的快樂。我就只是快樂。在你吻我之前，我都不知道真正的快樂是什麼感覺。並不是第一次那個吻。第一個吻的時候，我並不是真正的快樂。我甚至連快樂都沒有。我感覺很悲慘。但你第二次吻我的時候，我就知道真正的快樂是什麼了。我猜我只是想要謝謝你，為我的快樂又增加了額外的快樂。」

「嗯，因為我剛好有多出來的一份快樂，所以我就決定要給你了。」

*

開學第一天，大家都很早就到學校了，好讓自己有時間去感受一下學校的一切。當我正要進入校門時，我看到了誰？卡珊卓。還有吉娜。還有蘇西。

我用那種不再有人用、但會逗得我爸媽發笑的老派口哨聲引起了她們的注意。

「這種口哨聲是不是要把我們物化啊？」

「我不會物化女性的。我甚至不知道我懂不懂那是什麼意思。」

「你最好不知道。」

當然，我並沒有要物化她們。我可是同性戀。但這是一個很好的遊戲，而且人們會無意中聽到我們的聲音。我們算是小爭執了一下，因為整個學校都知道蘇西是女性主義者——儘管這似乎是一個過時的詞，但蘇西在我們十年級的時候就直截了當地對我說了——然後，我真的應該停止使用這個表達了，直截了當，就算我只是用想的也一樣。

我看著卡珊卓。「妳有沒有因為我的口哨聲而覺得被物化？」

「其實沒有欸。真要說的話，我只為你感到尷尬。」天哪，她的笑容怎麼可以這麼美。

「謝謝妳為我做了我無法自己做到的事。」

「你如果不是真心的，你就不該感謝別人。」

「妳怎麼知道我不是真心的？」

「我一看就知道你不誠懇。」

「我一看到美麗的女人，我就知道她很美。」

「嗯，現在這句就很誠懇了。」

「是嗎？怎麼說？」

「偽裝成不誠懇的誠懇。那就是誠懇了。」

「卡珊卓，妳瘋了。」

「你和我一樣瘋。事實上，我覺得你更瘋。你是男的，而就算是你的性別中最優秀的代表，也比任何一個女生都瘋。」

「因為？」

「你喜歡有老二嗎？」

「這是什麼鬼問題？」

吉娜本來還一言不發，但此時，她認為這是加入對話的最佳時機。「回答問題。你。喜歡。有。老二嗎？」

「好吧，嗯。嗯，對。」

「嗯，對？」蘇西不會讓人把她排除在外的。

「當然喜歡！對，我喜歡有老二。我應該為這件事感到抱歉嗎？」

「嗯，我不知道吉娜和蘇西怎麼想的，但我會說，對。我認為喜歡有老二的人是應該要道歉。」

「那妳覺得妳也應該道歉嗎，我是說，因為妳有一個，有一個——」

「陰道？你是在找這個詞嗎？」我喜歡卡珊卓臉上傲慢的表情。

「沒錯，就是這個詞。」

「你連說都說不出口。你看，事情是這樣的：女人並不認為，擁有陰道就使她們有資格掌控這個世界。事實上，它其實使我們失去了掌管世界的資格。就我們的角度而言，我們是沒有必要道歉。」

我知道她想要說什麼。我早就想到了。我拿出一本便條紙和鉛筆，在上面寫了一句話，然後撕下那頁紙，趁她說話的時候對折。

「另一方面，男人卻認為擁有老二，就使他們有資格管理這個世界了。這真的很糟糕。所以這個世界才會一團糟。所以我們才會有那麼多該死的戰爭。有很多女人大聲疾呼，說她們想像男人一樣當兵，但我可不想。有老二的人類開啟了那些戰爭，有老二的人可能會死在戰場上。所以，對，你應該為自己喜歡有老二而道歉。」

我把紙條遞給她。她展開紙條，讀了我寫的那句話。**妳說得對。但我是同性戀。**

她從包包裡拿出一支筆。**但你還是有老二。**

她把紙條遞給我。然後我寫道，**無論有沒有老二，我都沒有資格管理這個世界。但至少它也讓我沒有資格從軍、並在由有老二的人發動的戰爭中身亡。**她一邊讀著紙條，露出微笑。她把紙條拿給吉娜和蘇西看，她們則點點頭，一直看著彼此。

「嗯。」吉娜說。「卡珊卓是不會說出口的，但總得有人來說。恭喜你，亞里！你剛剛贏得了為期一年的辯論大賽的第一輪，但天知道這場辯論會有多少輪。蘇西和我會持續追蹤的。願最優秀的人類獲勝，不管有沒有老二都一樣。但我們先說清楚，擁有老二是不會加分的——而且——」

卡珊卓打斷了她。「對，我知道——擁有陰道也不會加分。而且我們不應該說最優秀的人類獲勝。應該要說是最偉大的智慧獲勝。」

女孩們——或者，我應該說是兩個幾乎是女人的女人，和一個已經是女人的女人——像在為彼此授予獎牌一樣露出微笑。

卡珊卓在我的臉頰上吻了一下。「結果也沒什麼好懷疑的。我已經愛上你了，亞里斯多德・曼杜沙——但我會像撕碎這張紙條一樣撕碎你的。」她把它放進她的包包裡。

「嘿，那是我的。」

第一節課的鈴聲響起。我們有十分鐘的時間前往教室。卡珊卓抓住了我的手臂。「如果讓你保存這張紙，你會把它弄丟的。也許會被別人看到，也許他們會想到一些他們無權想清楚的事。在我手上，它就很安全。就像我說的，我會像撕碎你一樣撕碎它。」

「屁啦，妳不會把它撕碎的。妳會把它收起來。」

「對，我就是這麼多愁善感。」

「偽裝成不誠懇的誠懇。那就是誠懇了。」

「我真的應該要一巴掌打掉你臉上的微笑。」

「妳如果不是真心的，妳就不該這麼說。」

她看了我一眼，我卻無法解讀她的表情。我真的不知道她的感覺，還有背後的原因。「我在奧斯汀高中的這四年裡，這是我第一次真正相信，今年可能會是很棒的一年。」

她轉向左邊，吉娜、蘇西和我則轉向右邊——然後前往布洛克先生的英文課。我的新學期開頭還不錯——我寫了一張還不錯的紙條，贏了第一輪的辯論。我會被打得一敗塗地的。這會給我一個逃去找但丁的好藉口。他為了安慰我，就會吻我。這聽起來不算糟。一點都不糟。

第十章

開學第一天，我沒有和人打架。我留到了第二天。不是我開始的。我這麼說也不是為了讓我自己好過一點。我自欺欺人的事有很多，但我從來不拿自己和別人打的架來自我欺騙。

當我開進停車場時，有五個人包圍一個小個子男生。我知道那個小個子是誰。對，他是有點陰柔，這個詞是但丁教我的。他是個好人，聰明、有點怪，講話的時候語調輕飄飄得像是在唱歌。但他不會去打擾別人。他有一群朋友，每個人就某方面來說都有無法融入群體的部分。他和我在同一個班級裡，但他看起來似乎沒超過十四歲。他的名字叫里可（Rico），但他的朋友們都會開玩笑地叫他里卡（Rica，西班牙文「富有」的意思），這是他們自己的笑話。

那群人包圍著他，用那些人會用來形容里可這類人的惡毒名詞稱呼他。Joto、maricón、pinche vieja，死玻璃、同性戀。他們覺得這整件事都很好玩。對，超好玩的。我不知道接下來會發生什麼事，但接著其中一個人踢了他的鼠蹊部一腳，而他摔倒在地上，然後我甚至還沒有意識到自己的身體要往哪裡移動，我就已經置身在那場衝突之中了。他們其中一人試著對我出拳，而我花不到幾個拳頭的功夫，就讓他栽個狗吃屎——然後剩下的幾個人便往我撲來。一個有著刺青的人不知道從哪裡衝了出來，站在我身邊。這個人的身材矮小，但他有肌肉，而且他知道要怎麼打架。他完全可以好好教訓我一頓。他站在我身邊，哈哈大笑。「這樣就是二打一了，寶貝。他們還他媽以為他們人數占優勢呢。所以他們才是輸家。」這場打鬥撐不過五分鐘，我和這個刺青的硬漢就讓他們全部躺在地上，和停車場裡的車子輪胎面對面了。

「我是丹尼。」他說。我忍不住注意到，他長得很英俊。「丹尼・安瓊杜。」

「我是亞里・曼杜沙。」

「你應該跟我認識的曼杜沙們沒有關係吧。我認識的曼杜沙們也都和對方沒有血緣關係。但是我得說，小子，我認識的每一個姓曼杜沙的人，都知道要怎麼打架。這些混蛋只敢挑釁里可這種人。」

趴在地上的其中一個人試著要爬起身子，丹尼把腳踩在他背上。「想都別想。放輕鬆，冷靜。」

「但我上課他媽的要遲到了。」

丹尼用他的話回敬他。「遲到啊。下一次如果我或我的朋友亞里，看到你再針對里可或是他的朋友們，你就再也找不到你的屁股了，因為我會把它踹爛。」

丹尼走了過去，把里可從地上扶了起來。「你還好嗎，里可？」

「嗯，我還好。」他在哭，但他很努力要停止了。

丹尼責備他。「別讓他們看到。永遠不要讓那些混蛋看見你最好的一面。」

里可抹去眼淚，對丹尼露出一個微笑。

「好孩子，沒事了，就讓它過去吧。」

他點點頭，撿起他的背包。他準備要走開了——接著他回過頭，對我們喊道：

「大家都說你們是麻煩，但他們什麼屁都不懂。」他垂下頭，轉過身，往他第一節課的教室走去。

我轉向丹尼說：「你怎麼認識里可的？」

「我妹妹和他是朋友。她對男生沒興趣。她很驕傲。她喜歡跟這個世界對著幹。但她也會幫助別人。她很酷。」然後他看著我，好像他認出了我的什麼部分。「我知道你是誰。你打爆了我的其中一個兄弟。」

「抱歉。」

「抱歉？為什麼？他和幾個人發現你的朋友在和另一個男生接吻。他們把他打到進了醫院。他還好嗎？」

「嗯，現在很好。」

「你做了對的事。一個不挺朋友的人，就他媽的不是朋友。再說，因為一個人親另外一個人就要把人打到進醫院，根本就是狗屁。你不想和男生接吻，你就不要。這他媽有什麼問題？大家都會問我為什麼要到處揍人，那是因為這世界上充滿了混蛋。」

這句話讓我笑了起來。我就是忍不住。

「你在笑什麼？」

「因為有時候，你就是會偶然認識知道真理的人。所以你就會笑。你會笑，是因為有人讓你快樂了。」

「我絕對沒讓很多人快樂。」

「嗯，就像你說的，這世界充滿了混蛋。你為里可所做的事，丹尼，是一件很美好的事。」

「對，但里可是我的朋友，而你根本不認識他。你這混蛋，這才是一件美好的事啦。」

丹尼也是個可以用他的微笑毀滅世界的人。

我們碰了碰對方的拳頭。

「改天見，曼杜沙。」

「改天見，丹尼。」

很好笑。我根本不認識丹尼——但我確實知道，他身上有某種特質，讓我覺得我可以信任他。我有點難過，人們沒有看見他身上最顯眼的東西——他有一顆高尚的心。我有一種奇怪的感覺，好像我會一直把他視為朋友了。我也有種感覺，這應該不會是我最後一次見到他。

這個世界批判和誤判某些人——並把他們拋下，將他們的名字從世界地圖上抹去——這就是整個系統運作的方式。也許丹尼的妹妹完全知道，要怎麼應付那些針對她而來的批判——在有能力的時候幫助這個世界，並和這個世界對著幹。

我不知道我以前為什麼沒有這樣看待過我自己。我體內有著反抗者的血液。這是我第一次發現，我有一個我不覺得需要改變的特質。

第十一章

下課後，布洛克先生把我留下來。「你的指關節怎麼了？你在流血。」

「它們不小心撞到了幾個人。」

「你為什麼要這樣對待自己？」

「我沒有對自己做什麼。但我覺得那些人認為，我對他們做了什麼吧。」

他看了我一眼。「己所不欲——」

我把他的句子說完。「勿施於人。我聽過這句話了。我覺得你不懂——」

「不懂什麼，亞里？」

「你懂很多事。」

「像是你的心靈和想像力明明有著超越拳頭的天賦，但你還是選擇要去打架嗎？」

「你為什麼會覺得，我打架的時候沒有利用我的智慧和想像力？」

布洛克先生一句話也沒說，然後他說：「我知道你認為我不懂你現在在經歷的事。但你錯了。」

他看見我臉上的表情。「你現在的表情，就是一個想要把我揍扁在地上的年輕人，因為你不相信我真的了解你。而這讓你很不爽。」

「之類的。」我說。

「我在阿爾伯克基（Albuquerque）長大。我出生的社區，對像我這樣的外國佬來說很難生存。我不是在抱怨。和我一起長大的孩子們，過得比我辛苦多了——而且我媽夠聰明，知道要對我指出這點。我十三歲的時候，決定成為一個拳擊手。我加入了金手套拳擊賽。你知道那是什麼嗎？」

「我當然知道那是什麼。」

「你當然知道了。十八歲的時候，我就成了金手套錦標賽的冠軍拳擊手。你知道，你不是這世上唯一一個在遇到困難時，就求助於他的拳頭的人。」

就在我開始覺得我討厭布洛克先生的時候，他又說了一句會讓我喜歡他的話。我討厭這樣。

第十二章

我把布洛克先生的紙條遞給護士奧蒂斯（Ortiz）太太。

「他是個好人，對吧，這個布洛克先生？我打賭他也是個好老師。」

她把我的拳頭放在一個裝滿冰塊的小桶子裡，一邊說話一邊在我身上忙碌著。

「是的。」我說。「他是。我去年也是給他教。不過，有時他會變得有點咄咄逼人。我不喜歡。」我知道我臉上出現了痛苦的表情。

「冰塊會造成疼痛，但是把你的拳頭放在那裡面吧。我會告訴你什麼時候可以把手拿出來。」真的很痛。「別當個大寶寶。你有辦法應付你捲入的打鬥事件，你也可以應付一點小冰塊的。」她在找紗布，而我知道她會把我的拳頭包起來。每個人都會問，亞里，你怎麼了？

「天啊。」她說。「我突然知道你是誰了。你是莉莉安娜的兒子。我一看到你，就覺得你有點眼熟。你長得真像你爸爸。」

然後我對自己說，但你有你媽媽的眼睛。她就是這麼說的。

「但你有你媽媽的眼睛。我是你媽媽小學時最好的朋友。我們一直是朋友，直到現在。」

她喜歡說話。她到底可以多喜歡說話？

「放輕鬆，我馬上就把你治好，你就會變得煥然一新的，亞里斯多德・曼杜沙先生。」她笑得合不攏嘴。「莉莉安娜・曼杜沙。多麼優秀的女人啊。」

第十三章

午餐時間我一個人坐著，然後我看見她們朝我走來：卡珊卓、蘇西和吉娜。她們坐了下來，包圍住我。不知為何，我覺得自己好像被困住了。我知道她們接下來要說什麼。「說吧。」蘇西說。「每個人都在問吉娜：『亞里怎麼了？他又打架了，對不對？』然後吉娜在走廊上遇到我，對我說：『亞里又打架了。』然後我去上我的下一堂課，有一個叫奇科（Kiko）的男生，眼睛有一圈瘀青。我們也不是朋友，但你知道我這個人，我就是得問——然後他說：『去問妳的朋友亞里吧。』」

「而沒有人來問我任何一句話。沒有人知道我們現在是朋友了。我得說，我們就先保持這樣吧。」我不知道卡珊卓是不是在不爽。「但我聽見一群小混蛋在說，有些人在停車場裡打架，然後有一個人最後進了醫院，因為他斷了幾根肋骨。那是你的傑作嗎，亞里？」

「可能是吧。或者也有可能是我的同伙，一個叫丹尼·安瓊杜的人。」

卡珊卓說：「丹尼，他比我們小一歲。他是這間學校少數幾個會好好對我說話的人之一，而且他也是我少數尊重的人之一。非常貼心的傢伙。」

「我們同意。」蘇西說。「吉娜和他出去過一次。」

「嗯，結果並不順。但我們算是變成了朋友吧。要討厭他有點難。」

我看著卡珊卓。「我們打了五個人。那個非常貼心的傢伙是個天生的街頭鬥士。」

「你們打了五個人？」

「嗯，在丹尼出現之前，我就已經先打倒了一個。然後我打了兩個，丹尼也打了兩個。如果妳要和人打架，妳一定要知道自己在幹麼——不然妳就會斷幾根肋骨、然後進醫院。」

蘇西看著我。「我知道你喜歡打架。但我沒辦法想像你打架。」

「其實呢，」吉娜說。「我也沒辦法想像。」

「我可以。」卡珊卓說。而且她的口氣很堅定。「說到這個。」卡珊卓說。「亞曼達．艾維德茲就在我左前方，她跟她媽一樣爛，而且她看到我們了。不要看她，吉娜。我們不要注意到她。她對我們來說不存在，就算她在照相也一樣。所以，亞里，我要你把你包紮的手伸出來，然後我要吻它。」

「妳是認真的，對吧？」

「超級認真。」

「我就怕妳這麼說。」

我把包紮的雙手伸到卡珊卓面前，然後她用非常溫柔的動作，吻了我的兩隻手掌。當然，那個瞬間根本就沒有任何溫柔可言，但我們周圍的人看見的可不是這樣。她想辦法保持自己的姿態——但我知道她快要爆笑出來了。

「卡珊卓，妳好差勁。」

「我才不差勁，蘇西。我是在給那邊的八卦專欄作者一點材料，讓她寫在她的專欄中。我得訓練自己成為未來的那個演員。」

我不得不露出微笑。「妳已經是演員了。」

「對，但我希望有一天可以靠演戲賺錢。」

「什麼？我們的友誼還不夠當報酬嗎？」

「長久來看不夠，曼杜沙先生。但我讓你成為第二節午休大家關注的焦點，我相信你會找到方法來回報我的。」

「對，我就想要這樣——成為大家關注的焦點。」

「喔，你一直都在吸引大家的目光啊。」吉娜說。「你喜歡一個人坐在角落，不代表就沒有人注意你。」

蘇西笑了起來。「亞里，你真的以為你讓自己變成透明人了嗎？」

「嗯，對，我猜我原本是這樣想的吧。」

蘇西搖了搖頭。「對像你這麼聰明的男生來說，你有時候真的滿笨的。」

我想要告訴她，同樣的念頭也有出現在我的腦海中——而且不只一次。

第十四章

高中。

老師。

學生。

有些學生寧可學校沒有老師。有些老師寧可自己沒有學生。但事情不是這樣運作的。在時間的進展下，高中誕生了。那是老師的國度和學生的國度相遇的地方，兩個國度在這裡擁抱、碰撞、衝突、互相摧毀、互相廝殺，然後，在兩個國度人民的努力下，所謂的學習誕生了。我一直在想這些事，也許因為我媽是老師吧。

我想，由於我媽是老師，所以我會是一個更好的學生。也許這不是真的。但我確實知道，因為我的媽媽是一位老師，所以我會用不同的角度看待我的老師們。我把他們視為普通人。而我不知道我的同學們是不是這樣想的。

我想，我們在高中學到最多的，是關於人的事，關於人們是誰，以及是什麼讓他們改變、拒絕改變或無法改變。那是高中生活中最好的部分。而老師也是人。他們同時是最好的、也是最壞的人。最好的老師和最壞的老師，他們和走廊裡的學生一樣，都會教你關於人的知識。

老師的國度。
學生的國度。
高中的國度。
學習的國度。
雖然大家都有簽證可以進入這些國度，但不代表大家都會使用它們。

＊

我的其中一個老師剛從大學畢業，這是她的第一份教學工作。她的名字叫弗洛斯太太，而且她非常聰明。有些老師渾身上下充滿了智慧的活力，我認為弗洛斯太太是某種天使，而且她很聰明，不管是不是在教室裡都一樣。她看了看我纏著繃帶的手，她很清楚自己看到了什麼，她還是忍不住問道：「亞里，你是不是很容易出事？」她有一張座位表，而我相信她已經記住了我們所有人的名字。

「對，我想是吧。有時我的手會緊緊握起來，好像它們屬於別人似地——所以它們一不小心就會撞到東西。」

「就算你的手握緊拳頭，又好像是屬於別人的，但你一定知道你的手屬於你，而且只屬於你，對吧？而且你要對它們所做的一切負責。記住這一點，說不定你的手就不會那麼容易出那麼多意外了。」

「嗯，我也沒有那麼多意外。」

「一次意外就已經太多了，對吧，亞里？」

「妳知道他們是怎麼說的：意外就是會發生。」

「沒錯，所以我們才需要小心謹慎。容易發生意外的人都不夠小心。」

「也許他們是在關注更重要的事情。」

「或者是不太重要的事情。」她微笑。「亞里，讓我問你一個問題。你的拳頭是撞到東西嗎？還是人？」

「剛剛誰提到了拳頭？」

「我們都很聰明，知道緊握的手是什麼意思。你的拳頭，是撞到東西還是撞到人？」

「有時候這兩者很難區分耶。」

班上的同學們開始大笑——包括弗洛斯太太。

「亞里，你是不是班上最自以為是的代表？」

「不。」

「我為什麼不相信你呢？」

一隻手舉了起來。「是的？艾琳娜。」她顯然已經記住了班級的座位表。

「妳應該要相信他的。在過去三年中，我跟他都同班，而在大多課堂上，他是一句話都不說的。」

她環顧了教室一圈。「還有其他人想要補充說明的嗎？」她看見一隻手舉了起來。「馬可斯，你也想要加入這個討論嗎？」

「嗯，首先，妳知道我們大家的名字，讓我快要嚇死了。」

她臉上掛起了一個美麗的微笑。「你們進教室的時候，我讓你們坐在有貼自己名條的座位上。我有一張座位表，而我已經把座位表背起來了。很簡單啊。」

「所以妳叫我的名字的時候，妳其實不是真的知道我是誰。」

「當然不知道了。但相信我，馬可斯，很快地，我就會知道你是誰了。」她說這句話的時候，帶著一點歡快的語氣——那是但丁口中稱之為「真誠的嚴肅」——而我知道，我會很愛這堂課的。

然後馬可斯說：「當亞里說他不是班上最自以為是的人時，妳應該要相信他的。我才是。在這之前，我連亞里的聲音是什麼樣子都不知道。」

「嗯，顯然你身上有些事情改變了，亞里。讓我們來看看這是好的還是壞的改變吧。還有，馬可斯，看來你遇到競爭對手囉。而且我指的不只是亞里，我是在說我。」

馬可斯立刻回嘴：「這是一場比賽嗎？」

「不，馬可斯。你和亞里想都不用想。好玩歸好玩——但是不要太得寸進尺了。」她環顧了教室一圈。「你們何不幫我在你們的名字背後加上一點人性呢？伊芳（Yvonne），就從妳開始吧。」

她喜歡我們。她的喜歡不是那種了解我們、把我們當成朋友的那種。她喜歡我們，是因為她享受和她的學生相處，就像布洛克先生享受他的學生們那樣。他們該輕鬆的時候輕鬆，該嚴肅的時候嚴肅——而且就像是直覺一樣，他們都知道要怎麼把一場討論——就算是很即興的一樣——帶領到真正學習的方向上。在像這樣的課堂上，你學到的不只是化學、英文或是經濟，或是法案怎樣變成法律，你會學到關於自己的一些事。

＊

弗洛斯太太的課結束之後，我的三個同學朝我走來。

其中一個男生說：「嘿，亞里，你怎麼了？」

我一臉空白地看著他。

「我是說，以前的那個亞里怎麼了？那個之前坐在這裡，和人保持社交距離的人呢？」

「社交距離？」我不記得他們的名字——我知道艾琳娜的名字，但那是因為她在課堂上以我的名義發言的關係。而我完全不知道他們為什麼記得我的名字。

「對了，我是海克特（Hector）。」他對我伸出手，準備和我握手。這對我來說有點奇怪。他繼續說著話。「所謂的社交距離是：亞里似乎一直都懂上課的內容，但是卻不知道課堂其實是社交場合。」

「艾琳娜，我為什麼覺得我被攻擊了？」

「我不知道你為什麼會產生你現在所產生的感覺。」

「妳只是在鬧我而已。」

「這是對付男生的簡單手法啊。」

我認為，艾琳娜就是那種必須說出實話的的好人。「你看起來好像終於學會要怎麼讓自己放鬆了。」她說。「還是我的假設錯了？以前的亞里根本就不知道『放鬆』這個詞的存在。」

「這個新的亞里是會『放鬆』沒錯。只是他不是專家。還不是。」

艾琳娜給了我一個「我對男生沒耐心，因為大部分的男生都沒帶腦」的表情。

「我們是來歡迎你進入高中生的世界的。這裡充滿了學生，而且大家都是人類。」

「所以你們是歡迎大使嗎？」

「沒錯！自我任命的那種。歡迎光臨奧斯汀高中，亞里斯多德・曼杜沙。」她上下打量了我一圈，然後說：「就算是你最糟糕的時候，你至少還讓地球上有一點好看的東西可以看。但你是個白痴。」

「艾琳娜，一個人要稱我為白痴，是有很多原因的。」

「你想要我給你原因嗎？你以前總是完全無視大家喜歡你的事實，而且你感覺一點都不在乎。亞里，去年你被選為十一年級的返校日王子，但你卻連露臉都懶得露臉。」

「我知道這聽起來很蠢，艾琳娜，但我覺得這整件事都很丟臉。每個人都希望我變成我不是的人。要我站在大家面前，我寧可死了算了。我如果連朋友都不知道要怎麼當，我要怎麼和別人交朋友？我不是要把你們當成透明人。我是希望我能變成透明人。」

「這太讓人心碎了。再說，你是不可能讓自己變成透明人的。你有超能力嗎——還是怎樣？」

我望向說出這句話的男孩。他的眼睛和我的沒有太大的差別。「我和你在幾堂課已經同班三年了。」我說。「而我連你的名字都不知道。」我看向艾琳娜，然後說：「妳又多一個理由可以叫我白痴了。」

「你不是個白痴。嗯，至少沒有比我們其他人白痴多少。」他伸出手。「我叫胡立歐（Julio）。」

我們握了握手。他是第二個和我握手的人。我突然對這個簡單的舉動感到敬畏不已。男生是不會有這些舉動的。只有男人會。「我是亞里。」我說。

「我知道。大家都知道你是誰。」

我猜你可以說，我試著讓自己變成透明人的實驗，是大大失敗了。

*

我們的一位老師，亨德利克太太，則在這個世界上進了一步。她之前是我九年級的數學老師，現在她則在教生物化學的高階課程。這不是我最喜歡的科目。我不是一個非常熱衷化學的人。有一次她帶我去了校長室，因為放學後，我在走廊上和另一個人發生了她所謂的「口角」。我認為「口角」是一個相當嚴重的詞，我只是直接和薩吉歐・艾拉康（Sergio Alarcon）槓上了，因為他把我喜歡的女孩（或者顯然是當時我認為我喜歡的女孩）說成了妓女。實際上，他用的字眼是西班牙文的「puta」。亨德利克太太很有同情心，但她不相信有什麼理由值得讓另一個人流鼻血。

當我走進她的教室時，她露出了那種半自然、半勉強的微笑。「嗯，曼杜沙先生，歡迎進到我的課堂。」她習慣用姓氏來稱呼所有的學生，並在其後加上先生或小姐。她說，她藉由稱呼學生為先生或小姐，來表示她對他們的敬意，就好像他們已經長大成人了一樣，或是用來提醒他們繼續追求成年的目標。但如果她有好好在觀察我們，她就會意識到，我們們之中大多數的人，都不認為成年是一個值得追求的目標。

我不知道為什麼有些老師會付出幾乎不可思議的努力想教你一些東西、同時卻只成功地讓學生討厭他們。這才是真正的才華。她希望我們相信，沒有她的幫助，我們永遠不會在任何事情上取得成功。

值得慶幸的是，我們從來沒有相信過她。

＊

艾多維諾（Ardovino）太太看起來就像電影裡走出來的年長富婆。她看起來很有品味，舉止也很正式。她把一頭白髮盤成一個髮髻，她的裙子看起來很值錢，而且她還很會化妝。當她看到我纏著繃帶的手時，她問我這樣還能不能做筆記。我聳聳肩。

「可能不行。」我說。

「也許我會讓你使用錄音機，直到你康復為止。」

我無法想像自己躺在床上，聽著她帶有一絲英國口音的聲音。

「不，沒關係。我不需要錄音。」我說。「這不是很嚴重。繃帶明天就可以拆了。」

「是燙傷嗎？因為如果是燙傷，那可能比你想像的嚴重多了。」她完全沒有所謂的街頭智慧。對老師來說，這樣並不是好事，這對我們來說也不是好事。儘管她的口氣很正式，但我已經開始覺得她是個白痴了。

「不，這不是燙傷。」

「你看過醫生了嗎？」

「我去找了學校的護士。她已經處理好了。」

「護士不是醫生。」真的？這個該死的女人到底是誰啊？「是護士說不用看醫生的嗎？」

「我們都達成共識了。」

「有些學校護士非常稱職。有些則不是。」

這個老師如果真的稱得上是老師的話，她是不是沒有備好課，所以在使用拖延戰術？

「這個護士是個真正的專家。」我說。

「透過你自己的判斷，你怎麼能這麼肯定？」

我聽見我身後的男孩低聲說：「我他媽的老天爺啊。」

艾多維諾太太一定會聽見半數的學生都開始笑起來了吧。這笑聲彷彿帶著傳染力，即將要蔓延到整個教室。但她或許還是太輕忽了。

「艾多維諾太太，護士真的很好。我很好。一切都很好。」

「嗯，如果你這麼肯定的話。」

她快要把我他媽的逼瘋了。

「我很肯定。」我並不打算大聲說出口的。

我的幾個同學，覺得我和艾多維諾太太的整段對話都很好笑。而我確實是有點想笑，但是我做不到。我為她感到丟臉。我對她產生了一種但丁般的同情。

我後面的那個男生用半個教室的人都能聽到的聲音說道：「這就是煉獄的感覺吧。」

然後大家就又笑了起來。

「艾多維諾太太，」我說。「我和別人打架了。我揍了一個人，其實是幾個人。如果當下還有更多人在場，我也會打他們的。我的指關節在流血，我的手都腫起來了，而它們到現在還在抽痛。但是明天我就會沒事了。」

「我懂了。」她說。「很遺憾你還會痛。也許你已經學到了，如果你以為揍人就是你解決問題的方法，那你並不會解決你的問題，而是製造了另一個問題。」

「這就是我學到的教訓。」

「很棒。」

「很棒。」我說。

我後面的男生已經笑到快要跌到地上了。

坐在教室最前面座位上的那個女孩，正試著盡可能地壓低自己的笑聲，我可以看見她用手摀住嘴，她的背顫抖個不停。

教室裡還有一些安靜的笑聲，但當艾多維諾太太似乎注意到這一點時，笑聲就完全平息了。她說：「不知道為什麼，當一個老師對學生表達關心時，有些同學會覺得這是一種娛樂，他們不會展現同理心，而是發出野蠻的笑聲。」

老實說，我為她感到尷尬。她把自己塑造成一個幾乎是悲劇的喜劇角色。而我也有點生氣，她沒有能力勝任這份工作，卻有人給了她一個教職。

「好吧。」她說。「也許今天最好就地解散了。也許明天，我們都會做得更好一點。」我的同學魚貫而出，而你可以在走廊上聽到他們的笑聲。就算艾多維諾太太不想哭，我都想哭了。教室裡只剩我一個人。「對不起。」我說。「這都是我的錯。」

「不，不是。你叫——」

「曼杜沙。我的名字是亞里斯多德・曼杜沙。我的朋友都叫我亞里。」我現在可以誠實地說了。我現在真的交到幾個朋友了。

「真是個好名字。然後，不，這不是你的錯。我不太擅長解讀社交情境，也不太知道如何應對。」

然後她咯咯笑了起來。她的咯咯笑聲變成放聲大笑，然後她就停不下來了，笑聲變得越來越大。她笑啊、笑啊、笑啊，然後她說：「我不斷地把坑越挖越大，越挖越深，我就是停不下來。而你看起來很生氣，所以我只是繼續說下去。」

她笑得和剛才的學生們一樣大聲，然後她停了下來——並努力讓自己保持鎮定。「當你身後的男孩小聲地說：『這就是煉獄的感覺』時，嗯，我差點就要抓狂了。我看到你臉上的表情，你以為我要哭了——但我還是有一點自律的：我沒有要哭。我是要準備加入各位的笑聲。我很抱歉，當我應該讓自己失控時，我卻對自己施加了這麼多的自制力。」然後她又笑了起來。

「妳是一位非常有趣的女士。」

「我是，我是一個有趣的女士。但我不屬於教室的場域。至少現在不是了。我兩年前退休了。原本要教這堂課的老師正在休產假。學校算是在最後一刻才問我，願不願意接這堂課。我說我有興趣——但我認為他們至少會面試我。如果他們有的話，我就不會坐在這裡了。

「我先生說：『歐菲莉亞，妳會出醜的。』而我真的出醜了。」我以為她又要開始笑了。「我現在等不及晚上回家，然後告訴他今天的事了。我們會好好笑一笑的。」

我受到非常大的震撼。非常震撼。我從來沒有遇到過像這位女士這樣的人，而且我喜歡她和我阿姨有一樣的名字。

「你為什麼沒有一起湊熱鬧呢，亞里斯多德·曼杜沙先生？」

「我不知道。我原本覺得很好笑——但後來就覺得不好笑了。」

「嗯，我知道你為什麼沒有笑——即使你自己不知道。你沒有笑，並不是因為你不覺得這整個場面很可笑，而是因為如果你嘲笑一個老太婆，你會為自己感到羞愧，如果你加入他們的鬧劇，你認為你會讓她心碎。你以為我惹上麻煩了——這對你來說並不好笑。你的母親或父親，其中一人或是他們兩人，一定是非常、非常可愛的人。但坦白說，我在你們面前讓自己難堪。我很高興我今天出醜了。我很快樂。這樣講好多了。」

「妳為什麼會覺得快樂？」

「我們都必須誠實面對我們的極限，亞里斯多德。從我開始在這裡教的第一堂課開始，我就知道我犯了一個錯誤。我沒有勇氣說，你得找別人了，因為我做不到。我會因為自己不能或不願做誠實的事，而在謊言中生活一整年。當你知道你犯了一個錯時，就不要活在那個錯誤之中。」

她起身收拾她的包包和毛衣。「大多數像你這樣帥得驚人的年輕人，長大後都會覺得全世界都是他們的私人廁所。你沒有那種下流的本事。」

她走出教室門，而我還能聽到她在走廊裡的笑聲。我坐在安靜的教室裡，心想，今天真是有趣的一天。但如果我再過上更多這樣的日子，我一定會變得一團糟。

第十五章

我正在朝我的卡車走去——雖然抽痛感幾乎消失了，但我的手仍然腫脹著。我打那些人的力道一定很狠。艾多維諾太太說我為了解決一個問題、卻創造了另一個問題，這句話使我露出微笑。艾多維諾太太。有趣的經歷。我想知道她在奧提斯太太那個年紀時是什麼樣子。

今年一定會很漫長。我難得覺得，但丁和我上不同的高中，這實在不是件好事。有好些時刻，我發現自己在想他——而且我想念他。

當我發現蘇西、吉娜和卡珊卓站在我的卡車邊時，我不應該感到驚訝的。她們在聊那天在學校發生的一切。最後，我說：「我們到底在這裡做什麼？」

「我們在批評我們的老師。」

「不，我是說在我的卡車旁邊做什麼。」

卡珊卓笑了。「猜猜看啊。」

「妳們覺得我不能自己開車回家。」

「你可以把『覺得』這個詞拿掉了。我開車送你回家。吉娜會開車跟在後面。我送你下車，她們再來接我、帶我回家。我們就都可以安然無恙地做功課了。把鑰匙給我。」

「我對這件事沒有發言權嗎？」

「你已經有發言權了。所以你不能開車。」

「卡珊卓，妳為什麼要——」

「閉嘴，亞里。這沒什麼好爭論的，把鑰匙給我。」

「嗯，我——」

「亞里。」她說，然後她抬起頭，露出「我是一頭公牛，我要準備撞你了」的表情。

「我沒辦法把手伸進口袋裡。我的手太腫了。我一直要試著告訴妳這件事。」

「你為什麼不說啊？」

「因為妳一直不讓我說話啊。」

「嗯，你應該要學著更強硬一點。」

吉娜和蘇西笑著走開了。「我們在亞里家見囉。」

她對我露出開玩笑的性感表情。「哪個口袋？還是你希望我自己找？」

我指了指右邊的口袋。

她伸手進去找。

「這樣很癢耶。」

「是嗎？但丁沒有摸過你嗎？」

「閉嘴啦。」

「這讓你覺得很尷尬，對不對？你不該覺得尷尬的。」

她笑了起來。

「安靜。」我說。「不要說話。載我回家就好。」

第十六章

卡珊卓把車停在車道上。

「我開得怎麼樣？」

「妳真的要逼我說妳很會開車嗎？」

「如果是事實的話囉。」

「妳開得很好。」

「你不覺得女生會開車，對吧？」

「我從來沒有想過這種事。男生不會沒事在想女生開車開得好不好，或是做其他事情好不好。」

「會，他們就是會。」

「嗯，我不會啊。」

「嗯，那是因為你是——」

「讓我把妳的話說完吧。那是因為我是同性戀。」

我不知道。

也許是因為今天發生的事太多了，但我只是坐在那裡，而該死的眼淚就開始流下我的臉頰。

「噢，亞里，對不起。別……」然後她也哭了起來。「我知道我很難搞。我應該要再溫柔一點的。想到我傷害了你，我就覺得好痛苦。」

第十七章

「亞里，你為什麼會覺得讓那種行為故態復萌是個好主意？」

「媽，妳為什麼不問我發生了什麼事？」

「我不需要知道已經發生的事實。一場打架就是一場打架，而我永遠都不會接受這種行為的。」

「我知道。」我說。「但是，媽，我不能根據妳接不接受來做所有的決定。我已經不是小孩了。我已經有權利做錯事了。」

「沒有人有權利有意圖地做壞事。」

「我們可以聊聊別的事嗎？」

「德州艾爾帕索，今天的日出時間是早上五點五十七分。」

「真厲害，媽。妳厲害。」

「這些自作聰明的伎倆都是跟你學的。」

「我不是有意要教妳這些伎倆的。」

「好，我們不需要現在談這件事，但我們一定要把這個對話結束掉。」

「妳是說這場說教吧。」

「說教。就是這個詞。你也許覺得它有著負面的含義，但是當一個人去聽人教學時，他們都會學到一點東西。」

第十八章

我們在但丁家——難得一次，他的房間居然是乾淨的。嗯，多少算是乾淨吧。

「你覺得卡珊卓會不會太快變成女人了？」

「什麼叫太快，但丁？我覺得她只是決定不要再當任何人的受害者了。我覺得她爸爸的情緒暴力是一部分的原因——但是不是全部。」

「你真的很喜歡她，對不對？」

「對，但丁。我真的很喜歡她。我和她有一種從來沒有和任何人產生過的連結。我覺得她也有感覺到。」

但丁沉默著。

「這會讓你不舒服嗎，但丁？」

「不太會。嗯，這不是真的。我確實有點不舒服。你和她有一種和我沒有的連結。」

「所以呢？」

但丁什麼也沒說。

「你沒有理由覺得受她威脅，但丁。」

「我可以問你一個問題嗎？」

「可以，你什麼都可以問我。」

「你覺得你有可能是雙性戀嗎？」

「我覺得不是。」

「這並不是非常讓人安心的答案。」

「我對卡珊卓的感覺並不是性方面的那種。我對女生沒有那種感覺。但我發現我是喜歡女生的。我喜歡女人。她們好誠實、又好脆弱。而我覺得，女人比男生好太多了。」

他點點頭。「我猜你說得對。就只是，嗯……我們來聊別的事吧。」

第十九章

有時候我會一個人去「炭烤人」。就只是去買一點東西吃。我不知道為什麼。一部分是因為我有點懷念在那裡工作的時候。在他們需要的時候，我也還是會去他們那裡打零工。但是懷念只是原因之一。我有時候也有一個深深的需求，需要一個人獨處，而我不是隨時都有時間可以開車去沙漠裡。所以我就會去「炭烤人」，買一個漢堡、一些洋蔥圈和一杯櫻桃可樂。我只是坐在卡車裡，一邊吃漢堡，一邊聽收音機。

星期天下午，我開進得來速的車道點餐，然後我注意到吉娜．納瓦洛的藍色福斯汽車停在停車場裡。所以我開到她旁邊，說：「欸，妳！」

她說：「亞里！你在這裡做什麼？」

「跟妳一樣，來買漢堡吃啊。」

「一個人嗎？」

「喔，對啊，嗯，我也沒有在妳的金龜車裡看到一整群人。」

吉娜笑了起來。「這其實是我最愛做的事之一。來這裡一個人聽音樂。我也不是隨時都想要和人待在一起。有時候我只是想要一個人待著。就只是待著。你懂嗎？」

「嗯，我懂。」

我們相視而笑。

「我不會告訴別人的。」她說。

「我也不會告訴別人。」

我們不再說話。我讓她獨處。她讓我獨處。

我迷失在自己的思緒裡，品嘗著洋蔥圈的味道，然後我聽見吉娜的車發出了喇叭聲。她開走時向我揮了揮手。我也揮了揮手。

我們面帶微笑。

這就是朋友的特質。每個人都不一樣。每個人知道你的一點事情，但這些事其他朋友可能都不知道。我猜交朋友的方式，就是你和每個人都交換一個不一樣的祕密。這些祕密不需要很重大，可以都是小祕密。但是分享這些祕密，就是讓你們變成朋友的方式。我覺得這樣超棒的。

我學會了很多生活在友誼國度裡的事。我喜歡生活在這個國度裡。非常喜歡。

在生與死之間，就是愛

沒有人自己要求出生，也沒有人想死。我們不會把自己帶到這個世界上，而當我們該離開時，這決定也不會由我們來做。但是，在我們出生和死亡之間的時間裡，我們所做的一切，才會構成人類的生命。你會不得不做出選擇——而這些選擇將勾勒出你生命的形態和旅途。我們都是製圖師——我們所有人都是。我們都想在世界的地圖上寫下我們的名字。

第一章

但丁和我在重新理解「朋友」這個詞。你學會一個詞之後，你會理解它，而它就是你的了——然後你會再度學習這個詞、重新理解它，但是用另一種方法。「朋友」一詞包含了一整個宇宙，而但丁和我才剛開始探索這個宇宙。

「朋友。我們用這個詞用得太隨便了。」但丁說。

「我沒有。所以我才沒幾個朋友。」

「這不是真的。你的朋友只是剛好在你能負擔的範圍內而已。而且我也不是在說你，我是在說大部分的人。」

「嗯，大部分的人都不像你這麼尊重文字。就像大多數的人不會像你一樣，尊重他們游泳的水。那是深埋在你心中的東西。」

「語言也深埋在你心中，亞里。」

「但還不夠深，差得遠了。這就像是你讀詩給我聽的時候一樣。你讀詩的樣子，就好像詩是你寫的一樣。」

「也許我只是個差勁的演員。」

「你不是在演戲。你是在做自己。」

「對，嗯，我也可以超級戲劇化。」

這讓我笑了起來。「你對這點也很真誠。」

「我不完美，亞里。你總是告訴我，你在跟心中的惡魔爭戰。我也有自己的惡魔。我知道愛對你來說很困難——但你還是愛我。但愛對我來說也很難——只是我們的困難不一樣。」

「但我覺得我們做得很好。」

「對，我們做得很好，亞里。只是它的工作比我想像中的難多了。」

我點點頭。「對，但我在想露營的事——而那場旅行對我來說一點都不像工作。」

但丁微笑起來。「我們再去一次吧。」在那一刻，他的雙眼瘋狂而充滿生命力。然後他說：「你什麼時候要再和我做愛？」

「我們會找到辦法的。」

＊

但丁和我都是學生，這是我們的共通點。我們想要學習。我們都在學習語言和它們背後的意義，而我們學到，「友誼」並不是完全和「愛」分開的。

我不知道我和但丁最後會走去哪裡。我想他也在想。我們最後會變成朋友嗎？我們最後會變成愛人嗎？或者我們之間的差異會讓我們變成敵人？我想要我們變成愛人，因為我喜歡這個詞。這個詞出現在我看過的一些書裡。但是十七歲的人不會有愛人——因為我們還不是大人，只有大人才有愛人。十七歲的人只會在他們不該做愛的時候做愛——但這和愛沒有關係，因為大家都是這麼告訴我們的——因為我們不知道愛是什麼。但我不相信這句話。

沒有人可以告訴我，我不愛但丁。誰都不准。

我從來不知道我會產生我對但丁的這些感覺。

我不知道它們原來存在於我身體裡。但是我該拿這個知識怎麼辦？如果但丁是個女孩，而我不是同性戀，我就可以想像我們的未來了。但是我們沒有未來可以想像。因為我們所生活的世界審查著我們的想像，並限制了所有的可能性。亞里和但丁是沒有未來的。

想像亞里和但丁的未來，是一種幻想。

我不想要活在幻想裡。

我想要生活的世界並不存在。而我很難愛上我現在生活的世界。我不知道我夠不夠強壯，或夠不夠好，足以去愛一個討厭我的世界。

＊

也許我擔心得太多了。我和但丁所擁有的東西是現在。

但丁說我們的愛會持續到永遠。但是如果它沒有持續到永遠呢？什麼是永遠？
沒有人可以擁有永恆。
我媽說我們要一步一腳印，一天度過一天。
現在才是唯一真實的東西。
明天只是個點子而已。
我媽的聲音永遠都在我腦子裡。

第二章

親愛的但丁：

在我的夢裡，我們正沿著河岸前進。我們牽著手，天上烏雲密布，而你說：「我很害怕。」我沒有回答，因為我沒辦法說話。然後我看見我哥哥站在河岸的另一側。他正對我們大聲喊叫著。

不知道為什麼，我看見他的臉的樣子，就像是我站在他旁邊似的。他對我的臉吐口水，然後我又站在你身邊了，我很害怕，因為你很害怕，而當我轉向你時，你的臉頰凹陷，我知道你快死了，我也知道你是因為得了愛滋的關係。我聽見我哥哥在叫著：「死同性戀！死同性戀！」有好幾千個遊行者朝我們走來，然後你就不見了。就在他們經過我身邊時，我看見他們抬著你的屍體，他們走去哪，就把你帶到哪去。我大喊著：「但丁！但丁！」

遊行隊伍繼續前進。他們把你帶走了，而我知道我不能追上去。

然後就剩我一個人了。我好冷，天空只剩下烏雲——然後開始下雨了，雨滴打在我身上就像子彈一樣。我繼續大叫著：「但丁！」

我驚醒時還在叫你的名字，我滿身大汗。

我媽坐在我的床上，她看起來像個天使。她低語：「那只是個夢而已，亞里。我在這裡。夢沒有辦法傷害你。」

但丁，你有做過惡夢嗎？

為什麼惡夢會糾纏你好幾天？它們到底想要跟你說什麼？你媽知道要怎麼解夢嗎？

隔天在學校時，我走過走廊，我覺得我好像又變得孤單了——就像我在認識你之前那樣。我不知道我和你會不會有一天也死於愛滋。

也許我們所有人都會死於愛滋病。所有的死同性戀都會。

這個世界少了我們，也會繼續前進。最後，這個世界會得到它想要的一切。

第三章

「為什麼他們要叫甘多爾太太『肝多多太太』？」

「吉娜編了一個她的故事。她說她是那種很壞的媽媽，會在特殊時刻煮更多肝臟給她的小孩吃，因為她知道她的小孩都很討厭吃內臟。她不相信小孩值得快樂。所以她會給他們一整盤洋蔥炒肝臟，然後等到他們都吃完的時候，她又會回來，站在他們的空盤前問他們：『要不要更多肝啊？』就像是白雪公主裡的壞皇后一樣，問他們要不要吃蘋果。然後她會給他們第二盤肝，讓他們全都反胃想吐，而且她會確保他們把第二盤吃得乾乾淨淨。如果她的小孩讓她不開心，她就會第三次站在那個小孩面前，面帶微笑。『親愛的，要吃更多肝嗎？』然後她就會再撈起一塊肝，倒在他的盤子上。然後她就會自顧自地笑著想：這樣就可以教訓他們了。」

「哇喔，但是她沒有那麼邪惡吧。我是說，我相信她是個好媽媽。」

「我完全不認為她是個好媽媽。我不覺得她是個好人。如果你仔細想想——」蘇西說。「她在課堂上就是這樣對我們的。每一天，她都在強迫我們吃更多肝。我受不了那個女人。亞里．曼杜沙，你敢說甘多爾沒有讓你煩到受不了嗎？」

「嗯，是有一點，但是聽著，我們需要修完這堂課才能畢業，而我猜我會硬著頭皮上完。我不會讓她毀了我的一天。」

「你不覺得她內心深處其實討厭墨西哥人嗎？」

「她不討厭我們。她只是覺得我們比較低等。」我對蘇西咧開嘴。

她沒有笑。

「這應該要是個笑話的。」

她感覺就要用她的眼神把我撕碎了。

「好啦，好啦。」我說。「聽著，她種族歧視的態度很明顯。我是說，她告訴楚伊（Chuy），她很高興耶穌有小名，因為任何人都不應該照上帝的名字來命名。她就是會想這種屁事，蘇西。誰在乎啊？她只是沒那麼聰明而已。」

「嗯，她想這樣想就這樣想啊——但是她就非要說出來不可嗎？你對這種事太無所謂了，亞里。我是說，她有一天在班上說，為什麼拉丁美裔的人都不讀聖經？這是什麼屁話啊？當楚伊說：『天主教徒不喜歡聖經。我們只會敬拜耶穌和瓜達盧佩聖母。』的時候，她連這個笑話都聽不懂。」

「對她有點信心吧，蘇西。也許當她回答：『聖經所帶來的閱讀與寫作能力，是所有宣稱自己有受教育的人的基礎。』時，她是有聽懂他的諷刺的。」

「為什麼有人可以容忍她的這些狗屁？然後有一天她講到我們的司法體系，她就偏要說——」蘇西開始模仿她。「——『你們一定要仔細聽，因為在你們出生的墨西哥，那裡是沒有司法體系的。』她為什麼就一定要說這種話？然後楚伊回答：『嗯，墨西哥是有司法體系——但是我不是在那裡出生的。我是在這裡出生的。墨西哥有司法體系——只是腐敗得很嚴重。你知道，就像你出生的阿拉巴馬那樣。』楚伊也許看起來吸了太多大麻——但他可不會任人胡說。」

「嗯，妳得承認，這堂課是滿娛樂的。」

「套句布洛克先生的話：『你不是來學校娛樂的——你是來學習的。』如果你不小心一點，亞里．曼杜沙，你長大之後就會變成一個叛徒。」然後她露出一個和卡珊卓．奧特加有得比的批判眼神。「有一天，我一定會在心情不好的時候上到她的課。然後一切就會天翻地覆了。」

第四章

卡珊卓和我坐在我家門前的臺階上。「不是音樂就是演戲吧。」她說。

「妳喜歡音樂？」

「我會彈鋼琴。我很擅長。不是非常好，不是很優秀，但是還不錯。我還有時間進步。我也喜歡唱歌。你會唱歌嗎？」

「我歌聲還可以吧——但是它不是非常引起我的興趣。」

「引起你的興趣？」

「我很愛音樂。但是我不是音樂家。」

「我懂。」她伸給我一隻手，把我拉起來。要命，她真的很強壯。

「我們該往哪邊走？」我問。

「那邊。」她說。「我超想吃焦糖棒。」

「我喜歡 PayDay 的。」

「我超愛 PayDay。」

我們經過一間房子，有個女人正在剪玫瑰花。卡珊卓和她打招呼：「哈囉，里可太太。」

「卡珊卓，妳還是那麼漂亮呀。你好嗎，亞里？」

「我很好，里可太太。」

「你們兩個真像是一對可愛的情侶。」

「對啊。」卡珊卓說。

我們繼續往前走，我看著她。「可愛的情侶？每次有人說這種話，我都覺得自己像個騙子。我覺得自己很虛偽。」

「嗯，你沒有對別人說謊。不要接受別人的預設立場。而且我們是很像一對可愛的情侶。」

這使我笑了起來。「對，是沒錯。那個女士是誰啊？」

「你叫她里可太太，她也知道你的名字。我以為你認識她。」

「我叫她里可太太，是因為妳這樣叫她。」

「嗯，她是天主教姊妹會的其中一員。她有自己的會計師事務所。」

「那些天主教姊妹——她們的人脈還真廣。她們好像誰都認識。」

「沒錯，其中一個女士是玫琳凱（Mary Kay）直銷的史上最強業務——她有一輛粉紅色的凱迪拉克以資證明。你應該要看看的。她喜歡假裝自己是賈桂琳・甘迺迪・歐納西斯。她最愛做的事情就是自嘲。」

「妳知道，我們都得學學玫琳凱小姐。她在商業世界中為自己掙得了一席之地，她不在乎身邊的男人怎麼嘲笑她，她賺的錢比大部分的混蛋加起來還要多，而且她是靠做誠實生意賺來的。她把自己的名字寫在地圖上了。」

「這樣很棒啊。天主教姊妹們也想辦法做到了——把自己的名字寫在地圖上。她們不需要任何人的許可，就可以躍入世界的水中。你知道嗎，亞里，我們也不需要。」

我們走進便利商店。「我請客。」卡珊卓邊說邊伸手拿可樂。

「不，我請吧。」

「不，你不准。你知道為什麼男生都喜歡付錢嗎？因為他們必須要當掌權的那個人。當我說我要請客的時候，你不該和我爭論，你只該跟我說『謝謝』。」

「謝謝。」我說。

「這是個好的開始。下次請真誠一點地說。」我們坐在人行道上，對彼此露出微笑。

「我們在非法逗留。」我說。

「嗯，今天是適合逗留的好日子。」她喝了一口可樂。

「妳知道，我們要當製圖師的話，不僅要夠聰明——我們也要夠勇敢，才能跳進可能不太友善的海水裡。」

她看著我——確保我有在聽她說話。「我們辦得到的。有一天，這個世界會很驚訝我們能達成的成就。但我們不會驚訝。我們一點都不會驚訝。因為我們到時候就會知道，我們與生俱來的能力。」

卡珊卓・奧特加的聲音就是我生命中最需要的那種。

＊

我們回到我家，坐在前廊上。腿腿在我們中間睡覺。

「我想我要去慢跑一下。妳需要我順路送妳一程嗎？」

「真是個好主意，亞里。真。是。個。好主意。」

那天開始，卡珊卓・奧特加就成了我的慢跑夥伴。

我想念腿腿在我身邊一起跑的時光。那隻狗在我覺得自己孤單一人時進入了我的人生。不知道為什麼，她感覺到了我的哀傷，並把她的心給了我。人們給不起狗能給你的東西——而我不知道要用什麼語言才能翻譯腿腿心中的那些愛，她給我的愛，使我再度想要活下去的愛。

我不確定我為什麼會讓卡珊卓進入我私密、安靜的慢跑世界。但從那個第一天的早上開始，這感覺就很正確，好像我們很搭配。她是天生的運動員。而且她很像我——她不喜歡說話，至少在跑步的時候。她只想要跑步。不知道為什麼，我們跑步時所保持的沉默，反而使我們更貼近了。

就某方面來說，我們都很迷失。這很好笑，有好多時刻，我都覺得我找到了自己，或者正在找回自己。然後我就再度覺得迷失了。沒有任何理由，我就只是覺得迷失。也許卡珊卓也是這樣。而我們在慢跑時找到了自己所需要的東西。

我喜歡她在這些時刻裡沉默的存在，這對我來說很神聖。我開始相信，我們和自己所愛的每個人在一起時，活著的方式都不一樣。

我的生活開始產生某種節奏，上學、和學校的朋友聊天，我以前是沒有學校的朋友的。學校的朋友很棒，因為你可以把他們留在學校就好。這聽起來很差勁，我知道，但是對我來說，我的生活真的很擁擠。我不覺得我可以應付更多要帶回家的朋友。

我從來不覺得自己屬於這個叫做學校的地方，現在我確實覺得自己是一分子了。但是我還有另外一個身分——這個叫做「同性戀」的身分。我們是什麼時候開始用這個字的？「同性戀」最原始的意義跟「快樂」有關。我想知道，有多少同性戀男子是真心感到快樂。我想知道，有沒有一天，我可以看著鏡子說：亞里，我很高興你是同性戀。我不覺得這有可能發生。但丁或許可以，但我不行。這使我覺得，我好像永遠不可能、也不會真正成為高中國度的一部分。但丁說這叫做「流亡」。這個詞太完美了。有一天，他在離開我家的時候，給了我一張字條。「噢，我都忘了。我一直帶著這個跑來跑去。」他說。他把折起來的字條放在我的掌心。等到他離開後，我便打開了那張紙：

我媽說我們永遠都會活在流亡與歸屬之間。有些時候，你會感到流亡的孤單。

第五章

有些時候，你會感到歸屬的快樂。我不知道我媽這些事都是從哪裡學來的。而當我聽見你媽說的話、仔細聽她說的那些事，我發誓她們一定都是去同一間媽媽學校。她們還去了媽媽大學唸碩士——而且她們好像還拿了博士學位。附註：這張紙條，我是在歷史課寫的。只有麥可弟兄能讓南北戰爭聽起來這麼無聊。

＊

我猜我是快樂的人，至少比我以前快樂多了。儘管我內心有許多困惑，至少我並不悲慘。我去上學，我做作業。大多時候，但丁、蘇西、吉娜和卡珊卓會來我家，我們會在廚房桌邊一起唸書。我知道這讓我媽很高興——儘管這並不是我們一起唸書的原因。有時候，我們也會去卡珊卓家唸書。

星期二晚上，但丁和我會一起唸書，就只有我們兩人。他會讀指定閱讀的作業，或是寫數學題目，而我會讀書和做筆記，或是寫報告。和但丁共處一室，不知為何，好像就使一切都變得簡單了。我喜歡房間裡有他的存在，我喜歡聽他自言自語的聲音。

我注意到，但丁唸書常常會停下來——然後開始研究我。我想我是他最喜歡的書，這讓我感到害怕。有時候，當他看著我，我會覺得有電流穿過我的全身，而我想要他。有些時候，我對他的慾望無法獲得滿足。我們沒有一直做愛。我們沒有。

我們不能。時間不對，也沒有機會，而我們拒絕在自己家裡做愛，因為我們覺得這樣很不尊重。但我的渴望超越了慾望。我感受到的東西，已經超越了身體的感覺。

我們之間的一切很安全。我們讓彼此感到安全。

但問題是，愛是不可能安全的。愛會帶你去到你一直都害怕的地方。我怎麼會知道愛是什麼？有時候，當但丁在我身邊時，我會覺得我知道了關於愛的一切。但對我來說，去愛人是一回事。但讓自己被愛，嗯，這是最困難的一件事。

第六章

但丁：

我一直在想我哥哥。我和我媽去食物銀行時，我剛好聽見兩個女人在說話。她們在說我的好話。其中一個人說，她們真為我媽感到高興，因為我是個好孩子，跟我哥不一樣，還說我哥對良善嚴重過敏。「有些人天生就是這樣。」她說。

我想我哥以前和現在都是一個非常暴力的男人。所以當我爸媽知道我痛打那個害你進醫院的傢伙時，他們才會這麼生氣。我不該那麼做的。我當時並不感到抱歉——但是現在我感到抱歉了。但這件事當然不是雙向的：他害你進醫院的事，他可不感到抱歉。如果他還有一絲一毫的機會，他還是會這麼做的。有時候我會在走廊上看到他，然後有一次，他的朋友在上廁所時站在我旁邊，他問我：「你想看嗎？」我就說：「你想要我把你的蛋蛋塞進你的喉嚨裡嗎？」人們就是不知道什麼時候該閉嘴。他們就是沒辦法好好活著，還有讓別人活著。他們只想要把你除掉。

　　你知道，我一直在想那個被我哥哥殺掉的人。她是個變性女人。報紙上的報導很模糊。他們說她是個變性人妓女。他們怎麼知道她是妓女？我覺得，他們只是把那篇報導刊登在報紙上，當做又一個墨西哥低等人在城裡生活的例子，包括我哥和他殺死的女人。有時候我感覺，雖然我們是這個城市裡的主要人口，墨西哥人還是不受歡迎。

第七章

甘多爾太太發還了我們的考卷。

「我想讓你們知道，我是站在你們這邊的。我開始照曲線評分，因為我理解，拉丁美裔學生在教育環境中並不自在，我也已經記住了。」

蘇西立刻舉起手——就像是在風中擺動的旗幟。

「蘇西，妳想要什麼嗎？」

「是的，我想要知道妳是從哪裡得到的資訊，說拉丁美裔學生在教育環境中並不自在。我是說，妳是在哪裡讀到的嗎？三K黨有在做教育會報嗎？」

「三K黨跟這個對話有什麼關係？我和那個可怕的組織一點關係也沒有。」

「他們不是個組織。他們是本土的恐怖分子。」

「我不會和有這種極端觀點的人爭論的。」

「我極端？」

「至於妳的問題：我並沒有讀什麼文章。但我和聰明的人士討論過了，他們給了我不少智慧，告訴我該如何更好地服務我的學生。而我自己也觀察到，我的學生在教育環境中確實不太自在。這樣有回答到妳的問題嗎？」

「有。」我了解蘇西・博德，她才剛要開始發作而已。「嗯，我用自己的觀察力也發現，妳的學生在教育環境中感到不自在的時刻，只有妳在當老師的時候。」

「我不知道妳為什麼選擇攻擊我，而不是——」

蘇西打斷了她。「甘多爾太太，妳知道妳有種族歧視，對吧？」

「這是個不公不義的指控。我不知道妳從哪裡得來的概念，認為妳有權用這麼惡毒的詞彙來攻擊妳的老師。如果我要維持秩序，我就不能容許妳繼續待在這個課堂裡，除非妳道歉。我不知道妳為什麼會這麼受到冒犯，畢竟妳並不是拉丁美裔，我說的事情和妳也毫無關係。」

蘇西雙臂交抱，咬著嘴唇，然後把玩自己的項鍊。我了解蘇西——我知道她很不爽。我是說，她超級不爽。「我不需要是拉丁美裔，也能發現妳居高臨下的態度和赤裸裸的侮辱。開學第一天，妳就對荷西說——」蘇西開始模仿她說話的方式。「『愛荷華州有一個品牌的玉米餅，快樂荷西玉米餅，它的圖案是一個小男生把墨西哥寬簷帽丟到半空中。』好像這樣還不夠糟似的，妳還問荷西，他自己有沒有墨西哥寬簷帽——」

甘多爾太太打斷她。「我只是在表示友善。我不知道妳為什麼會認為我說的話有貶低的意味。」

蘇西翻了個白眼。「每次妳覺得很笨的學生在考試上得了好成績，妳發考卷的時候，總是會說一些屁話——」蘇西又開始模仿她的聲音。「『你一定唸得很認真，或者你是得到了一些幫助吧。』妳就是個種族歧視的賤人！」

我不會讓蘇西一個人扛下全責的，所以我在甘多爾太太回應之前加入了戰局。「我同意。」然後我決定補充道：「我代表妳所有的拉丁美裔學生，還有我身為學校老師的媽媽，要求妳道歉。」

所有的學生都贊同不已，但甘多爾太太的怒火和注意力都只針對蘇西和我而來。「我覺得我錯估你了，亞里・曼杜沙。我以為你比其他——」

我打斷她。「我比其他墨西哥學生高級嗎？」

「不要隨便代替我說話。但自我任命成一整個群體的發言人的人，我不該跟他一般見識。」然後她憤怒地低吼道：「現在，你們兩個都跟著我去校長室。馬上。」

在她朝門口走去時，楚伊・戈梅茲忍不住跳起來大叫：「欸，甘多爾太太！」她轉過身，看見楚伊對她亮出中指。

「你也是！毫無理由地加入這些叛逆的傢伙。你展現出的行徑，就像由狼養大的野孩子。你們三個很快就要被踢出這個教育機構了。」

「這個讓我們這麼不自在的教育機構嗎？」楚伊朝教室門走去。蘇西大笑起來，而我只是努力保持自己的姿態。甘多爾太太走在我們前面。

「他們不會把我們踢出去的。」

蘇西翻了個白眼。「我爸媽馬上就會暴走了。他們可是前嬉皮人士，他們不會容忍這種屁事的。」

「我爸是個激進主義者。」楚伊說。「這都是屁話。」

「嗯。」我說。「我覺得我媽也不會讓我們在旁邊晾著。」

蘇西微笑。「我總覺得，你媽會把甘多爾太太生吞活剝了。」

*

所以我們來到校長室。儘管他穿著西裝和領帶，羅伯森（Robertson）先生的模樣卻使他看起來怎麼樣都不專業。他不算是一個非常強悍的人，但如果他覺得自己被困住，他也是會硬起來的。甘多爾太太正輕輕拉著自己的珍珠項鍊，輕輕撫過每一顆珍珠，像是在拿念珠禱告一樣。我們全部都坐著，但甘多爾太太決定繼續站著，而她多少想辦法維持了理性的口吻，並使自己聽起來像是個受害者，她殘酷的學生則毫無紀律、表現得像是野蠻人一樣。

「最正確的做法，就是把這些學生停學。我不是個喜歡重刑的人，而我不會堅持要他們不准畢業。這畢竟是他們最後的機會了。」蘇西和我對看一眼。甘多爾太太顯然預設我們不會去上大學。

「但我不能容許這些學生回到我的教室裡。他們不只侮辱我，也侮辱了我的專業。」

蘇西打斷她。「沒有人比妳自己更侮辱妳的專業，甘多爾太太。」

她指向蘇西。「你看，你親眼見識到這些學生有多麼口無遮攔了。他們不理解這些行為的後果。這三個野蠻人顯然不尊重我身為老師的地位，而我永遠不會接受這個——」她指向蘇西。「——這個人，這個、這個——我永遠不會接受她的詆毀。告訴他，告訴他妳說了我什麼。」

蘇西一點悔意也沒有。她看著羅伯森先生說道：「我說她是種族歧視的賤人。」

羅伯森先生瑟縮了一下。

「如果我說的是事實，那這就不叫詆毀。我不知道哪一部分更真實了——種族歧視還是賤人的部分。」

「光憑這句話，我就可以叫學校開除妳。」

「妳可以啊。」蘇西還是很不爽。「但我倒是很想看看，妳要怎麼試著把我這種學業平均成績和完美出席紀錄的學生給踢出去。」

「我受夠了。我把這幾個下等人交給你，羅伯森先生。我不在乎你怎麼處置他們，只要他們不要回到我的教室就行。」然後她看向我。「我真的覺得你也許和其他人不太一樣。」她把憤怒的目光轉向蘇西。「而妳是最糟糕的那種。」

蘇西對她咧嘴一笑。「我一定是個活生生的證據，證明白人沒有比較優越。」

她的掉頭就走或許有點多餘——但還是對羅伯森先生造成了一點影響。

楚伊笑到快翻過去了。「蘇西・博德，妳有聽到嗎？妳是最糟糕的那種，甚至比我們墨西哥人還糟。」

「我的天啊。」羅伯森先生說。「我覺得你們都沒意識到你們惹了多大的麻煩。還有，博德小姐，妳就非得要用『ㄐ』開頭的字形容她嗎？」

「羅伯森先生，你不可能不知道她是種族歧視者吧。你也不能說你從來沒有抱怨過她。就我的觀點來看，如果你是個女人，又是種族歧視者，嗯，那你就是個賤人。這沒有什麼好說的。」

「我們可不可以表現出一點尊重？如果我再聽到你們說一句髒話，我就要把你們都停學了。」

他不斷咬著嘴唇、搓揉著雙手。他需要抽菸。我可以聞到他身上的菸味。

「你們都是好學生，都有完美無瑕的紀錄。你們也都像博德小姐所說的，幾乎有完美的出席紀錄，但這並沒有辦法成為你們行為的藉口。亞里，你對甘多爾太太說什麼，讓她對你這麼生氣？」

「我只是對蘇西的話表達同意。然後我接著以拉丁美裔學生的名義要求她道歉。」

他用一手摀住臉，笑了起來——但聽起來比較像是他想哭。

「那你呢，耶穌？」

「我叫楚伊。」他說。

「對，對，楚伊。你對這個小小的鬧劇又有什麼貢獻？」

「他們要走出教室時，我叫住甘多爾太太。然後我對她比中指。」

羅伯森先生放聲大笑起來，但他的笑聲真的很不快樂，更像是「我快被噁心死了，但我只能笑，因為如果我不笑的話，我就要哭了」的那種笑聲。「我要打給你們的父母，和他們討論這件事。你們都去自習中心報到。我會去拿甘多爾太太的課程計畫表。你們要照她的計畫繼續唸書，然後把作業交給我。我會負責批改。我現在是在輕放你們——不客氣。

「然後，博德小姐，注意妳的用詞。這就是讓人無法接受。」

「但是種族歧視的老師就可以接受？」

「我在饒你們一命，別得寸進尺了。」他看向楚伊。「把你的手指收起來，用它去彈吉他什麼的吧。還有，曼杜沙先生，你也許未來可以走上政治的道路，但不要用我的老師來練習你的小演說。」

第八章

「我接到羅伯森先生打來的電話，我們友善地聊了一下。」
「友善？」
「我之前和他在同一所學校教書。」
「為什麼他是校長、而妳不是？」
「別以為他們沒有問過我。但是我找到屬於我的地方——就在教室裡。」我媽看著我。那不是個「我很生氣」的表情，那更像是我在決定要說什麼的表情。
「我要被說教了嗎？」
「不算是說教。我們就談談就好。你和蘇西，還有你的另一個朋友——」
「楚伊。」
「楚伊，你、蘇西和楚伊都很勇敢，但是——」
「我就知道會有『但是』。」
「但是你們不需要用這種方式反應。我在家長會的時候見過甘多爾太太，我對她的評價也不是很高。但是她是你的老師，而你的老師值得受到尊重。當老師可不像在公園散步這麼輕鬆。你們可以用別的方式處理這件事的。」

「像是什麼方式？」

「你們可以去找羅伯森先生表達你們的看法。」

「他是個頭腦簡單、四肢發達的人。」

「讓我說完。你們可以告訴他，你們拒絕上她的課，並告訴他原因。如果你們覺得他聽不進去，你可以來告訴我和你爸，我們就可以介入。」

我知道我的表情一片空白。

「亞里，我不是不同意你對甘多爾太太的看法。而當我說你們三個非常勇敢時，我也是認真的。但你們很有可能會被學校開除。你們也應該要控制自己說出口的話，這並不會幫助你們達到目的。」

「也許妳是對的。我們應該要有個計畫，而不是在她的課堂上直接爆炸。我們用自己所知最棒的方式在處理了。但是跑回去找我們的爸媽，要他們介入——我不覺得這是答案。這是我們長大的方式，媽。」

我以為我媽會馬上反駁的，但她沒有。「我樂意接受你的發言，你有可能是對的。但你們驚險地閃過了一顆子彈，而我也要說一句你可能不想聽的話。羅伯森先生沒有把你們停學一兩週的其中一個原因，是因為我們是朋友。所以，不管我想不想，我都還是介入了。」

「因為人脈比較重要——是這樣嗎，媽？」

「這些不成文的規定，不是我訂下的，亞里。就和你一樣，我也生活在一個規則毫無公平可言的世界裡。請記得，我剛說的是其中一個原因。另一個原因，是因為你們三個都是非常優秀的學生。我們必須要有規則，亞里。不然這世界上就只會剩下混亂了。但如果這些規則沒有保護到它們應該要保護的人，我們也永遠都可以打破這些規則。

「我知道你覺得不該容忍種族歧視的老師。但我們所有人思考的方式中，都有包含著種族歧視的成分。那是我們居住的世界從小教會我們的東西。如果甘多爾太太是個種族歧視者，那是因為她被教育成種族歧視者了。要忘卻那些糟糕的教訓是很難的，尤其是如果你沒發現自己所學的東西是錯的話。很多白人——而我不是所有的白人——都覺得他們稍微優秀一點、更像美國人一點——而他們很多人也都不是壞人。他們甚至不知道，自己是整個圍繞著他們所打造的系統中的其中一分子。這很複雜，亞里。我覺得我解釋得不是很好。」

「我覺得妳解釋得夠好了。妳真的超級聰明。我也很喜歡妳思考的這些事情。因為這些事情是真的很重要。我喜歡妳這麼認真去理解事情的真相，而且妳更努力地不要去批判別人。一個男生可以說希望自己長大後像媽媽嗎？」

第九章

有一天晚上，我正在讀著歷史課本中的其中一章。我抬起頭，卻發現整個世界一片模糊。我媽走進廚房，她一定是看見了我臉上奇怪的表情。「出了什麼事嗎，亞里？」

「我不知道。我本來在看書，但我抬頭的時候，發現所有的東西都很模糊。我不太確定這是什麼意思。」

她對我微笑。「這代表你需要戴眼鏡了。我會幫你在我的驗光師那裡預約的。」

「眼鏡？我不是那種會戴眼鏡的人。」

「嗯，你現在是了。」

「我沒辦法想像自己戴眼鏡的樣子。」

「不戴眼鏡，你就看不到囉。」

「靠。」

她用手指梳了梳我的頭髮。「亞里，你戴眼鏡會看起來更帥的。」

「我不能戴隱形眼鏡嗎？」

「不行。」

「為什麼不行？」

「因為我說的。它們很麻煩、很貴。而且在你習慣戴普通的眼鏡之前，你都不該戴隱形眼鏡。」

「『因為我說的』？認真的嗎？」

「你有聽到我在那句話後面說的其他字嗎？」

「亞里斯多德・曼杜沙並不是為了戴眼鏡而生的。」

「顯然亞里斯多德・曼杜沙的眼睛不同意這一點。」

＊

我一直盯著鏡子裡的自己。眼鏡還滿酷的。但是，不管如何，它們就是眼鏡。而我覺得自己像是另外一個人。不過我得承認，當我第一次戴上眼鏡時，我超級驚豔。世界看起來更銳利了。我可以看見街道的標示，還有老師寫在黑板上的字。我可以看見但丁朝我走來時的臉。我一直沒有意識到，我之所以認得出是他，並不是因為我可以清楚看見他的臉，而是因為他的走路姿勢。我不知道我已經這樣模糊地看著世界多久了。我一直以來都是這樣：用無法對焦的眼睛看著這個世界。

我喜歡現在看得見的自己。這是一件好事。真的很美好。

「這就是新的你了，亞里。」我從鏡子前退開。

＊

但丁來應門時，他打量了我很久。「這是我夢想中的亞里耶。」他說。

「喔，閉嘴啦。」我說。

「我想要吻你。」

「你在取笑我。」

「我沒有。現在我隨時都想要吻你了。」

「你一直都是隨時都想要吻我啊。」

「對，但是現在，我覺得我隨時都想要把你的衣服扒光。」

「我不敢相信你居然這麼說。」

「喔，嗯，我以為誠實是最好的策略。」

「誠實不需要說出口。」

「沉默等於死亡。」

我忍不住搖了搖頭，咧嘴一笑。

他牽著我的手，把我拉了進去。「媽！爸！來看亞里戴著新眼鏡的樣子！」

我覺得自己像是動物園裡的動物，我站在昆塔納夫婦眼前。「你現在看起來充滿了智慧，亞里。」

昆塔納太太點頭同意。「一如往常地英俊。而且不知道為什麼，它反映出了你一直想要隱藏的智慧。」

「妳覺得我喜歡隱藏我的智慧？」

「當然了，亞里。因為它不符合你對自己的形象。」

我點頭表示我了解了。「現在是三比一。我很難和聯手的三個人爭論。」

昆塔納太太微笑著，然後她突然彎下腰。她碰了碰身側，深吸一口氣，在椅子上坐下。「噢，這傢伙一定是個鬥士。我覺得這個小男生或小女生想要出來了。」

她抓住昆塔納先生的手，放在寶寶踢肚皮的位置。

我以為昆塔納先生要哭出來了。「但丁，把手放在這裡。」

但丁摸著他媽媽的肚子，臉上的表情變得不可思議——他整個人好像變成了一個以驚嘆號結尾的句子。「這太驚人了，媽！」

「亞里。」昆塔納太太說。「來，把手放在這裡。」

我看著她。「我不——」

「別害羞。沒關係的。」

她接過我的手，放在她的肚子上。而我感覺到了，寶寶的動作。也許「活蹦亂跳」這個詞就是這樣來的。

「生命，亞里。這就是生命。」

第十章

萬聖節。對，我就是掃興。我拒絕變裝去參加吉娜家的派對。蘇西說我可以打扮成溼答答的毛毯。哈、哈。

「那我不要邀請你了。」吉娜說。

「好啊，隨妳。不要邀請我。我會不請自來的。」

「有時候我真的很討厭你。」

「妳只是討厭同儕壓力對我這種人沒效而已。再說，我會戴我的新眼鏡啊。」

「那不算。」

「那我就不戴。我會扮成鏡前亞里。」

「鏡前亞里？」

「戴眼鏡前的亞里。」

「你真的很奇怪，你知道嗎？你為什麼就不能讓自己玩一下？所謂的『玩』，就是『好好享受』。所謂的『玩』，就是『這個晚上，你在一齣戲裡扮演任何你想扮演的角色』。」

「我是在一齣戲裡啊。它叫做人生，而我已經在扮演一個角色了，吉娜。我是個假裝成直男的同性戀，而我快要累死了。這不是玩，這是工作。所以，如果妳不介意的話，我會戴著我平常每天戴的假臉，那張讓我覺得自己像個騙子的臉。」

「你知道，亞里，我討厭你的那些小事，也同樣是我愛你的原因。」

「謝謝妳囉，我猜。」

「根本不可能討厭你。」

「也根本不可能討厭妳。」

「你比我更頑固。」

「喔，這我就不知道了，吉娜。我會說是平手。」

「你真的覺得自己是個騙子嗎？」

「我是啊。」

「你不是。你只是試著要活著從高中畢業而已。你不欠任何人任何東西。跟我說一次：我不是個騙子。」她等著。「我沒有聽見你的聲音喔。」

「我不是個騙子。」我低語。

「這是個開始，亞里。我們會常常複習這一課的。」對，對，我們都笑了。

有時候每個人都是諧星，有時候每個人都是老師。而有時候我就是會說太多。我就是活生生的「沉默等於死亡」的證明。

*

卡珊卓打扮成雅典娜女神，但丁打扮成威廉・莎士比亞。他們的造型是目前為止最厲害的。沒有人比得上。當然，他們也是最浮誇的。但蘇西的造型是最好笑的、大概也是最原創的。她打扮成一個鬼魂，是很老套沒錯——但在鬼的頭頂上，她綁了一個包起來的禮物。而當大家問她她是誰的時候，她說：「我是聖誕禮物的鬼魂。」所有人都笑到爬不起來。

蘇西・博德超讚的。

大家大概都以為但丁和我們唸的是同一所學校。他就是有辦法讓自己融入。大部分的人大概會坐在角落，喃喃自語，這裡的人我一個也不認識。我就一定會這麼做。但是但丁不會。他可是但丁・昆塔納。

當他和一個顯然在和他調情的女生說話時，我暗自微笑起來。

吉娜認識大半個世界的人，至少看起來是如此。幾乎所有人都穿著萬聖節造型——但不是每個人。而我們這些沒有打扮的人，都遭到側目——尤其是我。我知道你變了，亞里。但你也沒有變這麼多嘛。還是自以為了不起、懶得變裝？你沒有變裝。你當然沒有了。整個晚上，大家都這樣看我。這就像是別人說「看看你，你跟你爸長得一模一樣」。我微笑，表現得很有風度。

卡珊卓真的看起來像個女神，所以我就這樣告訴她了。

「這是誇獎嗎？」

「我想是吧。」

「但是聽起來不像。」

「嗯，如果妳用那種眼神把所有人都嚇死的話，妳就不會再得到新的朋友了。」

「好像我有想要交新朋友一樣。我已經有我需要的朋友了，為什麼要這麼貪心呢？」她吻了吻我的臉頰。

我盯上她了。每次她認為自己贏了一輪我們的年度辯論時，她都會吻我的臉頰。她指向我們的其中一個同學。「妳會希望我打扮成西方的邪惡女巫嗎？」

「嗯，也許扮成好女巫葛琳達吧。」

「我永遠都會選邪惡女巫的，或是——」她說。「她怎麼樣？」她用下巴指向一個打扮成白雪公主的女生。

「不知道為什麼，我無法想像妳唱著〈有一天我的王子會出現〉的樣子。妳可以打扮成男人。」

「打扮成妓女比較好。」

「打扮成妓女比男人好？」

有人把音樂的音量調大。「為什麼要問一個你知道答案的問題？閉嘴，過來跟我跳舞吧。」

我不知道要怎麼跳舞，但我還是跳了。雖然我不確定上下點頭算不算是跳舞。卡珊卓會跳舞——而當她跳舞時，沒有人注意到她有沒有舞伴。

我一點也不介意——但當但丁介入時，我很高興。

我退到房間的角落。就在我讓自己舒服地坐下時，蘇西找到了我。

「來吧。」她說。「我們來把今晚的時間都跳掉。」

然後我們就這樣做了。我們把整晚的時間都用來跳舞。在蘇西、卡珊卓和吉娜之間，她們開始教我做一些看起來像是跳舞的動作。

當我嘗試隨著音樂移動身體時，我看著但丁和卡珊卓跳舞。我不知道但丁是從哪裡學的跳舞。

靠，他就是知道要怎麼做。對他來說，很多事情都好容易。我想房間裡的每個男生都在嫉妒但丁。可惜他們不知道。

這個夜晚就要結束了，DJ放了一首慢歌，一首很老的歌：〈擁抱我、感動我、親吻我〉。卡珊卓抓住我。

「你整晚都沒有跟我跳舞。」把她抱在我的臂彎之間，感覺很正確。那不是愛，不是那種感覺。我只是感覺很舒服、又很親密。嗯，這感覺是很像愛——不像我對但丁的愛，而是一種我無法指名的愛。

我可以感覺到但丁看著我們。不知為何，我知道他腦中在想什麼——而且我知道不是好事。但是當這首歌結束時——村民樂團就出來拯救世界了。卡珊卓抓住但丁，他們便開始領舞。然後我們就全都開始了——一起比出Y、M、C和A的動作。就連我都一起參與了。

蘇西把她的鬼魂裝脫掉了，她和吉娜兩人看起來好活躍。我不知道我要付出什麼，才能像她們這麼充滿生命力。

第十一章

十一月的第一個星期五，但丁和我開著我的皮卡車去了沙漠。天氣有點冷。我覺得我把社交能量用光了。

我需要一點安靜，我需要和但丁待在一起。只有我和他。

我們已經好一陣子沒有來這裡，那個我第一次吻他的地方。我在卡車後車箱裡放了幾個睡袋。我們開車時，但丁唱著歌，練習他要為音樂會表演的聖誕歌曲。他的聲音很好聽。很強壯。

「我喜歡聽你唱歌。」我說。「但我真正享受的是接吻。」

「真的嗎？你是從哪裡學來的？這是誰教你的？」

「某個男生。這也不難學。」

「某個路人男生嗎？」

「對。」

「你在哪裡認識他的？」

「某個暑假的一天，我在游泳池認識他的。他教我水的物理。他告訴我，我們的身體大部分都是由水組成的，而地球有百分之七十一都是水。他說，如果我不理解水的美好與危險，那我永遠都不會了解我所住的這個星球。他有一次告訴我，游泳是一件很私密的事，這就像是在和地球做愛一樣。」

「你的路人朋友說的嗎？」

「沒錯。」

「你為什麼會記得我對你說的這些話，亞里？」

「因為你教會我，要怎麼聆聽有話要說的人說話。」

「我沒有教你這個。你是自己學會的。」他吻了我。「來和我一起游遍這世界上的水吧。」

我點點頭。而我腦中只有一個想法：天啊，但丁。我真希望我辦得到。如果辦得到就好了。如果我們可以成為世界上的水的製圖師就好了。

＊

只是抱著他。

只是吻他。

只是感覺到他的身體在我身邊。

感覺到我們稱之為生命的東西從我身上流過——我們稱之為愛的東西。我們稱之為「渴望」、「盼望」或是「慾望」的東西。

我抬眼看向天空，一邊讓我的呼吸恢復正常。而那晚的星星，看起來比任何時候都還要明亮。

我聽見但丁低語著一首詩：「啊，親愛的，讓我們對彼此誠實……」

有時候，低語「我愛你」是最沒有必要的事。

第十二章

我在半夜驚醒。我跑過一條黑暗的街道，柏納多在後面追著我。我很害怕。我真的很害怕。我不知道為什麼——但我想，如果他抓到我，會發生很可怕的事。好像他會傷害我。

我躺在床上，喘著氣。腿腿正在舔我，所以我一定是在睡夢中說話或尖叫了。

這些夢什麼時候才會結束？它們什麼時候才要結束？

第十三章

我媽、我爸和我在吃晚餐——而我只是撥弄著食物。我爸媽在說話——但我的心思已經飄向別處。我做了關於哥哥的那個夢，而它一整天都在我的腦中盤旋。我摘下眼鏡，打量著它。

「還是沒辦法習慣嗎？」

「也沒有那麼糟啦。我是說，我原本還不知道我的視力其實變差了。」然後我知道我再也等不下去了，因為我想要這麼問好久、好久、好久了。「爸，我可以請你幫我一個忙嗎？」

「什麼忙，亞里？」

「我想要去見柏納多。我想要去看他。」

我媽一句話也沒說。然後我看見我爸媽對看著，不知道該說什麼。

「我只是想要解決我這輩子中一個最大的問號。我不想要再背著這個問號生活下去了。」

「我們不想要你受傷，亞里。」

「媽，這已經讓我受傷好久了。妳和爸已經得到平靜了，你們可以繼續向前走了。我知道這對你們來說不容易。但是我呢？我覺得我的人生中好像有一個洞——而我不希望這個洞繼續存在了。」

「我去看過他一次。」

「我知道，爸。」

「場面不太好看，亞里。」

「我猜也是。但對你和媽來說，這樣有幫助你們放下一些事嗎？」

他點點頭。「一開始，我覺得我做錯了一件事。非常錯的一件事。這打開了一些舊傷口。但是，對，到頭來，我覺得它確實讓我們放下了一些非常重要的事。」

然後我就哭了起來。我停不下來。我邊啜泣邊說著話。我不想哭，但是有時候還沒癒合的傷口真的太痛了。「我人生中有好多爛事，我什麼都無法改變。我沒辦法改變自己是同性戀的事。我討厭這樣。我不想討厭它——因為這就是我。我不知道，我只是需要把這件事做個了斷。我很愛他，我很想念他，然後我就不再想念他了。但是我還是會夢到他。我不想要再做這些夢了。我不想要了，媽。」

我感覺到我媽在我身邊坐下。「有時候。」她說。「我們想要保護自己所愛的人，但我們卻只是使他們傷得更重。」我感覺到她用手指梳過我的頭髮。

「對不起，媽。爸，對不起。」

我爸媽再度對視，而我知道他們正在用他們那種沉默的語言對話著。

「我想我可以安排一次探視。我們要不要趁聖誕假期的時候來一趟旅行？這樣可以嗎？」

我點點頭。「我知道這讓你們很痛苦，媽。我知道——」

「噓。」她低語。「噓，我沒辦法保護你免於自己的痛苦，亞里。你也沒辦法保護我免於我的痛苦。我想每個家長都有幾個瞬間，會告訴自己：如果我能把我孩子的痛苦移到我身上，就讓它變成我的吧。但我沒有權利奪走你的痛苦，因為那是屬於你的。」

我聽見我爸的聲音。「你不再逃跑了，亞里。你在面對你必須面對的事。這就是大人會做的事。」

他把手伸過桌面。

我握住他的手——而且再也不放開。有時候你會在某人的手中發現宇宙中所有的祕密。有時候，那隻手屬於你的爸爸。

第十四章

時間來到十一月底，而我覺得這個學期已經快要用光我們的耐性了。我們全都變得有一點叛逆。所以，某個星期一早上，一個名叫夏茉、個性非常另類的女孩，戴了一副非常奇特的耳環來學校。我們坐在教室裡等著上課鈴聲響，然後有個女生對夏茉說：「我喜歡妳的耳環。」夏茉說：「這是鍍金的ＩＵＤ（註1）。」她身邊的女孩們全笑了起來。

我完全不知道ＩＵＤ是什麼意思。但是亨德利克太太知道，而且她聽見了這整個對話。「夏茉，現在就到校長室去。」

「為什麼？」

「妳問我為什麼？」

「我就是在問為什麼。」

「妳覺得這很好笑嗎？人們的性傾向不是個玩笑。在公開場合討論生育控制，對高中女生來說是很不合適的。而如果妳是在昭告天下妳與他人發生性行為，而且在

註1　子宮內節育器。

公開鼓勵節育，那我們做為老師就必須要介入。現在去校長室。」

「我沒有做錯事。如果我想，我就可以公開鼓勵節育。這是個自由的國家。我才不要去校長室。」

「跟我走。」她說。

夏茉翻了個白眼。

「亞里。」亨德利克太太說。「確保學生們讀課本裡的下一章，如果我回來的時候教室一團亂，我就要叫你負責了。」

我只是看著她。

「你聽懂我說的話嗎，年輕人？」

「為什麼是我？」

「你是責任感的模範。」

「但是——」

她用「我沒時間跟你廢話」的眼神看了我一眼。她很不爽。我一句話都不會再說了。「夏茉，跟我走。現在。」

等到他們出發去對羅伯森先生進行一趟小小的拜訪後，謝拉便看向我，說：「去啊，去啊。去坐在講桌上，你這個責任感的模範。」謝拉已經取代了卡珊卓的位置，成為我最討厭的對象。她在八年級的時候打過我一巴掌，而我總是覺得，她在尋找另一個機會。

「饒了我吧。」

「真的有夠會拍馬屁。」

「拍馬屁？」

「不然你要怎麼形容一個每次來上課時都會有充足準備的人？」

「一個學生。」我說。

「你這小娘炮。」

「那是醜人專用的醜字。」我覺得我臉上的表情告訴了她一件她意料之外的事。她翻了個白眼，但她一句話也沒說。

鐘聲響起時，在走廊上遊蕩的學生們魚貫進了教室。我走到黑板前，寫下：亨德利克太太帶夏茉去校長室，因為她犯了國安級重罪。我們要讀課本的下一章，並保持安靜。

當然，謝拉一定要對我大喊：「你為什麼不告訴我們，當責任感的模範是什麼感覺？」

大家都笑了起來。

我轉過身，確保她可以讀懂我臉上的憤怒。「妳為什麼不把妳的屁話帶去廁所裡沖掉？」

「『模範』是『娘炮』的同義詞嗎？我們應該要讓這位模範惹上麻煩才對。亨德利克太太說，如果等她回來的時候教室裡一團亂，大家麻煩就大了，而且她會要這位模範負責任。所以我說，我們就來惹大麻煩吧。」

另一個男生大喊：「謝拉，妳就閉嘴就好。」

「你們全都是一群笨羊。」

我們班上有一個走頹廢風的女孩，她打扮得有點像男生，名叫葛蘿莉亞，而她不接受別人說的這些屁話。「如果我再聽妳說一個字，謝拉，我就要把妳抓出去，然後把妳的胸罩塞進妳嘴裡。」然後教室裡就安靜了。大家掏出課本，讀起書來。

第十五章

親愛的但丁：

今天上課的時候出了一點意外。我不會說細節，但是老師亨德利克太太說，人類的性傾向不是個玩笑。我覺得她不是在說同性戀。我知道她不是。她講的是老派的異性戀。

我班上的一個女生謝拉，叫我小娘炮。她這樣叫我，並不是因為她知道我是同性戀。她這樣叫我是因為她想要羞辱我。好像你羞辱人最糟糕的詞，就是娘炮。哇喔。

這週是感恩節——而我開始想我有什麼好感恩的。我想到的第一件事，是我「不」感恩的事。我不感恩我的性向。用這個方式來形容我不幸的處境，好像有點奇怪。好吧，我在嘲笑我自己。這句話，我是從一部和爸媽一起看的老電影裡學來的。一個壞人對一個無助的年輕女人說：也許我可以幫妳從不幸的處境中解救出來。對。我現在正處於不幸的處境中。

我不感恩我是同性戀。

也許這代表我討厭我自己。

而我在想，如果我告訴你這些，你會有什麼感覺？我怎麼可以不想要當同性戀、又同時愛你？我最感恩的事情就是你。這怎麼行得通？我對性向唯一的認知就是你。我和你。我只知道這些。而唯一出現在我腦中的詞彙就是「美好」。但丁，有好多事情我不懂。有好多事情，我還是感到很困惑。

但我唯一不困惑的事，就是我愛你。我不是娘炮。你也不是。我對你的感覺他媽的如此美好，我不會用這麼醜陋的字眼為自己貼標籤。

喔，我還有一件事想問你。你覺得我是責任感的模範嗎？我想說就問問看。

第十六章

但丁打電話來，宣布了一件事。但丁最喜歡宣布事情了。「我們要在我家過感恩節喔。」

「我們？誰是『我們』？」

「你和你媽和你爸和卡珊卓和她媽媽。」

「為什麼啊？」

「我媽最近熱愛煮飯。她說這叫做築巢。」

「築巢？」

「對，她說很多女人在懷孕時都會築巢。她們會想要煮飯和打掃——你知道，就像鳥類在築巢一樣。我們家現在一塵不染。我是說，就連我房間現在都一塵不染。光是走進房間都讓我覺得毛骨悚然。我媽的築巢行為超認真的。所以她很想準備火雞和內餡，還有馬鈴薯泥、肉醬和蔓越莓。我爸還要烤麵包。卡珊卓的媽媽會帶一些小菜來，你媽也會烤派。」

「我為什麼全部都不知情？」

「因為你是亞里，而你都沒有在注意。我是說，雖然你已經幾乎要社會化了——」

「幾乎要社會化了？」

「你知道，你有時候社交距離真的滿遠的，亞里。」

「社交距離遙遠？這是但丁的新概念嗎？算了。」

當我掛掉電話時，我可以聽見他在笑。我沒有生氣，更像是煩躁。就連你愛的人都會讓你覺得煩。

＊

我決定要為感恩節做出一點自己的貢獻。我打給一間花店，告訴他們我想要訂適合感恩節晚餐的花束。「也許一份美麗的裝飾花束，可以放在桌面上？」小姐說。

「好。」我說。

「我們可以安排。只是你得來店裡自取。我們的外送都排滿了。」

「我可以自取。」我說。

所以，星期三放學之後，我開車到花店，付費給那位友善的小姐，她則讓其中一位員工幫我開門——她甚至還幫我開了卡車的門，讓我把桌面裝飾用的花束放在座位上。

「如果是我，我會放在地上。」她說。「這樣一來，就算你急煞，花也不會倒。」

這些人真的很專業。

我開到昆塔納家，而我得說，我滿以自己為傲的。也許我是有一點太自傲了。

我想辦法把花束從卡車中搬了下來，把門踢上，然後小心翼翼地走上臺階。我腦中只想著我曾經打翻在地上的餅乾。我想辦法按了門鈴，而突然間，我覺得自己像個白痴。

昆塔納先生開了門。

「我帶了東西來。」我從來不知道我心中的害羞之情什麼時候會冒出來。

「我看到了。」昆塔納先生說。「然後你還不懂我為什麼總是跟你和但丁說，你有多貼心。」

「我們不需要談這個，對吧，昆塔納先生？」

他的笑容幾乎要咧到耳朵了。「你知道，亞里，你現在做的事真的非常像一個大人。」

「嗯，只有我們之中最好的人才會這樣。」

他點了點頭。「往這邊走。」他帶著我來到餐桌邊——他們從來不用餐桌的。我把花束放在桌子的正中間。「喬麗黛，來看看這個。」

昆塔納太太穿著一件圍裙，看起來好像已經在廚房裡待了好一陣子了。「你送的嗎，亞里？」

我只是聳了聳肩。

她吻吻我的臉頰。「有一天。」她說，然後眨了眨眼。「你會讓某個男人很快樂喔。」

我不知道自己該不該笑——但我笑了。然後我像個白痴般地說：「這應該是個笑話，對吧？」

她的微笑。我想最貼切的形容詞，應該就是「活力四射」吧。也許準備生產的女人身邊都圍繞著神聖的光環。不知道為什麼，昆塔納太太懷孕後，她內心的小女孩就被喚醒了。這樣很好，但我希望另一個昆塔納太太還會回來。

＊

我看著我媽做派。她已經在烤箱裡放了一個蘋果派和一個核桃派了。她總是會幫我爸多做一個櫻桃派——因為他不喜歡南瓜派，而每個人都愛核桃派。而我呢，我最愛的是南瓜派。愛到不行。

「妳為什麼不直接從麵包店訂就好了？」

「我什麼時候從麵包店訂過東西了？我連生日蛋糕都不會用訂的。」

「這樣很麻煩欸。」

「如果你喜歡烘焙，這就不麻煩。這是節慶的一部分。」

「是這樣嗎？」

「對，很重要的一部分。你想知道是誰教我做這麼好吃的派嗎？」

「誰？妳媽媽？」

「不。」

「歐菲莉亞阿姨嗎？」

「你的歐菲莉亞阿姨之前把一個冷凍的蘋果派給烤焦了。事實上，她烤焦了不只一個。」

「嗯，那是誰？」

「艾維德茲太太。」

「艾維德茲太太？她？」

「對，就是她。」

「不是在開玩笑吧？」

「不是在開玩笑。」

＊

晚餐並不是真的晚餐。下午一點時，我們在昆塔納家集合。當我們抵達他們家的前門時，昆塔納太太說：「我開始宮縮了。」

「噢，不。」我媽說。「我們應該要取消晚餐。」

「別傻了——這大概只是假性妊娠。」她看起來似乎不太擔心。然後一抹疼痛的神情爬上她的臉，她彎下腰，深吸一口氣，然後又一口氣。我媽握住她的手，扶著她進入客廳，溫柔地幫助她坐下。然後昆塔納太太微笑。「沒事了。我現在好多了。」

「妳這樣宮縮多久了？」

「幾乎整晚都斷斷續續的，但是那時候還不是很規律。我覺得時間還沒有到。」昆塔納先生幫我爸媽各倒了一杯紅酒。他和奧特加太太早就已經開始享受紅酒了。

「我真的覺得妳今晚就要生了。」奧特加太太看起來很擔心。

「我們先享受感恩節吧。」昆塔納太太說。

「她超堅持要在去醫院之前吃完感恩節大餐。但丁和我已經放棄嘗試比她更頑固了。」昆塔納先生搖了搖頭。「有時候但丁就是喜歡用頭去撞牆。」

昆塔納太太吃痛地呻吟著，深吸了一口氣，然後又一口。然後她看起來恢復正常了。「嗯，也許我們到頭來還是撐不到晚餐時間了。」她笑了起來。「我生但丁的時候二十歲。十七年之後，又重來了一次。」

然後她的雙眼大睜，抱住自己的肚子。她在呼吸之間低語道：「山姆，我覺得現在是你載我去醫院的好時機。」她大笑。「喔，山姆，但丁快出生的時候，你臉上也是這種驚恐的表情。」

「我來開車。」我爸說。

第十七章

一九八八年，十一月二十四日，星期四，晚間十點四十三分，索福克勒斯・巴瑟洛謬・昆塔納，在德州艾爾帕索的遠見紀念醫院出生了。隔天早上，我看著他的哥哥把他擁在臂彎中，雙眼含淚地望著我。「是個男孩，亞里。是個男孩。」我知道他在想什麼：他會是異性戀。他會生出孫子給我爸媽，那是我永遠也沒辦法給他們的東西。

身為同性戀，真的會毀了我們的腦子和心靈嗎？

「來吧，亞里。」但丁說。「索福克勒斯想要你抱他。」

「喔，他想要我抱是嗎？」我說。

但丁把他的小弟弟交到我手中——小心翼翼。昆塔納太太說：「你們對他這麼小心，真的很貼心。但是你知道，他不會碎掉的。放輕鬆點。」

但丁對他媽媽翻了個白眼。「現在我們有一件新事情可以吵架了，媽。」

「等我教你怎麼幫他換尿布的時候，你就知道了。」

「我沒有答應這件事喔。」

「你不需要答應。你會被徵召的。」

我真的從但丁和他媽媽的相處方式中得到不少樂趣。我把索福克勒斯抱在懷中，直視著他深色的雙眼。他看起來就和他的名字一樣聰明。

「你真是天生的好手，亞里。」昆塔納太太說。

我微笑——然後我大笑起來。

「什麼事這麼好笑啊？」

「我只是想到但丁告訴我的一首詩。『世界上有那麼多東西，我相信我們都會像國王一樣快樂。』」

「這首詩是我教但丁的。」

「真的嗎？」

「當然是真的。我猜你以為是他爸教他的吧。」

「我猜應該是吧。」

「妳知道我以前會寫詩嗎？」

「媽？真的？」但丁說。

「在高中的時候。我寫得很不好，爛到不行。我有保留下來——然後有一天，我在整理衣櫥時，翻出一個綁了蝴蝶結的鞋盒。我準備要把它們丟出去。事實上，我真的把它們丟出去了。但你爸拯救了它們。他都收起來了。我不知道他為什麼想要留那種東西。」

「因為是妳寫的。」我說。

她微笑。「我想你說得對。」

「我媽是詩人。我可以讀嗎？」

「去問你爸。我不知道他收在哪裡。」

「索福克勒斯・巴瑟洛謬的名字是從哪來的啊？」

「巴瑟洛謬是我們碩士班上最好的朋友的名字。他不久前因為愛滋過世了，我們想要紀念他。你爸選了索福克勒斯。他是希臘最優秀的劇作家之一。他以他的音樂表現、運動能力和他強大的魅力聞名。」

「是真的嗎？」但丁問。

「我對索福克勒斯所有的認知，都是你爸告訴我的。有一次他喝醉的時候，他和巴瑟洛謬開始讀起他的其中一齣劇本：《伊底帕斯王》。他們沒讀幾句，就被我阻止了。」

「為什麼，媽？」

「我不相信喝醉的碩士生可以把一齣好劇讀好，就算他們再真誠也一樣。」她大笑。「而且我覺得它很無聊。」

我把索福克勒斯交還給昆塔納太太。「索福克勒斯。」她低語著，吻了吻他的額頭。

「嗯，這是個好名字。不是非常墨西哥——但是個好名字。索福克勒斯・巴瑟洛謬・昆塔納。真的是個好名字。我是說，這個名字不在我的清單上——但是也很好了。」

「我們以為你會喜歡的，但丁。」

「對一個小傢伙來說，這個名字有點太大了。」

「他會長大的。」

第十八章

我瞪視著艾瑪送給我們的那幅畫，那是一幅奇怪又令人著迷的畫。我叫但丁再讀一次那首詩，而我迷失在他的嗓音裡。我並不在乎他讀了什麼字，我只是聽著他聲音中頑固的溫柔。當他讀完時，他看著我，眼中帶著哀傷。「這首詩好難過。我們最後會陷入悲傷中嗎，亞里？我們最後全部都會變成那樣嗎？」

我沒有、也沒辦法說任何話。

他把詩放回信封，收回他書桌的抽屜。我注意到他桌面上擺的大學申請書。「你現在在考慮幾間大學？」

「嗯。」他說。「大概四、五間吧。但我只對其中一間有興趣。那是一間在俄亥俄州歐柏林的小藝術大學，我也申請了巴黎的夏季藝術學程。」他看起來不是非常熱烈。我知道他並不是真的想要和我說大學申請或巴黎的事。「你呢？」

「我要申請德州大學。就這樣。」

他點點頭。

我們都很難過。

俄亥俄州歐柏林不會有亞里。

德州奧斯汀也不會有但丁。

我覺得我們兩人都不喜歡房間裡這股沉默的悲傷。但是但丁不想要難過，所以他轉移了話題。「我前幾天跟蘇西聊到藝術，然後她告訴我，〈梅杜莎之筏〉是你最愛的畫作。」

「這是我最愛的畫作啊。」

「這是我最愛的畫作，你明明就知道。」他試著要和我吵架——但他只是在玩而已。我總是可以分辨出他在玩的時候。「恐怕你得選另外一幅畫當你的最愛了。」

「我覺得我不想換。」

「我想你不像我想像的那麼原創。」

「我從來沒有說我自己很原創啊。」

然後他笑了起來。

然後我笑了起來。

然後他吻了我。我們就不再難過了。

第十九章

學期結束的幾天後，卡珊卓和我去參加了里可的喪禮。我們和丹尼一起坐在小教堂的最後面。葬禮小而簡單。

我媽說喪禮的重點是重生。

重生似乎並不存在於這場喪禮中。里可的身體在棺材裡，只有帶來哀傷。還有他媽媽安靜的啜泣。

結束後，卡珊卓、丹尼和我去了炭烤人。我覺得丹尼根本沒有嘗到食物的味道——他只是狼吞虎嚥地吃下肚。「我猜我很餓吧。」

我們坐在外面的長椅上，聽著我的卡車中播出的音樂聲。〈世人皆有江山夢〉響了起來，丹尼和卡珊卓對彼此微笑。「丹尼，這是我們的歌啊，寶貝。」她牽住他的手，他們就在停車場裡跳起舞來。有那麼一刻，丹尼很快樂。

這只是我人生故事的眾多場景中，一個小而安靜的畫面。而我想這一刻似乎沒那麼重要。

但它確實很重要。這對卡珊卓很重要，對丹尼很重要，也對我很重要。

第二十章

「要去見你哥哥，你會害怕嗎，亞里？」

「不怕，我只是覺得肚子一直在蠕動。我的腸胃糾結成一團。」

「我希望這不會讓你太受傷。」

「怎樣算是太受傷？」

「我知道你得獨自面對這件事。你能和你爸多花時間相處也很棒，但我很希望我能跟你一起去。」

「你會和你爸媽一起去加州拜訪親戚。這是一件好事。」

「對，但是我無法融入。每個人都在說西班牙文，他們一定會因為我不會說而討厭我——而且他們一定會覺得我是自以為優越才不說西班牙文的，但這才不是真的，而且——嗯，管他去死。」

「我們都得做該做的事，但丁。不是每件事都和我們有關。」

「對啦，對啦。有時候你的話太多了。」

「我說的還不夠多——然後我又說太多了。懂了。我不會去太久的。」

「我猜有時候我們就是得各走各的吧。」

「但我們又會回來了。我會在這裡，你也會在這裡。我們都會回到我們現在所坐的地方。」

「你會吻我嗎，亞里？」

「也許。」

「如果你沒有，我會殺了你。」

「你才不會。」

「你為什麼這麼肯定？」

「嗯，首先，死掉的男孩就沒辦法接吻了。」

我們對彼此露出微笑。

「亞里，我們分離時，有時候——感覺都像是永遠。」

「我們為什麼一天到晚把『永遠』掛在嘴邊？」

「因為當你愛上一個人時，這個詞就會出現在你的腦海裡。」

「當我想到『愛』這個詞的時候——我就會想到但丁的名字。」

「你是認真的嗎？」

「不，我只是說爽的。」

我們在那裡坐了很久，籠罩在一股不太舒服的沉默中。

「聖誕快樂，亞里。」

「聖誕快樂，但丁。」

「總有一天，我們會一起過聖誕節的。」

「總有一天。」

第二十一章

但丁離開前，把艾瑪送我們的畫掛在我臥室的牆壁上。

「他在畫這幅畫的時候，就像在為我發聲。還有他寫的那首詩。」

「他是在為你發聲，但丁。他是在為我們所有人發聲。」

但丁點點頭。「有時候我們就是必須為那些無法開口的人發聲，那是需要很多勇氣的。我不覺得我有那種勇氣。但你有。我嫉妒你的勇氣，亞里。」

「你怎麼知道我有勇氣？」

「因為你勇敢到願意去見你哥哥，儘管你也許會不喜歡這場會面的結果。」

「也許我一點都不勇敢，也許我只是厭倦心裡一直感到害怕，也許我只是自私而已。我不覺得我是在找我哥哥。也許我從來不是在找他。我想，我只是想要找到自己失去的一塊碎片。」

第二十二章

但丁在聖誕節的四天前離開了。吉娜和蘇西好像知道我很難過，因為她們在同一天送來了我的聖誕禮物。卡珊卓和我去慢跑了，所以我不在家。她們把禮物交給我媽媽。

「我讓她們留下來，吃了一點我做的餅乾、喝了一些熱巧克力。」我媽對自己的好客非常自豪。「我也給了她們一些玉米餅蒸肉帶回家。」我媽好喜歡餵人吃飯。

＊

聖誕節當天早上，我打開了吉娜和蘇西的禮物。那是一個銀色的十字架，掛在一條銀項鍊上。她們寫了一張卡片給我：

親愛的亞里：

我們知道你沒有那麼虔誠。你有時候相信上帝，有時候不相信。你說你還在決定。我們知道你覺得上帝討厭你，而我們不相信。我們永遠不會相信的。我們知道你認為上帝有其他更重要的事情要做，所以沒空在附近打轉、保護你。但我們還是幫你買了這個，只是想要提醒你，你不孤單。你也不該把人們說的蠢話和壞話怪在上帝身上。我們都很確定，上帝沒有恐同症。

愛你的
蘇西與吉娜

我戴上銀項鍊，看著鏡中的自己。脖子上掛著某種東西的感覺很奇怪。我從來沒有戴過任何首飾之類的東西。我瞪視著垂在我胸口的簡單銀十字架。我想著蘇西和吉娜。她們決心要愛人和被愛。她們用愛進入了我的心，這顆似乎決心不要被愛的心。而她們讓我理解，身為女孩是一件多麼美好的事。

我知道我永遠也不會把這條有著十字架的銀項鍊拿下來。我會永遠戴著。也許上帝會保護我，也許不會，但吉娜和蘇西給我的回憶會保護我。而這樣對我來說就夠好了。

親愛的但丁：

我想你。我知道你去拜訪你爸媽在加州的親戚是件好事。我也很確定他們都已經愛上了索福克勒斯。我知道我愛他。小嬰兒就是會讓你想要更小心一點。我一直試著想要想像你所有的表親和叔叔阿姨們的模樣。我知道你不覺得自己和他們很親，但是也許會發生某件事——然後你就不會覺得和他們這麼疏離了。

我怎麼會知道呢。

今天是聖誕節，而我覺得我和我媽做的火雞大餐一樣，被塞得滿滿的。太陽正在下山，屋裡很安靜。我的姊姊們和姊夫們和姪子姪女，晚上都去他們的婆家了，而我喜歡這種沉默。我不介意獨處。我以前總是一個人，而我覺得有一股孤獨感在我體內，我不能理解，而那種孤獨感總是讓我感到悲慘不已。

但我現在獨處時，再也不會感到那股孤單了。我越來越能自在地與現在的亞里相處。他沒那麼糟糕。他沒那麼好。但他也沒有那麼糟糕。

我總是可以學到關於自己的新事物。我身上，永遠都會有對我來說像是陌生人的部分。未來總是會有那些日子，當我看著鏡子時，我會問自己：「亞里，你到底是誰？」

我在想丹尼和里可。里可永遠都沒有機會活出自己的生命。他是同性戀，而他和你我不同——他過不去。而且他身在一個窮人的家裡。丹尼告訴我，這個世界不想要像里可這樣的人存在，而這個世界也不想要我這樣的人存在。他是這麼說的。而我一直在想，我希望這世界能理解你我這樣的人。

但我們不是這世界唯一不了解的人。我想要人們在乎我、也在乎你，但我們不也該在乎嗎？我們不也該在乎那些里可和丹尼們嗎？我們不也該在乎那些不被當人對待的人嗎？我有好多事情要學。我聽見一個男生在學校走廊上罵另一個男生是「黑X」。他想要羞辱的對象是個白人，而這整件事都有點讓人困惑，但是這讓我很生氣。我討厭那個詞。我沒有追在說這個詞的傢伙身後，然後罵他：聽好了，你這個小王八蛋。我應該要去追他的。我應該要告訴他，他這樣的行為很不尊重——對別人不尊重、對他自己也是。我應該要說點什麼的——但是我沒有。而這就是同性戀權利運動在針對愛滋病大流行的訴求，對，「沉默等於死亡」。

但丁，有時候我腦中有好多事情在打轉。好像整個世界是一片混亂，而它全部都活在我體內。好像舊金山、紐約、倫敦和芝加哥的暴動——這些暴動、這麼多破碎的玻璃和破碎的心，全都割傷了我的心。我沒有辦法呼吸。我就是沒有辦法呼吸。我想要好好活著，想要快樂。有時候我是。我要在這本筆記裡寫下里可的名字。

里可・盧比歐（Rico Rubio）。里可・盧比歐。

里可・盧比歐曾經存在過。他曾經活著，而他現在死了。不是毒品殺了他，是「厭惡」這個詞殺了他。而如果我們不學會對抗這個詞，它就會殺了我們全部的人。但丁，愛你能幫助我對抗這個詞。

再過一個星期，就是新的一年了。而也許在新的這一年，我們都會做得更好。我會做得更好。再過一個星期，也許這個世界就會再變成新的了。就像索福克勒斯一樣。他讓整個世界都變成新的了，對吧，但丁？

新的一年，新的世界，一個重新開始的機會。我爸和我會去見我哥哥。嗯，我爸會帶我去——但是要見他的人是我。我媽和我爸已經和整件事和解了，但我還沒。我很愛我爸媽，他們尊重我覺得我該做的事。我見到他的時候，我期待會發生什麼事呢？我不知道，但丁。我真的不知道。也許會發生什麼重要的事吧。也許會發生什麼有意義的事。也許我會找到一點平靜。「平靜」這個詞並沒有活在我體內。今年會結束在我和我哥的會面之下。

到那時候，你就回來了，而等到新年來臨時，我就會吻你。在新年到來時，每個人都會這麼做。我們也許得遠離那些不認同我們的世俗眼光，但我不在乎。我想要在新年來臨時吻你。我們應該有權利做每個人都能做的事——就算我們只能偷偷做也一樣。

從我認識你的那天起，我就覺得我有什麼地方改變了。我覺得我根本沒辦法把我從那天開始的改變用文字寫下來，或是畫成圖表。我是個差勁的製圖師。我思考和看待世界的方式——就連我說話的方式——都改變了。感覺就像是我穿著一雙過緊的鞋子，因為我的腳已經長得太大了，然後我才突然意識到，我需要一雙新鞋子——一雙合腳的鞋子。我第一次穿著這雙新鞋子走過街道時，我才意識到過去有多麼痛苦、我的腳忍受了多少疼痛，就連走路這麼簡單的事也一樣。現在走路已經不會痛了。但丁，帶著我認識你之後所產生的改變往前走，就是這種感覺。我也許不是快樂的代名詞，但是現在，當我自己的感覺已經不痛苦了。

而這一切，都是因為某一天，你在泳池旁看著我，然後告訴自己：我打賭我可以教這傢伙怎麼游泳。你看見了我，而我再也不是透明人了。你教會我怎麼游泳，而我再也不需要怕水。你教了我足夠的字彙，讓我可以為我所生活的宇宙重新命名。

第二十三章

親愛的但丁：

現在是聖誕節的兩天後，而——

我停了下來。我就是無話可說。事實上，我覺得我現在的情緒亂成一團。我只是瞪視著我的筆記。我媽走進廚房裡，然後看了我一會。「你很緊張嗎？」她問我。

「對，嗯，也許有一點點焦慮。」

「告訴你哥哥……」她搖了搖頭。「不。」她的表情悲傷得令人難以忍受。「這已經毀了。曾經存在的東西，現在已經不存在了。我知道。我已經經歷過這一切了。我知道你覺得我喜歡修補東西。你沒有說出口，但你是這樣想的。你想的沒錯，但是有很多東西是沒有辦法修補的。我現在再也不會責怪自己。這花了我很多時間，而現在我已經沒什麼好說的了。」

我點點頭，我想要說我懂，但我沒有。我永遠也不會成為一個母親，我永遠也不會理解失去一個兒子的感覺——而這個兒子現在還活著。

「我希望你能找到你在找的東西。」

「我也希望，媽。我沒有帶著太多期待。也許我有吧。也許我只是在自欺欺人。我只知道我必須這麼做。」

「我知道。」

我點點頭。「是時候了。『有些孩子離開，有些孩子留下。有些孩子則永遠迷失。』」

我一直在想，為什麼有些時候，當她微笑時，她的微笑並不會帶走她的悲傷。

我媽抱了抱我。「我會去圖森待幾天，看你的姊姊們。我會幫你傳達你的愛。」

「告訴她們提多還在。他現在在地下室的箱子裡。」

「提多。」我媽笑了起來。「你好愛那隻熊。」

「我以前會對他說話。他從來不回答。我想，就是因為這樣我才愛他。」

第二十四章

我醒來時，我媽正站在我的床邊。「我要出發去圖森了。我只是想要給你我的祝福。」

我起身，坐在床沿。

她比劃著十字架的形狀，我感覺她的拇指按在我的額頭上。她低語著她的祝福。「萬國之父啊，請看顧我的兒子亞里。看顧他、保守他，並用只有祢能給予的平安充滿他的心。」

她在自己的額前畫了十字。

我也畫了自己的十字——並努力回想我前一次這麼做是什麼時候。

她吻了吻我的額頭。

沉默了一會之後，她便離開了房間。

我羨慕我媽的信仰。

我再度陷入熟睡。

當我再度睡醒時，我在想，剛才的那一切是不是做夢。

我伸手想要拍拍腿腿——但我忘了，我媽把她也一起帶去圖森了。我還記得她跟著我回家的那天。當我坐在屋前的臺階上，試著緩和呼吸時，她就開始一直舔我，舔個不停，然後她把頭靠在我的大腿上，好像她在見到我的那一刻就開始愛我了。而我也愛她。我愛她，是因為我很迷失、而她也很迷失，迷失的男孩配上迷失的狗，就等於愛。

沖澡時，我看著掛在我胸口的十字架。我想著關於上帝的事。我不知道為什麼每個人都會一直想到上帝，而我試著完全不要去想祂。我不知道為什麼每個人都覺得，他們可以這樣談論上帝。

我哥哥有像我愛他一樣，這麼愛我嗎？但這為什麼重要？也許我並不是真的不抱期待。也許我是想要知道，我哥哥身上還有一絲神聖的部分。我爸說每條人命都是神聖的——這是在越南打仗時教會他的事。我想要問他這件事。我想要知道他確切是什麼意思。

然後我想到，嗯，如果耶穌和艾維德茲太太處得來，那祂也可以和所有人處得來吧。

上帝囊括了全宇宙的謎團。祂愛這個世界、愛這其中所有的人嗎？

我想著但丁。我和他的其中一個共通點，是我們都會問沒有人能給答案的問題。但是這並不會阻止我們發問。

＊

當我走進廚房時，我爸臉上掛著一種很有趣的表情。「我今天早上接到亨特維爾監獄的電話。他們安排你明天下午和你哥哥見面。顯然你哥哥並不是模範囚犯，他們本來不打算讓他有任何訪客。但是因為他從來就沒有任何訪客，所以他們允許你和他見面一小時，不在公共空間，而是隔著玻璃隔板，用對講機對話。」

我什麼也沒說。我有什麼好說的？

「你覺得開車七百四十一哩路去看你哥哥一小時，值得嗎？那是十一個半小時的車程。」

「對。」我說。「我覺得值得。」

我爸對我微笑。「我想也是。那裡距離奧斯汀不到三小時。我們可以在奧斯汀待一個晚上，然後開去亨特維爾。一點的時候，你就可以跟你哥哥見面。」

「有件事不太對勁。這聽起來很不合理，對不對，爸？」

「嗯，我猜你已經學會要怎麼明察秋毫了。有個人在德州監獄管理局工作，他名叫麥可・正義（Michael Justice）。」我爸笑了起來。「我不是在開玩笑——他真的叫這個名字。我在越南時和他一起打過仗。如果你想要知道真相的話，其實他們阻擋了整件事。但我要求跟麥可通話。他們問我為什麼想要跟他說話，我就告訴他們剛剛那些話——我在越南和他一起打過仗。我就只需要說這一句。他就安排好這件事了。」

人們總是說你認識的人才重要，而這並不總是件壞事。

＊

我六歲之後，就再也沒有見過我哥哥。十一年過去，他的存在已經只是回憶了。但他不只是這樣而已。當然，他遠不止是這樣。人們並不是回憶。

我一直在想：你在一小時內能說什麼呢？也許這一切都和你說的無關，也和他說的話無關，或是任何人說的話。

但丁讓我愛上了文字，有時候我卻厭惡它們。有時候它們對我一點也不管用，有時候文字只會占空間。我想知道，它們會不會耗盡地球上的氧氣資源。

＊

在七百四十一哩路的車程中，你便有機會說很多話。我不知道為什麼，但我開始問我爸，他同不同意媽媽的看法——關於蘇西、楚伊和我稱為「甘多爾事件」的那件事。「而且我覺得羅伯森先生是個混蛋。」

我爸笑了起來。「你現在十七歲。這麼想就是你的工作。」我知道我爸還有話想說，而他正試著斟酌自己的用詞。「你知道，亞里，種族歧視是一件幾乎不可能討論的事，而我們大部分的人都不會討論這件事。我想我們大多都知道，我們每個人都牽連在其中。種族歧視指向我們所有的人，而每過幾年，就會有一次爆炸——而我們會討論它一陣子。然後大家都會舉起手說：『種族歧視？我反對。』我們都反對。我們會感覺到一股團結感。我們會做出一點點改變——但我們不會做出任何真正的改變。就像我們買了一輛新車，但是一直在往同樣的方向開。」

「但是為什麼呢？」

「因為我們不知道要怎麼討論某些特定的事，而我們從來沒有學會。我們從來沒有學會，因為我們不願意改變，因為我們怕自己會失去某些東西。我不覺得我們希望黑人得到和我們一樣的權利。而談到墨西哥人時，這個國家既愛我們又恨我們。我們是一個厭惡移民的移民國家，只是我們假裝自己不討厭移民。」他大笑。「我知道有些人會把原住民當成移民。」他搖搖頭。「美國人並不是非常好的人。我是以美國人的身分這樣說的。」

「但是，爸，我們要怎麼改變這件事？」

「這就是你們這一代要想辦法想出來的了。」

「這樣不公平。」

我爸看了我一眼，好像我剛才說的話是這輩子最愚蠢的話。然後他說：「有時候天氣很好，我們擁有美好的一天。但是某個地方來了一場龍捲風，殺了一百個人。全世界上，有很多地方的天氣是不好的。」

我知道他想要跟我說什麼。說「這樣不公平」，這種話一點意義都沒有，也不會帶來任何影響。也許他想要告訴我，只有在遊樂場上打架的小孩才會說這種話。

有一小段時間，我們什麼都沒說，他在思考，我也在思考。最後，我問：「你打過多少場仗，爸？」

「只有一場是重要的。這句話是我從一個叫威廉・福克納（William Faulkner）的作家那裡偷來的。我只是換句話說。我打的那場仗，是我身為人類的那顆心與自己的戰爭。」

＊

「我有跟你說過一個故事嗎？有個傢伙在你媽的教室裡放了一堆蜥蜴。」

「什麼？媽有嚇壞嗎？」

「當然沒有。你媽剛好喜歡蜥蜴。」

「你認真的嗎？」

「喔，對啊。她說，如果家裡有蜥蜴，就不會有蚊子的困擾了，因為牠們會把蚊子吃光。她說每個小鎮居民都會歡迎蜥蜴住在家裡，因為牠們會吃掉討人厭的昆蟲。她以前都會把蜥蜴養在水族箱裡，直到她媽媽逼她放掉為止。」

「媽？我媽耶？」

「你怎麼會認為你媽是個害怕的小女孩？她為什麼要怕蜥蜴？牠們很無害啊。所以，你媽有一年有一個很糟糕的班級，而它快把她逼瘋了。那堂課上，有個孩子放出了二十隻左右的蜥蜴。你媽做的第一件事是衝到門邊，用抹布堵住縫隙，確保蜥蜴不會跑出去，女生們都在尖叫，男生們也不是非常高興。你媽想辦法抓住了其中一隻，讓牠在她身上爬，然後她說：『有人知道這些小傢伙是誰的嗎？』

「她已經猜出惡作劇的傢伙是誰了。『傑克森（Jackson），把牠們放回你帶來的箱子裡，讓牠們回去沙漠吧，那才是屬於牠們的地方。牠們對美國政府一點興趣也沒有。』

「你媽沒有衝去找校長，你媽也沒有對那些學生採取任何懲罰的手段——雖然她知道他們全都有份，而你媽在那天贏得了二十七個仰慕者。她最糟糕的班級成為她最優秀的班級。傑克森是非裔美國人，他與他的祖母同住。她沒辦法來開家長會，所以莉莉安娜就跑去拜訪她——和她討論傑克森的進步。那是很多年之前了。你知道傑克森後來怎麼了嗎？他成為了司法部的一名律師。他每年都會寄聖誕卡片給你媽，一年都沒忘過。他總是會寫一小段話。他的簽名總是『蜥蜴』。」

「媽為什麼從來沒有跟我說過這些故事？」

「因為她不是那種每次改變了一個小孩的人生時，就要試著在報紙上刊登出自己名字的人。」

哇喔，我想。哇喔。

＊

我爸把車停在路邊。前面就有一個小城鎮，但我爸喜歡把車停在路邊。他內心住著一個喜歡獨處的男人。「我需要抽根菸。」

我們都下了車，伸展雙腿。我爸喜歡在伸懶腰時發出哼聲，我每次都覺得很好笑。他點燃香菸，靠在車上。我不知道為什麼，但那一刻，我的話就脫口而出。「我討厭當同性戀。」

「嗯，他們是有開一些感化治療學校。」

「它們有用嗎？」

「有一天晚上，我們去吃晚餐時，也和喬麗黛和山姆聊過這件事。答案是否定的。不，它們一點用都沒有。但是人們還是會去。」

「所以為什麼他們要去呢？」

「嗯，大多時候，都是他們的爸媽把他們送去的。這不是我認為的愛，但是……而且有些人也會自己去。他們希望有效。這樣他們就可以擁有正常的人生。但是，哪個頭腦正常的人會想要正常的人生呢？」

「但你就有正常的人生。」

他點點頭，然後他拍了拍自己的腦袋。「但在這裡，我沒有正常的人生。」他再度點了點自己的太陽穴。「有一天，你會感謝宇宙讓你成為這樣的男人。」

我看著我爸把菸抽完。

開車經過德州時，視野一望無際。天空會讓你看見前方的一切。能看清周遭的事物，是很重要的事。但我曾經無法看出我爸是怎樣的人。

現在我可以看見他了，我可以看見他是誰。

而我覺得他比德州的天空更美好。

第二十五章

爸說你死後，留在這地球上唯一有價值的東西，只有你的名字。我希望我爸能活到永遠。但是這是不可能的。每次我進入一間圖書館，我就要拿起一本書，在裡頭寫上他的名字。這樣我就能把他的名字保留在這個世界上。

第二十六章

我們在奧斯汀的一間飯店辦理入住。天氣涼得可以穿外套了，但是其實也沒那麼冷。

我們在州政府大樓外散步，而我爸正在看著某個歷史紀念牌。

「德州。」他說，搖搖頭。「你知道一八五六年時，德州有一個郡讓所有的墨西哥人都變成非法居民嗎？」

「他們怎麼辦到的？」

「嗯，你只要讓他們存在這個郡裡的行為變成犯罪就好了。德州馬塔哥達郡（Matagorda County）。」

「所以墨西哥人住在那裡是違法的？住在那個郡裡所有的墨西哥人都必須要離開？」

「或是接受監禁。但你知道，德州歷史上也是有好事的。一八九三年，一個桀驁不馴的女人想要離婚，卻沒有辦法，於是她創辦了一個組織，叫做南方婦女私刑防治協會。」

我幾乎要笑出來了，但這並不好笑。「你為什麼會知道這些，爸？」

他看著我，露出微笑，搖了搖頭。「有個東西叫做圖書館。在圖書館裡，有很多書。然後——」

「你真的很白痴耶，爸。現在我知道我是跟誰學的了。」

「喔，我也不知道。我覺得你媽也有一點貢獻。」

「他們會凌遲同性戀嗎，爸？」

「我不會這麼說。但是在老英國時代，他們不是吊死同性戀——他們是用火燒。活活燒死。」

我應該要保留這個問題不問的。

「亞里，人們都會戀愛。他們愛上誰、為什麼去愛，誰知道呢？人們也都會厭惡。他們厭惡誰、為什麼厭惡，誰又知道？當我遇上你的媽媽時，我才找到我人生的意義。但這不代表我就沒有幾千個問題懸而未決了。我試著想出我自己的答案，而我通常都會失敗。我已經學會不要為了自己的失敗而自我懲罰。我也試著——但並不是每次都成功——用感恩來面對這個世界。」

他用手搓亂我的頭髮。在我長大之後，他就沒有這樣做過了。

「不要讓那些恨奪走你生命中已經擁有的一切。」

＊

我躺在飯店的床上。

我在想著我哥哥。

各式各樣的事物從我的腦中穿過。

我爸躺在我旁邊的另一張床上，他正在看一本名叫《國王的人馬》的書，然後他闔上書本，關掉電燈。

「你還好嗎，亞里？」

「還好。」

「你是個勇敢的孩子。」

「我不是很確定。」

「我不知道你哥哥在你腦中是什麼樣子，但是他免費住在那裡面太久了。我得告訴你一些關於他的事——他身上沒有一絲無辜的成分了。」

「但是他是你的兒子。」

「對，有時候，你得放手讓一個兒子離開。因為我也不清楚的原因，你哥哥失去了人性。就是有這樣的人。」

「我必須要見他，你會生氣嗎？」

「你在做你應該要做的事。你在發掘生命——包括你哥哥的生命——而且是靠你自己。沒有人能阻止你。」

我們沉默了很長一段時間。然後一個念頭出現在我腦中，使我露出了微笑。

「爸？」

「怎麼了？」

「我很喜歡你，爸。我是說，我真的很喜歡你。」

我爸發出了非常好聽的笑聲。「有時候，告訴某人你喜歡他，比告訴對方你愛他要好得多了。」

第二十七章

一個警衛出來帶我進入監獄。我不害怕，其實我一開始以為我會怕的。我不緊張，其實我一開始也以為我會緊張。一個好像生來就很無聊的獄警，帶著我進入了一個房間，裡面有一整排的窗戶。「你講完之後，就直接走出來，到櫃檯登記離開。我就是櫃檯。」他說。然後他輕笑一聲。一個無聊男子，卻幾乎有一絲幽默感。

我在小隔間裡等了不到一分鐘。那個被獄警帶進來的男人就是我哥哥，而我就坐在那裡，與這個只存在於我的幻想中好幾年的哥哥面對面，一片厚厚的玻璃將我們倆隔開。他有著濃密而捲曲的黑髮，還有一道小鬍子。他看起來遠不止有二十幾歲。他有著一種非常強硬的帥氣感，他的黑色雙眼中沒有任何一絲友善或柔軟。

我們瞪視著對方，一句話也沒說。

「所以你就是小亞里。看看你，我敢說你一定很了不起。」

我無視他說的話。「我想見你好久了，柏納多。」

「為什麼？」

「你是我哥哥。我小時候真的很愛你，你離開的時候我很想你。大家都不肯說你的事。」

「真是感人。我小時候大概也像你一樣是個感性的愛哭鬼。我更喜歡現在的我自己。」

「我想你並不是真的想見我。你不需要答應的。」

「不，不，我想見你。我很好奇。我是說，三小啊。但是如果你想看到品質優良的證明卡，我就幫不上忙了。很抱歉讓你失望了。」

「我不失望。我沒有任何期待。我只是想要見你。」

「想要親眼見識吧。」

「有何不可？」

「喔，所以你想要來參觀動物園。」

「我沒有把你當成動物，我只是一直想到你。」

「真是浪費時間。我完全沒有想過你。」

「我應該要感到受傷嗎？」

「敏感的小男孩不是都靠這個在維生的嗎——讓自己到處受傷？」

「我不是。」

「你不打算哭嗎？我很失望。」

「你應該要降低自己的期待的。」

然後他大笑起來。我是說，他打從心底在發笑。「誰想得到呢——我的小弟弟現在可以跟大男人們相處啦。他都知道自己該說什麼話了。」他的笑容很可怕。「你看起來跟老爸很像。真是太糟糕了。但是這不是你的錯。」他打量著我，但感覺更像是他在搜尋。「所以，你想要見你哥哥？你想找什麼？你想訪問他嗎？你的英文課是不是有一篇報告叫做『拜訪哥哥記』？還是讓你覺得你比我優秀？讓你自我感覺良好——看啊，各位，我真是個好人。我去拜訪了我的殺人犯哥哥。看看我，我真是個優秀的人。」

然後他好像決定要更友善一點，或是試著和我展開對話。「所以，你現在十一年級？十二年級？」

「十二年級。」

「學生代表嗎？」

「不，差得遠了。」

「我猜你是個好學生。」

「還算可以。」

「媽一定很喜歡。她喜歡自己的小孩都是好學生。這會讓她很有面子。我是說，一個老師的小孩，成績卻很差——那樣可不酷。」

「她不是那種人。」

「她最好不是。我猜你很愛她的屁股。」

「不要那樣講我媽媽。」

「嗯，她剛好也是我媽，而我愛怎麼說她就怎麼說她。喔，我敢說你是她的小王子，小媽寶。」

「而你真的是個混蛋——還是你只是為了我在演戲？」

「我不會為了漂亮的小男孩演戲。你知道漂亮的男孩在這裡面會變成什麼樣子嗎？漂亮小男孩會變成漂亮小女孩。但你永遠也不會有機會知道了。因為你是個乖小孩，會帶乖女孩回家找媽媽。我猜她認同你的每一個小女朋友吧。」

我看著他。我可以告訴他，也可以不告訴他。但我還有另一個問題要問他。「你為什麼要殺那個女人？」

「他是個男人。」

「嗯，『他』顯然是騙過你了。你不是相信她是個女人嗎？」

我可以看見他臉上寫著的憤怒。「去你的。他活該去死。」

「是『她』。」我說。

「去你的。」

「無論如何。」我說。「她是個人。她是個活生生的人。」

「喔，所以你是個喜歡說教的小混蛋，特地跑來這裡，就是要來告訴我你不認同我。你去死吧。去找你的可愛小女友，讓她們抱抱你吧。」

也許是因為我已經不在乎像他這樣的人怎麼看待我了，我決定告訴他。「我沒有女友——我是同性戀。」

他笑了起來。他一直笑、一直笑。「一個小娘炮。我居然有一個這種弟弟。所以你會讓人家幹你屁股嗎？」

我準備站起身。

「什麼？你要走了嗎？我們有一整個小時的時間可以玩耶。你受不了了嗎？」

「我可以受得了啊。我只是想不到有什麼理由應該要忍受。」

「去你的！我什麼都不是，你什麼都不是。整個該死的世界裡的每個人，也什麼都不是。但小娘炮比什麼都不是更糟。」

「你到底怎麼了？」

「我怎麼了？好好看看啊。我是一面鏡子，這就是這個世界真實的樣子。」

我站起身，看著他。「我可不這麼想。你如果會覺得好過一點，就這樣吧。也許我才是這個世界真實的樣子。」

「繼續做夢吧。這個世界看起來可不像小娘炮。」

我直直瞪視著他。「我很高興我來了。我更高興我要離開了。」

他不斷朝我拋來一個又一個咒罵，就像是手榴彈一樣。而我只是走開了。

我在簽到的地方登記離開。我不知道我有什麼感覺，但有一個感覺並沒有出現——我並不想哭，而我也沒有覺得受傷。我沒有感到仇恨。一部分的我在微笑。有時候，過去的記憶會把我們困在一座監牢裡，而我們甚至不知道那是個監牢。我有一段我和哥哥的記憶，那代表了一股並不真實的愛。而我必須要來這座監獄，才能發掘我自己的監獄。

我哥哥已經消失了。他不是我想要認識的人。我不知道這一切是怎麼發生的。而我不需要知道。

有些孩子會離開。有些孩子會留下。

有些孩子則永遠迷失。

我哥哥的人生是他的。

我的人生則是我的。

當我走出監獄時，我覺得自己是個自由的人。

我自由了。從回憶中解脫，自由了。

第二十八章

我們開車朝德州戴維斯堡前進。我們準備在這邊露營過夜。天氣真的滿冷的，我爸說我們不需要露營，但我想要。「一點點冷空氣算什麼？」我爸微笑著。

他小時候都在這裡和叔叔住在一起。他告訴我，他愛他的叔叔更超過他自己的爸爸。

自從離開亨特維爾後，我們就一句話也沒說。兩百哩的車程，一個字都沒有。我爸只是讓我坐在那裡，他什麼也沒問。最後，我說：「謝謝你，爸。一切都謝謝你。」

「你還好嗎？」

「我很好。」

我喜歡他臉上的表情。我們再度回到那股舒適的沉默。一會兒之後，我爸決定要在旅程中加入一點音樂，所以他打開了收音機。一首披頭四的老歌播了出來。這讓我想到了但丁——那是我們很常聽的一首歌：〈漫漫曲折路〉。我發現自己跟著唱了起來。我都忘了唱歌的感覺有多好。然後我爸也跟著唱了起來。

坐在一輛車裡和爸爸一起唱歌，這是一件多奇怪、又多美好的事啊。

第二十九章

我們在一間公路邊的餐館吃晚餐。「這間餐館在這裡開好久了。我叔叔寄了一張照片給我，就是在這間店的入口拍的。他說我應該要留著這張照片，這樣我才不會忘記。入口的地方本來有一個告示，上面寫著禁止墨西哥人、狗和光腳者進入。」我爸笑了起來。「至少我們排在清單上的第一名，而且他們對狗有什麼偏見啊？」

我不知道他為什麼對這些事一笑置之。他會對我們所住的這個世界感到憤怒不已，但是他能對這個世界充滿耐心。他很有冷嘲熱諷的天分，但是他不是個苦毒的人。

＊

我們沒有搭帳篷什麼的。我們只是找了個好地方，把睡袋鋪在地上。我爸點了營火，拿出一瓶波本酒，然後點燃香菸。「對你來說不會太冷吧？」

「我喜歡。」

「來。」他說。「喝一口。我們不會告訴你媽的。」我喝了一口，然後我嘴裡好像發生了一場小爆炸一樣。我一定是露出奇怪的表情。

「你不是個酒鬼，對吧？」

「我還在唸高中耶。」

「但這也沒有阻止很多高中生喝酒。你是個好孩子。我不該說你是孩子的，你已經不再是孩子了。」他抽著菸，而火光使他看起來年輕不少。我們以前對彼此來說都只是陌生人，我們只是一對父子住在同一間屋子裡，卻在不同的國度中生活。他曾經是一個無法解開的謎團。而儘管他身上還有一些謎團是我永遠無法解開的，但我們之間現在有了一些親密。而他感覺像是家。

＊

天空中有無數顆星星，數十億顆吧。一部分的我希望但丁也在這裡，這樣我就能在星空下擁抱他。也許他和我有一天可以來這裡。我們躺在睡袋中沉默著，讚嘆地看著星星。

「我從越南回來之後，我就帶你媽到這裡來了。你媽和我都認為那一晚就是她懷上你的日子。」

「真的嗎？」我愛這個想法。「這是真的嗎？」

「可能性非常高。也許不是。但你媽和我都想要這麼相信。因為這裡的星空的關係。」

接著是一段長長的沉默，但我知道我爸想說話——而我也想聽。「你媽是我這輩子唯一愛過的女人。我在大學的第一天就看見她了。她是我這輩子見過最美的女孩。她正在走路，和一個朋友聊著天，而她看起來充滿生命力、非常不可思議。我跟著她去上課。那是一堂文學課。我跑去自由藝術學院的辦公室，登記加入那堂課。

「我坐在最後面，那是一個觀察的好位置。她好聰明。我想教授點她的名字，是因為她總是會有有趣的想法可說，而且可以促進大家討論。那個教授是喜歡討論的那種人。我記得我在校園中看見她，所以我就在很遠的地方跟著她，才不會被她發現。

「我在學期結束的時候，和一個朋友去參加了一個聖誕派對。她也在。某個長得很帥的男生正在搭訕她。我只是觀察著她面對的方式。她對對方沒有興趣，但她看起來好自在、一點都不在意。有人遞給我一杯啤酒，而我走到後院裡抽菸。後院裡有很多人，明明是十二月，但其實沒有那麼冷。我就只是站在那裡看著。然後你媽就站到我旁邊來。『所以，』她說。『你有打算要對我說話嗎？還是你只喜歡跟蹤我？』

「我好尷尬。我完全不知道要說什麼。所以我就說：『我不知道要說什麼。』

「『讓我幫你一個忙好了。我叫莉莉安娜。』她把手伸出來。

「我和她握手，然後我說：『我叫傑米。』

「她只是看著我，露出微笑。『有一天，你會鼓起勇氣來吻我的。』然後她就走掉了。我覺得我像個白痴。我就只是站在那裡——然後我才突然意識到，我應該要跟上去的。但當我去找她時，她已經離開了。我到處打聽，有沒有人認識一個叫莉莉安娜的女孩。有人認識她——但他們沒有她的號碼。然後有個女孩走了過來，遞給我一張折起來的紙。『這是她的號碼。如果你沒有打給她，我就會去找你，然後踹你的屁股。』我後來才知道，那女孩是你媽最好的朋友，卡蜜拉．奧蒂斯。」

「我們學校的護士。」

「對，很煩人的人。但這麼多年來，我已經漸漸習慣了。總而言之，我終於打給你媽，然後在跨年夜的時候出來約會。我在那天晚上吻了她。我知道我之後一定會娶她，而我再也不會吻另一個女人。在那之前，我也沒有吻過幾個就是。

「我一直都是個旁觀者，總是在一旁觀察。如果你媽和卡蜜拉沒有推我一把，我也許永遠都不會娶她。而且不只是因為我只喜歡旁觀，我一直覺得你媽等級比我高太多了。

「你知道，在越南的時候，他們都叫我『鱒魚』。那是『臭女人』的意思，但它也有另一個街頭的意思，指的是一個人總是在觀察、總是在警戒。我永遠都不會忘記一個猶太孩子。他才快要滿二十歲。他中彈了，血流不止，而我拿了一條我帶在身上的毛巾，壓在他身上幫忙止血，並用無線電呼叫醫療人員。他們在路上了——但我知道這孩子不會撐到那時候的。所以我只是抱著他，他渾身冰冷、發著抖，然後他說：『告訴我爸媽。告訴他們，我明年會在耶路撒冷和他們見面。』然後他就走了，他的眼神變得空洞，就像每個人死去後，他們的生命離開時那樣。我闔上他的眼睛。他是個好人，他是個好士兵。在我回來時，我親自去傳達了他的訊息。因為他值得，因為他的父母值得。我永遠也不會忘記他父母臉上的感激——以及痛苦。

「如果有人告訴你戰爭是美好或英雄的事蹟，你千萬不要相信。如果有人說戰爭是地獄，它真的是地獄。懦夫開啟戰爭，而勇敢的人則會去打仗。」

我爸陷入沉默。

我很高興他告訴我，我的父母是怎麼在一起的。我高興我媽找到一個方法，促使一個沉默、站在原地不動的男人開始行動。我很高興我爸願意談起戰爭——雖然他只提了一點點發生在那裡的事。我知道，那場戰爭在他身上留下了一股痛楚，這股痛楚在他心中找到了住所，沒有人能治癒它、也無法驅走它。

第三十章

來到艾爾帕索的城界時，我問我爸：「爸，如果你只能給我一個建議，來幫助我度過人生，那會是什麼？」

「為什麼兒子都喜歡問爸爸這麼有野心的問題？」他瞥了一眼正在開車的我。「讓我好好想一想。」

＊

等我們到家後，過了一小時，我媽就從圖森回來了。她看著我。「你找到你想要的東西了嗎？」

「找到了。」我說。「我不是在找我的哥哥，我是在找我身上缺少的一塊，而我找到了。」我好愛她臉上的微笑。「妳知道嗎？我還發現妳老公話很多。但他不知道要怎麼閒聊。」

「對，他不知道。」

「媽。」我說。「我從來沒有這麼快樂過。」

＊

電話響起。我希望是但丁打來的。我聽見他的聲音。「我們今天早上很早就回來了。我爸開了整夜的車。我剛睡回籠覺醒來。」

「我爸和我也幾小時前才到家。」

「你還好嗎？」

「還好，我會把一切都告訴你的。」

接下來的沉默中帶有一種喜悅。對，喜悅。

＊

我媽帶我和朋友們去吃披薩——但丁、吉娜、蘇西和卡珊卓。我們很快樂。吉娜和蘇西注意到我戴著她們送的聖誕禮物。

「你脖子上掛的是什麼啊？」吉娜問。

「耶穌。」

「耶穌？」

「對。」我說。我把項鍊拉出來，展示給她看。「我認識的幾個女生送給我的聖誕禮物。我猜她們覺得我需要耶穌來保護我吧。」

「她們真貼心。」蘇西說。

「嗯，她們是滿貼心的——如果她們沒有忙著到處逼別人的話。」

我爸看著我們的互動，覺得非常有趣。

我們互相取笑，大家都玩得很開心。蘇西有了新的理論。她的心思一直在試著釐清各種事情——尤其是性別的事。「所以，我和一個男生出去約會了。我不知道我為什麼會答應，他感覺有些事不太對勁。然後他看見了他的一個前女友，他就開始告訴我她是個怎樣的賤——你知道那個詞的。然後他開始不斷說起他的前女友們，說她們都是一群，嗯。然後我就想，這傢伙真厭女啊。

「他試著對我動手動腳。所以我就打他了。他沒有要強暴我怎樣的——但是也差不多了。但我意識到一件事。大部分的厭女人士都和女人結婚。他們以為和女人結婚，就代表他們不厭女了。但他們錯了。想想那些在街上遊行、爭取投票權的女人，她們的老公在哪裡？他們在反對那些想要投票權的女人啊。他們全都是厭女人士。」

卡珊卓點點頭。「嗯，妳終於想通了。」

吉娜說：「妳幫我省了查資料的麻煩。」

「我不厭女。」但丁說。

「嗯，亞里也不是。但你們不算啦。」

「為什麼？因為我們是同性戀嗎？」

「之類的。」卡珊卓說。

但丁用箭一般的眼神看著她。「這又值得更多討論了。」他指向我爸媽。「但不要在小孩的面前講。」我從來沒有看見我爸笑得這麼誇張過。

「你的笑聲很好聽喔，曼杜沙先生。」他環顧四周。「所以，有人準備好新年新希望了嗎？」

我翻了個白眼。「我討厭新年新希望。根本沒人做得到。」

「那又怎麼樣？」

「我有一個。」蘇西說。「我在明年結束之前，要和某個人開始交往。某個很棒的人。」

「喔。」卡珊卓說。「所以妳要開始和同性戀男孩約會了？」

「閉嘴啦。也是有人很好的異性戀存在的好嗎？」

「等妳找到的時候，記得告訴我。」

「我幫妳想了一個新年新希望，卡珊卓。妳明年要變得沒那麼憤世嫉俗。」

「我有一個更好的。」卡珊卓說。「我要成為一個更好的人。」

「妳是一個好人啊。」

「對，但我要讓別人知道。」

「我會盯著妳的。」我說。

「我也要不那麼煩我媽了。」但丁說。

「那只會撐一天而已。」我說。「而且為什麼要破壞原本好好的東西呢？你們處得很好啊。」

「人們會改變的。」

「就不要去揭別人的瘡疤了。」蘇西說。

我媽看著我們，覺得很有趣。「嗯，我也要別那麼認真工作了。」她認真地說。

我爸搖了搖頭。「莉莉，這個目標撐不過一小時的。」

我媽看著他說：「你不知道一個女人的決心有多大的能耐。」

「我知道。我還是覺得妳的目標只能撐一小時。」

她給了我爸一個眼神，然後轉移了話題。她看著我們所有人說：「你們知道傑米和我的第一次約會，就是在跨年夜嗎？他吻了我。而我做錯的一件事，就是我回吻他了。」我喜歡我爸媽臉上的表情。這是真的，我爸媽還是深愛著彼此。

＊

但丁和我坐在他家的前廊上。我們說著話，說個不停。我告訴他旅行中的一切，還有發生的所有事。他問我問題，我則一一回答，沒有任何保留。我不知道我們在臺階上坐了多久。有時候，當我和但丁在一起，時間就不存在——而我喜歡這樣。

他吻了我。有時候，感覺到另一個男人的嘴唇在我的嘴上，讓我感覺很奇怪。但親吻但丁讓我很快樂。

「快樂」現在也是一個住在我體內的詞了。

「亞里，今年會是我們人生中最棒的一年。」

「你這麼想嗎？」

「對，我真的真的這麼想。」

第三十一章

這是今年的倒數第二天，天氣非常好。儘管微風很涼，但太陽很溫暖，在我跑步的時候，我覺得整個世界都充斥著生命力。這一年已經要結束了，而某種規律似乎開始填滿我生命中的混亂。好像所有的好事正在逐漸匯集，一切似乎都好像有了某種合理的解釋。我的哥哥已經從我的腦海中消失了，而就算他回來，我再也不會因為小時候愛過他而感到痛苦。他再也不會在我的生命或夢境中糾纏了。

我覺得新年好像會充滿希望和承諾，好像某種稀有而美麗的事物正在等著我。

我很快樂。

跑步回來後，我沖了個澡，然後和腿腿說話。她變老了，但她的雙眼仍因生命力而明亮著，她搖尾巴的動作也還是像隻小狗。

我和我媽喝著咖啡，腿腿把頭靠在我的大腿上。「你的朋友們都好好笑。好笑又美好。他們都是好人。在那些笑聲與幽默背後，他們都有著非常嚴肅的年輕靈魂。我享受他們的陪伴。」

我媽和我聊了一下。她沒有問我哥哥的事。我們有很多時間可以聊那件事，但不是今天。

「我要去雜貨店，我想要做一頓好吃的新年烤肉。當然，還有跨年夜的燉肉。」

「妳跟爸為什麼不去跳舞？」

「那是你爸最深刻的惡夢。我們最後一次跳舞的時候——我已經不記得了。如果說到跳舞，你爸只喜歡用看的。我喜歡待在家裡。我不知道為什麼，但是每次跨年夜，我都覺得我和你爸特別親近。我覺得他也有一樣的想法。聽起來很無聊，但是我們很愛跨年夜。我們會喝酒、聽音樂，然後聊聊我們聽的歌，說說它為什麼對我們來說很重要。等到時鐘指向十二點時，他就會吻我。而我會覺得自己再度變回少女。」

她看起來確實又像個女孩了。

＊

我想著我媽和我爸在午夜時分，在舊的一年結束、新的一年開始時接吻的模樣。我想像他們是一對擁抱著彼此的年輕情侶，整個世界的擔心害怕都離他們遠去。只有他們兩人。他們還有大好的人生。

整間屋子都很安靜。

我媽去雜貨店了，而我爸睡得比較晚。我在廚房桌邊寫著筆記本。

「爸，怎麼了？」

他站在廚房門口，抓著胸口，呼吸困難。他看著我，表情驚恐不已，然後摔倒在地。

「爸！爸！」

我抱著他，他則抬眼看著我，而我不知道該怎麼辦。他低語：「亞里。」但他沒有辦法說其他的話，而我希望我媽在這裡。我不知道該怎麼做，我想要去打九一一，但是現在他抓著我，而我抱著他，我不想要放開他。他抓著我，然後他對我微笑，他臉上的表情十分安詳，整個人平靜不已。他低語：「莉莉安娜。」然後他再度低語她的名字。「莉莉安娜。」

我看著他的生命離開了他，他不再動彈，而他的眼睛原本充滿了生命力，現在卻變得空白而遙遠。我搖晃著他，不斷地搖晃著他，我知道我大喊出聲——但是那感覺像是別人的聲音。「不，不，不，不，不，不。爸，爸。這不是真的，這不是真的。不，爸！爸！」

第三十二章

我不記得我媽走進屋裡、跪在我爸身邊，吻了他最後一次。我不記得她在他額前比劃十字的動作。我不記得她溫柔地把我的手臂從我爸身上拉開。我不記得她把他抱在懷裡，低語：「我的愛，再見。再見，我一生的摯愛。」我不記得驗屍官來家裡，宣告我爸死亡。我也不記得葬儀社的靈車到來，用擔架把我爸的屍體帶出屋外，而我則和我媽站在前廊上，看著他們開走。我記得整個世界都結束了，而我想著，為什麼我還在這裡，為什麼還在這地球上，在這個已經結束的世界裡。我不記得自己摔倒，我不記得一切變得黑暗。事後，我媽才把這一切重新告訴我。她說：「你爸死在你的臂彎裡。這個重量實在太沉重，所以你的身體反應就是把一切關閉起來。」

＊

我記得的是，我在我的床上醒來，一個看起來像醫生的男人正在檢視我，讀取我的各項數據。後來我才知道，這個醫生是天主教姊妹會其中一員的兒子。一切都有關聯。每個人似乎都與天主教姊妹會的女人們有關。他的聲音很和善，他說：「你會沒事的。你昏倒了，或者說你昏過去了。我們稱之為昏厥——當你大腦缺氧的時候就會發生。有可能是因為創傷。有那麼一刻，你就是無法呼吸。你的爸爸在你懷中死去。你的身體會沒事的。」他點了點我的心臟位置。「但你的心又是另外一回事了。」

「你認識我爸爸嗎？」

「認識，他以前會帶你哥哥和我去釣魚。」

「你是我哥哥的朋友？」

「小時候是，在你爸去從軍之前。你哥哥以前人很好，然後他就變得非常惡劣了。」

「但是——但是發生了什麼事？」

「我不是很確定，但我覺得你哥哥心中有一股痛楚，他只是發洩在別人身上。我很遺憾。」

「沒關係，這不是你的錯。」

他點點頭。他看了看錶。

「我知道你該走了。你其實不用來的。」

「嗯，你媽打給我媽。她不知道要不要帶你去醫院。然後她打給我——你知道這些女人都是怎麼回事。」

我們露出微笑。「對，我知道。」

「她們又瘋、又煩、又完美。我請了假，趕快來看看你。」

「所以你是醫生？」

「還不算，我還在實習。」

「你叫什麼名字？」

「噢，對不起。我還沒有自我介紹。我叫傑米。」

「那是我爸爸的名字。」

「我知道。那是個好名字，對不對？」他笑了起來。他很親切，真的很親切。我知道我很脆弱，好像我所有的情緒都要跳出我的體內似的。不知道為什麼，我一點都不在乎，我只是讓眼淚從臉上滑落。

他掛著和我媽一樣的表情，好像他看見了我的傷痛，而他尊重我。他露出微笑。「但我得說，你的名字是最優秀的。亞里斯多德。你有沒有和你的名字一樣聰明？」

「喔，當然沒有。」

「我想有一天會的。」他和我握了握手。他站起身準備離開，然後說：「你爸也許不再以人的方式存在了，但他並沒有死，亞里。」

「你是說他上天堂了嗎？」

「喔，我不知道他會不會上天堂，我不是傳統的教徒。我就像你一樣，是在天主教會長大的。但我稱上帝是偉大的造物者。科學告訴我們，我們都是能量，而我們每個人都有關聯。一旦能量存在於宇宙中，他就不會消失。生命會從一個形式的能量，轉換成另一種形式。你爸現在還是宇宙的一部分。」

我想到艾瑪在畫廊中告訴我們的話。你對宇宙的重要性，遠比你所知的更多。

「謝謝你，傑米。你是個好人。你也會是個他媽的好醫生。」

他笑了起來。「我喜歡那個詞。」

我們對彼此點頭致意。在他走到門邊時，我忍不住覺得，是宇宙把他帶到我面前的。因為我需要聽見他的那番話。

＊

傑米一走出房間，但丁就出現在門口——就像某種天使一樣站在那裡。我一直覺得他是半人半天使。他標誌性的眼淚正從臉頰上滑落，好像我的痛苦就是他的。我跌進他的懷裡，然後在不到一秒鐘的時間，我便從幾乎平靜的狀態變成了一團混亂。我想要叫他讓這股痛苦離開。但我在哭泣之中，只能說得出一句話：「我爸，我爸。」

然後我感覺到他的身體如此強壯，他的聲音如此溫柔。他說：「如果我可以把他帶回來，我就會的。如果我現在可以成為任何人，我就會變成耶穌基督，然後讓他復活。」

這句話實在太美，把我的眼淚都驅散了。

「媽呢？媽還好嗎？」

「她和我爸媽一起在廚房裡。」

我吻了吻但丁的臉頰。我好麻木。我心中一片混亂，到處都是一片混亂。

＊

媽媽和昆塔娜太太坐在廚房桌邊，昆塔納先生則抱著索福克勒斯搖晃著。我看向我媽說：「我不記得妳走進屋裡。我抱著爸，他看起來很驚恐，然後他就平靜了。他很平靜，媽，好像他早就知道了，而且他不介意放手。他看著我，低聲說我的名字。他感覺就快要露出微笑了。那是個微笑——然後他低聲說：『莉莉安娜。』然後他又說了妳的名字一次——『莉莉安娜。』他不害怕，他放手了。但是我沒有，我沒有——我現在還是沒辦法。」

「我不知道該如何感謝你，亞里。你讓我知道他走的時候很平靜。知道他死的時候並不害怕，知道他死在兒子的臂彎裡。他兒子用整顆受傷的心在愛著他，而他死的時候臉上掛著微笑，還唸著我的名字。

「他是我這輩子唯一愛過的男人，而我是他這輩子唯一想要愛的女人。我總覺得我們的婚姻是某種奇蹟——也許是因為它感覺像個奇蹟，至少對我而言。」

我媽身上總是有一絲尊嚴，儘管她一直都帶著這股尊嚴，但此時，它似乎是整個房間中最巨大的存在。她的眼淚很安靜，沒有任何戲劇化的成分、也沒有任何自憐，沒有提問為什麼？為什麼他死得這麼早？他才五十七歲，比我媽老了四歲——但我媽似乎是超越年齡的存在。戰爭使我爸變得蒼老，但它卻沒有在我媽身上留下痕跡。但我媽的尊嚴也無法抹去，悲傷會在我們家停留很長一段時間的事實。

但丁的手搭在我肩上，好像是那隻手在穩住我的身體。

昆塔納太太很安靜。

「謝謝妳帶但丁過來。」我說。

她微笑。「我也把自己帶過來啦。」她說。「我把我的家人們帶來，和你們一起哀悼。我就是這麼老派。」

昆塔納太太握著我媽的手，淚水從她臉頰上流下。到處都是眼淚，哀傷的眼淚、悲痛的眼淚、不可置信的眼淚。像河流、像小溪，這些淚水到底是從何而來，為什麼人們會又笑又哭、會感受到痛苦，為什麼情緒都好像有自己的意識和軀體？這全都是謎團，無法解開又無比殘酷，只有一點點的和善摻和在其中。痛苦、喜悅、憤怒、生命與死亡——一切都同時並存了——一切都反映在這個房間裡的每一個人臉上。在我還不理解愛的意義時，我就已經愛著這些人了。我記得我讀著一封歐菲莉亞阿姨寫給我媽的信，而她寫道：上帝的臉就是妳的臉。上帝的臉就是我的臉。我們都是上帝的臉嗎？我覺得那是一件美好的事——儘管我不覺得有人看到我的臉時，會覺得他們見到上帝了。但丁的臉，沒錯。我的臉——就不是這麼一回事了。

索福克勒斯的臉，就是一張上帝無邪的臉。我對昆塔納先生微笑。「你真的知道要怎麼抱小孩耶，山姆。」

他把索福克勒斯遞給我。「他睡著了。抱著小嬰兒是一個很棒的療法。」他撥亂但丁的頭髮。「只是但丁不這麼想。」

但丁決定也要把他爸的頭髮撥亂。真的很甜蜜。

「順帶一提，亞里，你有發現你剛才叫我山姆了嗎？」

「噢，靠！對不——」

「不，不必道歉。它聽起來再自然不過了，一點也不會不尊重。所以我期待你從現在開始叫我山姆。不然的話——」

「不然怎樣？」我開玩笑道。「你就要揍我嗎？」

「噢，不。」他說。「我永遠不會跟你硬碰硬的。你就要請我吃午餐。」

但丁的父母，都是很好的人。他們的天性都很好，而且還有一絲幽默感——他們的心就和他們的大腦一樣優秀。但丁和他們好像。

「你可以叫我喬麗黛，亞里。我不會介意的。」

「喔，這我辦不到。不可能。但我可以叫妳『昆太太』嗎？」

「昆太太。」她大笑起來。「優秀，太優秀了。」

＊

我媽和昆太太一起去停屍間做安排。山姆來回走動著，試著哄睡索福克勒斯。但丁和我坐在沙發上牽著手。感覺有點奇怪，但又滿好的。

當然，但丁是不可能假裝沒這回事的。「你看見我們牽手會覺得很奇怪嗎，爸？」

「你做的很多事都很怪，但丁。」他看著我們，把頭歪向右邊，然後又歪向左邊——而我知道他要對我們開玩笑了。「嗯，我覺得你們做得不太對。我需要教你們嗎？」

他沒有笑——但是他臉上帶著那種小男孩般的神情。

「所以，昆塔納教授，你如果要幫我打分數，我會拿幾分？」

「嗯，如果我要幫你們兩個打分數，我會給你七十分，但丁。你嘗試得太用力了，一點都不放鬆。亞里只有六十分，他看起來快要尷尬死了。」他說得對。

「我有時候會開玩笑。我喜歡鬧著玩。但是我不希望你們以自己的身分為恥。事情也許會變得尷尬和不自在，沒錯，那又怎麼樣？兩個男孩牽著手，其中一個人是我的兒子。這樣是犯罪嗎？」當你需要警察的時候，他們都在哪裡啊？

「你可以抱一下寶寶嗎，但丁？我需要出去外面呼吸一點新鮮空氣。」但丁接過索福克勒斯，我們兩個一起溺愛地看著他。

山姆走到屋外。

「你爸還好嗎？他看起來很難過。」

「他真的很愛你爸。」

「我一直都沒有想過這件事。」

我決定去屋外看看山姆怎麼樣。他坐在屋前的臺階上啜泣著。我在他身邊坐下。「對不起。」他說。「我今天失去了一個很好的朋友。非常熱情、聰明的好朋友。我不想要在你們面前哭，那感覺很不尊重。我的哀傷和你們的怎麼能比？」

「你知道我爸會怎麼回答嗎？」

「嗯，我覺得應該知道。他應該會說：山姆，這不是個競賽。」

「對，他就是會這麼說。」我們在那裡坐了一會兒。

「世界感覺很安靜。」

「我知道，對吧。」我說。「山姆，我不知道該怎麼說才對。我猜我想要謝謝你的哀傷。也許我是想要這樣說吧。因為這樣代表你愛他。我失去他了，但我還有你。」

「你正在我眼前蛻變成男人。」

「我只是個孩子。」

「不，你才不是。」

我不知道我們在那裡坐了多久。「這種感覺，這種悲哀，這種傷痛，一切都好新。感覺它好像占據了我。」

「它確實占據了你，但它不會維持到永遠的。」

「這樣就好。」

我們走回屋內時，就聽見但丁的聲音。「索福克勒斯！你把屎拉在全世界的地圖上了。」

山姆和我大笑起來。「所以我們才會讓但丁在這裡，他總是可以帶來喜劇性的效果。」

「對，嗯，現在我得幫他換尿布了。」

「生命很殘酷的，但丁。」

「別說了，爸。」他說，但他露出微笑。

＊

我看著但丁拆下弟弟的尿布，昆太太叫了送布尿布的服務。但丁對他唱著歌：「公車的輪胎轉啊轉。小傢伙，你這次真的弄得很髒喔。」但丁拿了一個塑膠小盆——然後我們在廚房的水槽裡替他洗了澡。他尖叫著、發出咕嚕聲。「來吧。」但丁說。「把他擦乾。」

「你有點強勢喔。」

「我從我媽那裡學來的，又受過她的訓練。」他吻了吻我的臉頰，從我手中接過索福克勒斯。他在廚房桌上放了一條柔軟的布。他知道自己在做什麼。我知道昆太太是個嚴格的老師。

他從我手中接過索福克勒斯。「看看你，乾乾淨淨了，索福克勒斯先生。」我好愛索福克勒斯看他的樣子。他拿出一條乾淨的尿布。「對他唱歌，亞里。他喜歡別人對他唱歌。」

「來試試看。」我說。「安靜，小寶寶，什麼也別說。媽媽要幫你買一隻反舌鳥——」然後但丁就和我一起唱了起來。我們唱著歌——但丁抱著索福克勒斯，我們唱著歌。他露出了幾乎像是不可思議的眼神。而我真的很想問他，索福克勒斯，你出生是為了要安慰我們嗎？為了要給我們希望嗎？

我注意到山姆站在門邊，而他也在唱著歌。我想著我爸，想著我們和保羅・麥卡錫一起唱歌的時候。

＊

起床時意識到屋裡充斥著悲傷，是一件很奇怪的事，而你身體中到處都是悲傷。我知道快變成醫生的傑米說得對，一旦某個活物的能量進入了這個世界，它就永遠不會死。而我們每個人，永遠都是連結在一起的。但是我爸再也不住在這間屋子裡了，而我覺得自己被騙了。就在我爸開始學習怎麼當我的爸爸、而我開始學習怎麼當他的兒子時，他就離開這個世界了。

而我再也聽不到他的聲音。

我再也不會看見他坐在他的椅子上讀書、永遠也看不到他臉上沉思的表情，再也沒有了。

我再也不會看見他穿著郵差制服走進大門，臉上掛著「我今天的工作結束了」的表情。

我永遠也不會在房間裡聞到那股流連的香菸味。

我永遠也不會看見他和我媽交換的那些眼神。

我爬下床，沖了個澡。我知道我姊姊們今天會從圖森過來，屋子裡會擠滿人，而我不知道她們什麼時候會抵達。因為某些奇怪的原因，我在沖澡的時候覺得好孤單，而我希望但丁就在這裡。我從來沒有和他一起洗過澡，而我想知道那會是什麼感覺。我猜男人和女人都會這樣做吧。然後我就告訴自己，停止、停止、停止這所有的想法。

*

我媽坐在餐廳的桌邊，和某人講著電話，面前擺著一杯咖啡。我幫自己倒了一杯，並吻了吻她的頭頂。她掛掉電話後說：「我知道這對你來說可能有點煎熬，但你願意寫你爸爸的訃聞嗎？這樣我們就可以在一點前交給報社？然後，可以請你把訃聞交給他們的櫃檯嗎？接下來就可以交給他們處理了。」

好像我會拒絕一樣。我從來沒有寫過訃聞。

我媽在筆記紙上寫了幾行字。「你可能會想要加入這些資訊。」而且她已經從準備回收的報紙堆中剪下一些訃聞做為範例了。

「媽，妳真是學校老師的代表。」

「我想——謝謝你。」

「還有一件事。」她說。我知道她接下來要要求我做比寫訃聞更難的事了。「你願意寫一份悼詞來紀念你爸爸嗎？」

我覺得我們兩人都又想哭了——但因為我們都頑固至極，我們拒絕這麼做。

「喔，你爸偶爾會寫寫筆記。我把其他的都收起來了。有時候他每天都會寫，有時候他幾個星期都不會寫。但我想要你讀讀最後一篇。」她把筆記本遞給我。我翻到有寫字的最後一面。

亞里問我，我能不能給他一個能幫助他度過人生的建議。我覺得這是個非常有野心的問題，但我兒子很有野心。

我們之前的距離都好遙遠，我以為我永遠聽不見我兒子詢問我的意見。但我想，我們已經贏得了兩人之間的愛。

我看著他，而我想，為什麼這麼一個獨特、敏感而美麗的年輕人，居然是從我這裡出生的？答案很簡單：因為他是從莉莉安娜身上來的。

我能給亞里什麼建議，幫助他度過人生呢？我會這樣告訴他：不要對別人或是自己做任何事，來證明你是個男人。因為你是個男人。

我瞪視著他寫下的字，和他的筆跡。「我可以收下這個嗎，媽？」

她點點頭。我們兩人一句話都沒說。但我對自己保證，我會根據這些話來生活，因為如果我這麼做，我就永遠可以看著鏡子，把自己稱為他的兒子。

＊

我媽列了一張清單，而我在筆記紙上寫著訃聞的草稿。我聽見門鈴響了起來。

「我去開門。」我打開門，看見艾維德茲太太站在那裡，手中拿著一個蘋果派。

「嗨。」我說。

「聽見你父親離世的消息，我感到非常難過。他是個非常有榮譽感的男人。」

「謝謝妳。」我說。

我媽來到門邊，我便往一旁站開。

「我知道妳家不歡迎我，莉莉安娜。妳有妳的理由，而我來這裡，也不是為了不尊重妳或是妳的家。」我看不見，但我可以聽見她們說的話，而我覺得艾維德茲太太正在努力憋住眼淚。「傑米是個好人。而我知道妳的悲傷一定很沉重。他很愛我做的蘋果派，所以我想……」然後她說到一半就停了下來，我知道她沒辦法忍住自己的眼淚。如果要說的話，她是個非常驕傲的女人。

「進來吧，蘿拉。進來和我喝杯咖啡，我們一邊吃蘋果派，妳可以一邊跟我說妳記得傑米的事情，這樣我就可以記得那部分的他了。妳上一次來的時候，我很生氣。但這間屋子永遠歡迎妳。」

我坐在客廳的沙發上。我媽從艾維德茲太太手中接過派，交在我手中。然後她抱著艾維德茲太太，兩個女人在對方的肩膀上哭泣。「謝謝妳來，蘿拉。謝謝妳。」

等到她們哭完後，我媽從我手中拿過蘋果派，她們便走進廚房。我繼續寫著我訃聞的草稿，然後我搖了搖頭。我聽見廚房裡傳來笑聲。

我媽和艾維德茲太太——她們之間的連結很重要。她們也尊重那個連結。

大人們都是老師，這是真的。

她們會用她們的行為教你許多事。而現在，我媽和艾維德茲太太教會了我一個卡珊卓正在教我的詞：「原諒」。

這是一個需要住在我體內的詞。我覺得，如果這個詞沒有住在我體內，「快樂」這個詞也永遠不會存在。

我媽和艾維德茲太太在廚房裡——她們在笑。她們曾經失去了一個珍貴的東西。而那個擁有寶貴價值的東西現在回來了。原諒。

第三十三章

整間屋子裡擠滿了人。生者來向死者獻上他們的敬意。我已經厭倦了所有的眼淚和悲傷——儘管我自己是一直跑去後院哭泣。腿腿會跟著我，把我的眼淚舔去，而我告訴她，她最好別死。失去爸爸是一場我並不想要經歷的地獄之行，但我也別無選擇。

我知道死亡並不僅僅發生在我身上。我知道數百人、甚至數千人今天就會死，有些人會死於意外、有些則是沒有任何原因地被殺害，有些則是死於癌症。

我記得抗議者所舉的牌子：每十二分鐘就有一人死於愛滋。誰會去參加他們的葬禮？誰會為他們獻上悼詞？誰會頌揚他們的生命？誰會吟唱他們的名字？

我在想，世界上的某處，就在我爸過世的時候，也有個男人因為愛滋病而死。也許在倫敦，有個女人的孩子死去了，也許有個曾經是納粹的有錢人躲在巴格達，正嚥下最後的一口氣。

也許有七個人在敘利亞一場可怕的爆炸中身亡。

密西根的大急流城剛發生了一場謀殺。

一個男人和他的妻子死在一場可怕的車禍中，當場身亡。

而在世界上的某處，現在是春天，而一窩小麻雀正啾啾叫著等待食物。腿腿坐在我身邊，和我一起開車前往但丁的家，去寫我爸的悼詞。而我爸幾天前，才告訴我他是如何認識並愛上我媽的。

而索福克勒斯還沒有滿月，就已經與生和死的大地產生了連結。

第三十四章

跨年夜。我媽不會親吻我爸。但丁和我也不會去吉娜邀請我們的那場派對——但那場派對也不是她開的。我對新年再也不抱有那麼多希望了。我媽正在和我姊姊們說著話，她們好像把一切都計畫好了。她們都是非常實際的人。也許這就是為什麼她們都是很好的學校老師。

我呆滯地瞪視著聖誕樹。在這之前，我已經下樓去拿了提多，那隻姊姊們在我嬰兒時期送我、而我一直到六歲都抱著睡的熊。

我一直看著他，然後我就抱著那隻熊，而且我一點都不覺得自己愚蠢。提多似乎會帶給我安慰，儘管他柔軟的絨毛已經磨損、也不再柔軟。

我聽見門鈴響起。我打開門，看見奧特加太太和卡珊卓站在前廊上。奧特加太太拿著一個巨大的鍋子，從氣味判斷，我知道那是墨西哥燉肉。「你可以拿過去嗎，亞里？這對我來說有點重。」我接過那鍋燉肉，卡珊卓則把她手上那一大袋墨西哥圓棍麵包（bolillos）交給她媽媽，這樣她就可以幫忙開著門。她們跟著我走進廚房。「媽，奧特加太太帶了燉肉來喔。」我媽搖了搖頭，再度淚如雨下。兩個女人互相擁抱。

「喔，莉莉安娜，我怎麼能接受。妳丈夫是個那麼可愛的人。」

卡珊卓抱了抱我媽，柔聲說：「我真的很遺憾，曼杜沙太太。他是個好人。」她知道要怎麼表現得像個女人，而且她在我覺得無比尷尬的情境中，似乎也能表現得完全自在。卡珊卓抓住我的手，我們便走進客廳裡。「但丁、蘇西和吉娜在路上了。我們想要和你一起跨年。」

「我真的不想要別人的陪伴。對不起，這樣很無禮。我只是很累——要命，卡珊卓，我只是很難過。我從來沒有這麼難過，而我不知道我要怎麼做，我只想要找個地方他媽的躲起來，直到傷痛停止之後再出來。」

「亞里，我每一天都想著我哥哥。傷痛停止之前需要經過很長一段時間。但你不是一隻負鼠，你不能裝死。」

在那一刻，我不覺得我體內還有任何眼淚。我只是坐在那裡，希望我是一張椅子、一張沙發，或是一片水泥地——隨便什麼無生命的東西——隨便什麼沒有感覺的東西。

「我們是你的朋友。我們不需要娛樂。我們也不是來這裡鼓勵你的。我們只是來這裡，讓你知道我們愛你。所以讓我們愛你吧，亞里。讓你愛的人看見你的傷痛，是一件很美好的事。」

「這種傷痛不好看。」

「你沒有在聽。我是說它很美好。」

「我有選擇嗎？」

「其實你有。」

就在這時，門鈴聲響起——他們沒有等到我去應門。他們三個就這樣走了進來。當我看見他們時，我並沒有生氣。我以為我會生氣——但我並沒有。用但丁的方式來說，他們都是太可愛的人了。我只是站在那裡，開始哭了起來。顯然，我還是有一些眼淚留下的。他們只是輪流抱了抱我，而且他們沒有說那些蠢話，像是別哭或是像個男人好嗎，也沒有說出那些老掉牙的話，像是他去了更好的地方。他們只是抱著我。他們只是抱著我，並尊重我的悲傷。

＊

我們圍著聖誕樹席地而坐，而我們大多都是躺在地板上。我把但丁的肚子當成枕頭。我們聽見女人們的聲音從另一個房間傳來，有時候她們的對話會變得嚴肅、有時候我們又會聽見笑聲。卡珊卓看見躺在沙發上的提多。「這是誰啊？」

「那是提多。」我說。「他是我小時候的熊，我一路跟他睡到六歲。」

「誰想得到啊？」

「妳在取笑我嗎？我是說，每個人都有一隻提多或類似的東西吧。」

「我覺得這樣很可愛啊。但我從來就不喜歡填充玩偶。」

「我也不喜歡。」但丁說。

「你不喜歡？」我真的很驚訝。「哇喔，虧你還是感性先生呢。」

「那你都抱什麼，但丁？字典嗎？」蘇西臉上掛著那抹傲慢的微笑。

大家都笑了起來，就連但丁也是。

「我有一個娃娃。」吉娜說。「但，你知道，我沒有那麼黏她。有一天我很生氣，我就把她斬首了。」

我需要這個。大笑一場。

「我有一個叫莉茲的布娃娃。我試著教她叫我蘇西，她從來學不會。我以前都會拔她頭髮。有一天我對她生氣，就叫她去睡床底下了。」

「真的？這房間裡坐的所有人當中，我是人最不好的那個，但只有我對一隻填充玩具熊有感情？」

「不好意思。」卡珊卓說。「但我才是最不好的那一個。不要試著占我的地盤。」

「妳人很好啦。」

「嗯，對，我們都知道。但我有個名聲需要維護——我們不能讓這個消息傳出去。」

但丁抓住提多的肩膀。「對不起了，老兄，但我現在是亞里的提多了。」

「我也是你的提多。」蘇西說。

「我也是。」吉娜說。

「還有我。」卡珊卓說。「我們全都是你的提多。而我們會陪你走出來的，亞里。我們保證。」

在那一刻，我知道他們會是我永遠的朋友。我知道他們會永遠存在我的生命裡。我知道我會永遠愛著他們，直到我死去的那天。

*

午夜時，我們全都聚集在廚房裡，吃著燉肉。就連但丁都在吃。「有一天你會成為真正的墨西哥人的。」

「但我會成為真正的美國人嗎？那才是問題。我以前都認為我的姓氏才是個阻礙，但現在我覺得，身為同性戀，才是我不可能成為真正有選舉權的美國公民的原因。你看，因為同性戀男子不是真正的男人，而如果我不是真正的男人，那我就不可能真正成為美國人。我想這個國家裡，到處都有人在以史考提之名祈禱吧。」

「史考提？」

「對啊，《星際迷航》（Star Trek）的史考提。他們在懇求史考提把我提走，把我帶到克林貢星上面去。」

「他們得把我一起提走才行。」

「我正希望你這麼說。如果我們需要擊退克林貢人的話，你會很有用處的。」

但丁低頭看了看錶——然後對上蘇西的視線。

「今晚，我是迪克．克拉克（Dick Clark），而現在是新年倒數……十、九、八、七、六、五、四、三、二、一。新年快樂！」

蘇西找來一臺收音機，而〈友誼地久天長〉正在播放中。我先抱了抱我媽，低語：「我知道我沒辦法取代爸的地位。」

「我不需要有人取代他。」她低聲說。「我有了足以讓我走出這段時間的東西——那就是你。」她吻了吻我的臉頰，手指梳過我的頭髮。「新年快樂，亞里。」

就連她的悲傷也無法帶走那抹微笑。

但丁吻了我。我們沒有說話。我們只是對望著，眼中帶著某種不可思議的神情。

我的姊姊們擁抱我、親吻我，兩人都告訴我，她們很高興我長得像我爸。

今晚，廚房中或許沒有很多快樂。但是這裡有很多愛。

而這樣或許更好。

第三十五章

一九八九年元旦，星期天。

我和我媽、我姊姊們和姊夫，還有我的外甥和外甥女們，一起去望彌撒。

我感到很麻木。我心中有一部分死去了。我很難說話。在彌撒過後，神父找我媽說話。好多人都認識我媽。人們擁抱她，而他們對她說的話中，有一種很美的成分。

我一點都不想要在這裡。

我想要回家、然後看見我爸坐在前廊上等著我們。

我只希望這天趕快結束。

然後星期一就來了。

然後星期二就來了，而我十二年級的最後一學期就會開始——但我不會去學校，我會去參加我爸的喪禮。

第三十六章

親愛的但丁：

我一直對自己說：我爸死了我爸死了我爸死了。我寫了一次又一次我爸的訃聞——我爸死了我爸死了我爸死了。我看向窗外，想看他會不會在後院抽菸——我爸死了我爸死了我爸死了。廚房桌邊，他坐在我對面，我聽見他告訴我我已經知道、但拒絕接受的事：「問題不是但丁愛上你了。問題是你愛上但丁了。」我爸死了我爸死了我爸死了。

但丁，我好難過。我的心臟好痛。真的好痛。我不知道該怎麼辦。

第三十七章

但丁在下午抵達我家。他告訴我，我看起來好像哭了很久。我告訴他我只是很累。我們躲進房裡，我們躺在我床上，他抱著我，我則睡著了。我一直重複著：我爸死了我爸死了我爸死了。

第三十八章

我把我爸爸的軍牌和吉娜與蘇西送我的十字架掛在一起。洗完澡後，我把項鍊戴起。我看著鏡中的自己。我刮了鬍子，這是我爸教我的。我年紀還小的時候，我總是會不可思議地看著他。我穿上衣服，看著鏡中的自己，一邊打上領帶。在我第一次領聖餐時，是我爸教我打的領帶。我綁好鞋帶。這也是我爸教我的。我被我爸爸包圍著。

*

跟在我爸的棺材後方走，是一件很奇怪的事。八名抬棺者四人一組，走在他的兩側。山姆・昆塔納是我爸的其中一名抬棺者，蘇西的爸爸也是。他們兩個聊書聊了好幾年，但我最近才知道，因為我對我爸的人生幾乎沒有投入任何注意力。剩下的抬棺者都是郵差。我媽和我勾著手走過走道。我的姊姊們和姊夫們跟在後面。

我試著專心聽彌撒，但是我太分心了。我在緊張上臺唸悼詞的事，教堂裡又坐滿了人，天主教姊妹會的人都穿著白衣，坐在一起——包括艾維德茲太太。

但丁、昆太太和索福克勒斯坐在我們後面。當神父開始講道時，我並沒有在聽。我可以看見神父的嘴唇蠕動——但我覺得我好像失去了聽覺。

聖餐過後，神父對我招手。我媽握了握我的手。我感覺到但丁的手搭在我肩上。我從長椅上站起來，往講臺走去。我伸手進口袋裡，打開我寫著悼詞的紙張。我的心跳加速，我從來沒有在坐滿人的教堂中演說過。我僵在原地，閉上眼，想著我爸。我想要他能以我為傲。我張開雙眼。我看向眼前的人海，我看見我姊姊們和媽媽包裹在悲傷之中。我看向我所寫下的字詞——然後開口：

「我爸爸在郵局工作。他是一名郵差，而他以自己的工作為傲。他以身為公僕為傲，而他以自己身為郵差的身分為傲，更勝過他曾經的軍人身分。

「我爸爸參加過一場戰爭，而他在回家時，也帶了一部分的戰爭回家。許多年中，他都是個沉默的男人。但隨著時間過去，他開始逐漸打破那股沉默。他告訴我，他在越南所學到最寶貴的功課，是每一條生命都很神聖。但之後，他又告訴我，人們都說每一條生命都很神聖，但他們都在騙人。我爸討厭幾件事；種族歧視是其中一件。他說他很努力擺脫掉了他自己的種族歧視。而我爸才因此成為了一個優秀的男人。他沒有把世界上的問題怪到其他人頭上。他在自己身上指出這世界的問題，並奮鬥著把自己從中掙脫出來。

「我媽給了我一本爸爸的筆記。我爸在許多年之間，用許多篇章填滿了頁面。而在我思索我要說什麼的時候，我翻閱了他的筆記。閱讀他寫的東西，就像是坐在他的腦子裡。在我十三、十四和十五歲的時候，我好想知道我爸在想什麼，這個沉默的男人似乎還住在戰爭的回憶裡，他的心和大腦都受了傷。但他比我想像的還要更存在於現實之中。我完全不知道我爸是怎樣的人。所以我為他編造了一個形象。而我想要提起的這篇文章，是他在我十四歲時寫下的：

「『美國是一個創造的國度。我們是一群不斷在創造和創造自己的人。我們創造出的自己，大多都是虛構的。我們創造了黑人的身分，並把他們孤立起來，說他們都是暴力分子與罪犯。但我們創造的一切，都只與我們自己有關，而不是他們。我們創造了墨西哥人的身分，而我們便成了只會吃捲餅和打皮納塔玩偶的人。我們創造了打仗的理由，因為我們只知道戰爭是什麼，而我們把戰爭變成了前往和平的英雄旅程，但戰爭並沒有任何一點英雄的成分。人們在戰爭中喪命。年輕人，我們告訴自己，他們的死是在保衛我們的自由——就算我們知道這都是謊言。我覺得這是個悲劇，這麼有創造力的人們，卻沒辦法為他們創造出和平。

「『我和我的兒子正在打仗。我們在與自我打仗，也在與彼此對抗。我們開始創造對方的身分了。我兒子不喜歡我——但他不喜歡的是他自己的創造。而我也在做一樣的事。我不知道我有沒有可能真正從戰爭中走出來。我不知道我們有沒有勇氣喊出停戰、想像和平，並最終看見我們彼此真正的樣子，並停止這一切無中生有的創造。』

「我爸和我最後終於想辦法停下了我們的這場戰爭。我停止創造他、並終於看見他是誰。而他也看見了我。

「我爸爸在乎他所住的這個世界。他認為我們做得更好，而我認為他說得對。我很喜歡他在乎的事情勝過他所住的這個小世界。在其中一篇文章中，他寫道：『我們沒有理由討厭其他人——尤其是其他種類的人。我們編造出理由，來認定某些人比我們更不配當人。我們編造出理由，然後我們便相信了這些理由，這些理由就成了真理，它們會變成真理，是因為我們現在相信它們是事實，而我們甚至忘了它的來由是什麼——是我們編造出來的理由。』

「我爸不只是我爸而已。他也是個男人。他知道周遭還有一個更大的世界。他熱愛藝術、喜歡讀關於藝術的書。他有好幾本關於建築的書，而且他會讀。他有著好奇的心靈，他想要知道許多事，而他並不認為他是宇宙的中心，他也不覺得他所想的事和感覺是唯一重要的事，這使他成為一個謙卑的男人。而我要在這裡引用他的話。他說：『在這個國家中，人性是很短缺的物資。如果我們能開始尋找它，或許會是件好事。』

「我爸不只出發尋找人性，他也找到了。他的死因是心臟病——而他死在我的懷抱中，低語著我的名字，還有我媽媽的名字。我想到他有一次告訴我的一個故事，一名年輕的軍人死在他手中。那名年輕人叫我爸爸抱著他。我爸說他才剛成年不到一小時。而那名年輕士兵是個猶太人，他在死前請求我爸爸：『告訴我爸媽。告訴他們，我明年會在耶路撒冷和他們見面。』

「我爸前往洛杉磯，好把這個消息告訴他的父母。也許有些人會認為，只有某些特別的人才會做這種事。但是他一定會引用我媽的話，她是一名學校老師，和我爸一樣以自己的工作為傲。他會說：『你做好該做的事，並不會得到額外的分數。』

「有一年暑假，我和我爸媽一起去了華盛頓特區旅行。我那時候大概九歲或十歲。我爸想要看越戰紀念碑。超過五萬八千個士兵死在越南。他說：『現在他們不只是數字了。他們是有名字的人類。現在，至少我們把他們的名字寫在世界的地圖上了。』他找到了在越南作戰時，和他並肩上戰場的同袍姓名。他用手指撫過每一個名字。那是我第一次看見我爸爸哭。

「我爸把他的名字寫在我的心上。他的名字會永遠存在那裡。因為他的名字住在我心中，我便會為了它成為更好的人。我的名字是亞里斯多德．曼杜沙。如果你今天問我我是誰，我會看著你的眼睛，對你說：我是我爸爸的兒子。」

＊

我說完時，看向我媽媽的雙眼。淚水從她的臉頰滑落，而她站起身，拍手鼓掌，驕傲不已。我看見我的姊姊們和但丁，也站起身鼓掌。然後我意識到，聚集在教堂裡的每個人都站著、拍著手。這些人們——他們的掌聲，並不是給我的。這是給他們前來致意的那個男人。而我很驕傲。

第三十九章

我爸的喪禮是軍人的喪禮。喇叭手吹出節奏，單獨的音符消失在清澈的沙漠藍天中，七名士兵舉起槍，對著同一片藍天，發射一波子彈——而那些槍響在我耳中迴盪著。子彈一輪接著一輪，然後士兵用充滿儀式感的方式，小心翼翼地折起旗幟——其中一名士兵則把旗子交給我媽，低語：「他的國家充滿了感謝。」但我並不覺得這些話是真話，我覺得我爸也不會認為這些話是真話。我爸愛他的國家。有時候我認為他愛這個國家，到了他無法承受的地步。但他也是個追尋真理的男人，而我知道他不會相信這些話是實話。

神父把受難像遞給我媽，擁抱她。然後他站在我面前，和我握手，一邊低語：「你今天所說的那些話——那不是男孩會說的話——那是男人才會說的話。」我知道他是認真的——但我太清楚了。我不是個男人。

＊

我姊姊們和媽媽走回葬儀社的黑色禮車旁，但我一個人留在後方。我一個人站在那裡，想要說再見，儘管我已經說過再見了——但是不，這不是真的。我知道接下來有很長一段時間，我都會不斷說著再見。我不想要這一切成真，我也不知道要怎麼放手。我看著他的棺材，想著他跪在越戰紀念碑前時的眼淚。我想著我們在冷空氣中抬頭看星星，還有他告訴我他和我媽認識的經過，以及他對她一見鍾情時，口氣有多麼溫柔。

「爸。」我低語。「明年耶路撒冷見。」我感覺到的是一股可怕的痛楚。我沒有發現我跪下了。四周除了黑暗之外，似乎什麼也沒有。

然後我發現但丁、蘇西、吉娜和卡珊卓包圍著我，感覺但丁把我拉了起來，穩住我的身體。我的朋友們都和我一樣沉默，但我知道他們都在說他們愛我，而這使我想到，我們全都是有連結的。他們站在我身邊。我聽見卡珊卓唱起了〈惡水上的橋〉（Bridge Over Trouble Water），但丁的聲音接著也加入了，然後是蘇西和吉娜。在那一刻，他們聽起來就像是天使的合唱——而我從來沒想到，我能擁有這麼多愛或這麼多痛苦。

儘管一部分的我感覺好像死去了，另一部分的我卻覺得充滿了生命力。

＊

但丁陪我走到我的車邊，低語：「我們在接待室碰面。」當我接近禮車時，我看見我媽站在車外，正在和一個男人說話。就在我走近時，我看見那個男人是誰了。
「布洛克先生？」
「亞里。」他說。
「你不是應該在教課嗎？」
「今天我有更重要的事要做。」
「你來了。你來參加我爸的喪禮。」
「對。」他看著我，點點頭。「我剛才告訴你媽，我被你所寫的文章感動。做得好，亞里。我坐在一對夫妻旁，等到掌聲結束後，我對他們說：『他是我學生。』我很驕傲。我當時和現在，都非常以你為傲。」他和我握了握手。他看著我的雙眼，點了點頭。他轉向我媽，抱了抱她，然後說：「他也許是他爸爸的兒子，但他也是妳的兒子，莉莉安娜。」他轉過身，緩緩走開了。
「他是個很不錯的人。」我媽說。
「對，他是。」我說。
「他來參加傑米的喪禮，這說明了他的人格，也說明了你的人格。」我為她打開車門。「我想要你拷貝一份你寫給爸爸的悼詞。」
「我直接給妳就好了。」
「我死的時候，會再還給你。」
「我希望妳永遠不會死。」

「我們不可能一直活下去。」

「我知道。我在想，這個世界在我和但丁死的時候是不會哀悼的。這世界不希望我們存在。」

「我不在乎這個世界在想什麼，或想要什麼。」她說。「我不想活在一個沒有你或但丁的世界裡。」

第四十章

當我回到家時，我換上一條舊牛仔褲和一件T恤。我坐在客廳中，試著和我姊姊們聊天。但我好像什麼都聽不見，也沒辦法說話。我猜我媽正在看著我。她握著我的手，帶我回到我的房間。「睡一下吧。你現在只需要睡覺。」

「不。」我說。「我現在只需要爸。」

她用手指梳過我的頭髮。「睡一下吧。」

「『但我有承諾要遵守。』」

「『還有長路要行走。在我沉睡之前。』」

我們對彼此微笑，而我們的微笑很哀傷。然後我說：「有些孩子會離開，有些孩子會留下。但是，媽，我永遠不會走的。」

「你有一天會的。」

「不，永遠不會。」

「睡吧。」

第四十一章

當我醒來時，時間已經很晚了，幾乎快要中午。腿腿還在睡覺。她睡得越來越多，她越來越老了，但她還是睡覺時很好的陪伴。我拍了拍她。「起床吧。」她輕聲吠叫。「媽會幫我們做早餐。」我不知道這股奇怪的悲傷什麼時候才會消失。

我穿上牛仔褲，套上一件T恤，前往廚房找咖啡喝。

屋子裡很安靜——只有我媽和姊姊們的聲音。

「早安。」我說。

「現在是下午了。」

「妳的重點是什麼？」我對艾蜜歪嘴一笑。「我需要咖啡。」

維拉一直看著我。「妳真的看起來很像大人。」

「不要以貌取人。」我為自己倒了一杯咖啡，在媽媽身邊坐下。「為什麼這裡這麼安靜？」

「你姊夫們把孩子們帶去看爺爺奶奶了。我的女婿們對你感到非常敬佩，亞里。」

「他們都是好人。」

「還是不知道要怎麼接受稱讚，是吧。」艾蜜看起來和媽媽越來越像了。

「稱讚很棒啊。但是，嗯，我該說什麼？我不喜歡受到這麼多關注。」

「你跟爸一樣。」維拉說。

「我真希望是。」

「亞里，我們很高興你和爸不再彼此對抗了。」

「我也是，艾蜜。但是就在我們開始變親近的時候——這樣感覺很不公平。」我笑了一聲。「爸最討厭『這樣不公平』這種話了。」

「我不知道這一點。」

「我完全知道你爸在人們說『這樣不公平』時會有什麼想法。但是我拒絕加入你和姊姊們的這番對話。」

「為什麼？因為我從來不跟她們說話嗎？」

我姊姊們點點頭。

我看著她們。「既然我已經努力嘗試不要再自我厭惡了，我不會把我們三個之間的缺乏溝通怪罪到自己身上。我只會承擔三分之一的責任。」

「嗯，我們比較老。」維拉說。「也許你只需要承擔四分之一，我也可以承擔四分之一——然後艾蜜承擔一半。她是最老的那個，而且她喜歡發號施令。」

「就因為我比較大隻——」艾蜜開口，使我們都笑了起來，甚至讓她也加入了笑聲。「好吧，既然我這麼霸道，那亞里，我們沒有那麼努力地和你建立連結，大家都承擔三分之一的責任。我們一起努力吧。」

「嗯。」我說。「在爸的宇宙裡，當人們說這樣不公平時，他們其實不是真的在討論公平性。」

「那他們是在說什麼？」

「他說，我們只是在讓世界知道我們有多自私。我們在預設其他人，也在指控其他人。他都寫在他的筆記裡了。妳們想要看嗎？等我看完的時候，我再寄給妳們，讓妳們也看一看。如果妳們不想要還給我，我就會開車去圖森偷回來。」

「我想看。」維拉說。

「嗯，看看你。」艾蜜說。「小亞里終於學會分享了。」

我看向艾蜜，點點頭。「很棒，妳本來做得很好，但妳就偏要毀掉它。」

「我喜歡這種假裝的吵架，勝過另外一種爭執。」

維拉一直都是好心的和平使者。她人真的很好。我的兩個姊姊都很好。

「我想說我很嫉妒。」維拉說。「嫉妒你和爸的關係，但是我真的不會。這讓我很高興，你們兩人奮鬥著往彼此走去。爸內心的那些沉默和你內心的那些固執，亞里——但你們卻成功了。」

「你們真的辦到了。」艾蜜點頭微笑。「就像你在悼詞裡寫的，爸那篇筆記。我們會創造別人的身分。我們也創造自己的身分。而我們的想像力有時候真的不是很好看、也不是很慷慨。」

媽笑了起來。「這是真的。」她伸出手，握住我的手。「雖然我很難過你爸去世了，但現在、此時此刻，我很快樂。我所有的孩子都在這裡。」

艾蜜低語：「除了柏納多。」

「喔，他在這裡。」我媽說。她點了點她的心臟。「他從來沒有離開過。他永遠都會在這裡。」

我不知道我媽是怎麼學會背負這麼多失去的。

*

快樂。悲傷。情緒是無常的東西。哀傷、喜悅、憤怒、愛。宇宙怎麼會想到要發明這些情緒、然後放到人類身上？我想我爸會稱它們為恩賜。但也許我們的情緒才是問題的一部分。也許我們的愛能夠拯救我們。或者，也許我們的恨會摧毀地球和居住其上的所有人。亞里。亞里，亞里，亞里，你就不能稍微從不斷地思考思考思考中休息一下嗎？

我現在有什麼感覺？我不知道。我真的不知道。我不知道自己有什麼感覺，這該怎麼解釋？

＊

我姊姊們去拜訪自己的婆家，我則回到房間裡。我在讀我爸的筆記，而我可以聽見他的聲音——感覺起來好像他還活著。感覺他好像就在房間裡，坐在我的搖椅上，唸筆記給我聽。

我決定要拿著正在讀的筆記到前門的階梯上。外面很冷，但太陽似乎打破了這冷得不尋常的一天。我前往前門。不知道為什麼，但那裡是我最喜歡的位置之一。那也是我媽最喜歡的位置之一。

我找到我剛才看到的地方，而就在我開始讀的時候，我媽走了出來，坐在我身邊。「把你在看的那段唸給我聽吧。」

「他只是把他喜歡的聖經經文寫下來。」

「唸給我聽。」

「『天下萬物都有定期，凡事都有定時。出生有時，死亡有時……』

「然後爸寫道：『我已經拒絕擁抱太久了——現在是我擁抱的時候。我沉默的時間已經過了——現在是我說話的時候。我已經哭泣太久了——現在是我笑的時候。我恨的時候已經過了。現在是我愛的時間。我要向莉莉安娜求婚。』」

她靠在我的肩膀上。「他從來不讓我看。」

「我們現在可以一起看，媽。他是怎麼求婚的？」

「我剛上完一堂晚上的課。我們去散步。『我今天有什麼不一樣？』他問。我一直看著他。『你今天看起來比昨天好看？』他搖搖頭。『你剪頭髮了。』他又搖搖頭。我們在奧勒岡和波士頓街角，你爸把我的手放到他的心上。『妳感覺到我的心跳了嗎？』我點點頭。『不一樣的是這個。今天，當我醒來時，我的心臟更強韌了。』他捧著我的臉頰。『妳會願意和我一起貧窮嗎？』我說：『只要你愛我，我就永遠不會貧窮。』然後我吻他，對他說：『我願意。』」

我記得但丁告訴我，他永遠也無法從家裡逃走。我為我爸媽瘋狂。我花了很長的時間才開始為我爸媽瘋狂。

我媽和我沉默地坐了一會，冷風吹著我們的臉，而這使我感到充滿了生命力。遠處的天空有雲，而我可以聞到雨的味道。感覺就像我爸送來了我最愛的東西。或者也許是宇宙送來了我喜歡的雨。也許是上帝。也許這也不重要。一切都是有連結的。

活著的人和死者是有連結的。死者和活著的人也是有連結的，而活著的人和死者都和宇宙連結在一起。

世界、宇宙、亞里斯多德與但丁

在宇宙的數十億年中，發生過無數次的爆炸——爆炸會帶來新的世界，充滿嶄新的生命。宇宙會創造。

我們所住的星球也是那個宇宙的一部分。而儘管我們只是一個小碎片，一個小小的粒子，但我們也同樣是那個宇宙的一部分。一切都是有連結的，所有的事物都屬於這裡。一切活物都帶著宇宙的呼吸。一旦某樣東西誕生——一隻狗、一棵樹、一隻蜥蜴、一個人類——它就會成為宇宙中的必需品，永遠不會死。

地球並不知道什麼叫做「流放」。暴力是從人心中黑暗與頑固的暴戾之處開始的。人心才是我們所有憎恨的來源——也是所有愛的來源。我們必須馴服我們狂野的心——否則我們永遠都無法理解存活在我們每個人體內的，宇宙的那一點光亮。

活著、卻永遠無法理解人心那種奇異而美好的謎團，會使我們的生命變成一場悲劇。

第一章

但丁來我家。我正瞪視著我的筆記。但我體內卻一個文字也沒有。有時候，當你最需要文字留下時，它們卻跑了。

「我明天就要回學校了。」

他點點頭。「亞里，你看起來好難過。而我對你的這些愛，卻沒有辦法讓你不難過。我真希望我能把你的痛苦拿走。」

「但是這個痛苦是我的，但丁。而你不能擁有它。如果你拿走了，我也會想念它的。」

*

我在寒冷中陪但丁走回家。我們走後面的小路，我牽著他的手。我們之間的沉默甚至比對話的感覺還舒服。我在他家門前吻了他，他用手指梳了梳我的頭髮，就像我媽那樣。這使我露出微笑。

在我走回家時，我抬眼望向星星，低語：「爸，哪一顆是你？」

第二章

我在星期四回到了學校。我在高中的最後一學期。我感覺很抽離，有點空洞，有點麻木。我想哭。但我知道我不會哭的。布洛克先生問我過得怎麼樣，我聳聳肩。「我不確定。」

「我要說句蠢話了。隨著時間過去，會慢慢變好的。」

「我猜是吧。」

「我現在要停止說話了。」

他使我露出微笑。

學生們似乎湧進了教室。

我在桌邊坐下時，蘇西和吉娜走到我身邊，吻了吻我的臉頰。

「讚喔。」楚伊在教室後面喊道。

布洛克先生搖了搖頭，露出微笑。

「接下來的三週，我們要來嘗試一下詩詞。」

哀號聲四起。

「會漸入佳境的。」他說。「你們會有機會寫一首詩。」

回到學校的感覺很棒。我要做一點嘗試——嘗試恢復正常。

我不記得那堂課上了什麼。

我真的不記得那天發生了什麼事——除了聽著卡珊卓的聲音教育蘇西和吉娜，她對男性特權有什麼理論。而我記得自己說：「夠了！我的蛋蛋都縮起來了。」

我覺得我住在一片死亡之地。但我知道我得回到生者的土地——那才是我歸屬的地方。

我爸爸死了。但我沒有。

第三章

我被我媽的啜泣聲吵醒。我知道她的哀傷比我的強烈許多。她愛了我爸很長、很長一段時間。他們睡在同一張床上，傾聽彼此的問題，愛護著彼此。而現在他離開了。我就這樣躺在自己的床上，哀傷而麻痺。喔，媽，對不起。我能怎麼做？但我知道我什麼都不能做。她的痛苦只屬於她一個人，沒有人能治癒它。那道傷口只能自行癒合。

我不知道我該去找她，還是就讓她悲傷。然後一切就沉默了。我等著她的啜泣再度開始。

她一定睡著了。然後我自己的啜泣填滿了整個房間。我不記得我花了多久時間，才讓自己哭到睡著。

第四章

我和我媽一起喝咖啡。「我昨晚聽見妳的痛苦了。」

「我也聽見你的了。」她說。

不知道為什麼，我們對彼此露出微笑。

第五章

但丁在電話上。他不停說著話。有時候他的話真的太多了，甚至有點煩人。但是有時候我就愛他的話這麼多。「我們快結束了，亞里。我們會變得超屌。」

「但丁是在假裝自己是亞里嗎？」

「你知道，有時候，我真的會像你在走廊上經過的那些人那樣講話。」

「嗯，那真是太可惜了。」

「你安靜啦。我在說的是，我們就快要結束這個叫高中的鬼東西了，我現在他媽的超興奮。再見啦，男子天主教學校。」

「而這是個喜歡男生的男生說的？」

「又不是主教高中的男生。我喜歡的男生在唸奧斯汀高中。」

「跟我聊聊他的事吧。」

「不要，我不會親了人家又去講八卦的。」

「我現在要掛電話了。」

「我為你瘋狂耶。」

「對啦，對啦，你就只是瘋而已。」

真正瘋的人是我才對。我為他瘋狂，就像電影裡的那些女人一樣。她們會對她們深愛的男人生氣，瘋狂地愛著他們。對。現在我想我懂那種形容了。看，愛和思考無關，那是一種會用所謂的慾望影響整個身體的狀態。或者渴望。你愛怎麼稱呼它都可以，而它會使你因慾望而瘋狂，或者只是瘋狂，或者就只是純粹的荒唐。我很瘋狂。我是。我是。我承認。

另一方面，我也因為哀傷而瘋狂。我知道這句話就像是電視劇裡的爛臺詞。但這是他媽的事實。對。我每天早上起來都在想我的爸爸。所以瘋狂地愛著另一個人會帶給我一點穩定。這真的很瘋狂。

第六章

放學後，我正往我停在停車場中的卡車走去，我看見蘇西、吉娜和卡珊卓在等我。

「禁止逗留。」我說。

「叫警察啊。」蘇西說。

「我可能會喔。」

「有什麼大事？」

「你又開始變得疏離了。」吉娜說。

「我沒有，我保證。我只是難過而已。」

「好。」卡珊卓說。「我們都懂。但是把你自己從世界中孤立出來，並不會治療你的傷痛。」

「我知道。」

「很好，今天是星期五，我們去你的老地方，去炭烤人買幾個漢堡吃如何？」

「當然。」我說。

「你連假裝有熱情都不願意。」

「一天一天慢慢來。」我說。

「很公平。」

「所以我們就出發囉？」

「好，我沒問題。」

然後我知道她們要做什麼。她們吻了吻我的臉頰，又給我一個擁抱。一人一個。

「我會因為太多親吻跟擁抱而死。」

「嗯，如果我們要殺你，我們可以勒死你就好。」

「這樣更直接了。」我說。

「好感永遠不可能殺死人的。」

「妳又知道了。」我知道她們不會讓我沉淪在我自己的悲傷中。在那一刻，我幾乎要因此而討厭她們了。我跳上卡車。「晚上見。」我說，揮了揮手。就在我駛離時，我感覺到眼淚滑落，而我想，有人可以把這個水龍頭關上嗎？

第七章

我的三個朋友們不再煩我之後，我便發動引擎，開始開車。我發現自己開進了沙漠裡。感覺不像是我在開車，更像是我的卡車把我帶到這裡來的。

我把車停在我每一次停車的老地方。我只是坐在那裡。我想像著我爸抽菸的樣子，想像著他告訴我不要自我懲罰時的聲音。我想像著他死前的雙眼，那雙眼睛中充斥著我從未見過的愛。我不知道我坐在那裡多久，但是現在天黑了，太陽早就下山了。

「爸，爸，明明需要你的人是我，為什麼上帝把你帶走了？告訴我為什麼。我不懂。我討厭，我討厭這個宇宙。這個宇宙也討厭我。討厭我、討厭我、討厭我。」

我可以聽見自己說了這些話，還有一些其他話。

感覺就像是我離開了自己的身體，另一個人則住了進來，就在我的身體裡。但我接著又回來了——然後又離開了。我爬下卡車，坐在沙漠地上，靠著車子的保險桿。

沙漠的天空中有著閃電與雷鳴，然後就開始下雨了。大雨滂沱。雨水與我鹹鹹的眼淚混雜在一起。我站起身，想要回到卡車裡——但是我感覺到自己跪了下去。

爸，爸。

這世界裡只有我一個人。

只有我和沙漠的雨。

還有我破碎的心。

＊

「亞里！亞里！」我知道這個聲音。我知道這個聲音。這個聲音比我的好聽。

「但丁？」我低語。

「亞里！」

我感覺到他把我抱了起來，擁在臂彎之間。

我聽見我認得的聲音。女孩的聲音。女人的聲音。她們不斷喊著我的名字，到處都是愛的證明。到處都是愛。我想要伸出手抓住它，但我無法動彈。

第八章

我感覺到但丁抱著我，淋浴間的熱水拍打著我的皮膚。我看著他。我不知道我掛著怎樣的表情。他只是低語著我的名字，而我知道我在微笑。

第九章

我醒來，看見陽光從窗戶中灑落。我想著那天早上，我認識但丁的那個夏天早晨。太陽同樣穿過了那一扇窗，而我的腳在地上打著〈啦吧吧〉的節奏。那一天感覺像是發生在另一個人生中似的。是另一個和我有一樣名字的男孩。就某方面來說，那確實是發生在另一個男孩身上。我現在已經不一樣了。我已經離開了那個男孩，我已經和他說了再見。而我現在還在和我變成的這個年輕男子打招呼。

但我成為的這個年輕男子沒有了爸爸。不，這不是事實。我永遠都有爸爸。我只是要去他現在所住的地方找到他了。在我心中。

第十章

我媽走進了房間，在我床上坐下。「我知道你很難過，我知道你的心碎了。但有些時候，你必須要考慮其他人，亞里。你得勝過你的傷痛，然後考慮其他人。你可以讓自己沉溺在苦毒的眼淚中，也可以抬頭仰望天空。但丁和女孩們——你嚇到他們了。他們好害怕會失去你。我也是，亞里。你知道如果我也失去你了，我會怎麼樣嗎？如果你對自己的悲傷妥協了？你愛你爸嗎？那就學著再度活過來吧。」

她伸出手，用手指梳過我的頭髮。

她站起身，走出我的房間。

第十一章

我在臥室裡找到了媽媽，她正在整理我爸的東西。
當我走進房裡時，她抬起眼。
「我要把這些東西分給那些愛他的人，你有優先選擇權。」
她坐在床上抵抗著淚水。我在她身邊坐下，抱著她，接著我說：「妳想要聽黃色笑話嗎？」
然後我們都笑了起來。
她溫和地拍了拍我的手臂。「你有什麼毛病啊？」
我們花了一整天的時間整理我爸爸的東西。
我選的東西如下：
- 他的郵差制服
- 他的結婚戒指
- 他的軍服
- 我們在葬禮上收到的國旗

－他在攝影課上幫我媽拍的照片
－他在越南時，和我媽媽互通的信（但我答應會讓我姊姊們都讀過）
－他最愛的T恤
－他的禮鞋（我們的腳同尺寸）
－他的最後一包香菸
－她的手錶
－我出生後，出院那天，我爸抱著我的照片
－我對著鏡頭微笑、抱著提多，還缺了兩顆門牙的照片

等到一切都打包整理好，我媽環顧了房間一圈。

「我想過要換一張新的床。我想過換去另一間臥室。但是後來我想，嗯，這樣就只是逃避而已。我不想要從愛過我的男人的回憶中逃走，所以我會留下。但我要去買新的床包了。這對我來說有點太男性化了。」

我不斷點著頭。「我們會沒事的，對吧，媽？」

「對，亞里。會沒事的。你爸曾經告訴我：『如果我發生了什麼事，請不要為我守寡。我要妳成為自己。再度戀愛吧。』嗯，戀愛個鬼。我這輩子唯一需要的男人就是你爸。這個星球上的男人對我來說都不算什麼。」

「嗯，還有我耶，媽。」

「你不算數。」

「為什麼？因為我是同性戀嗎？」

「你這麼聰明，為什麼有時候會這麼蠢呢。不，不是因為你是同性戀，因為你是我兒子。」

第十二章

我打給但丁。「嘿，對不起，嚇到你了。」

「沒關係，亞里。」

「還有，謝了。靠，我終於有機會和你一起洗澡，但是我卻在想別的事。」

「嗯，我們可以再試一次啊。」

「你總是可以逗我笑。」

電話中一陣沉默。

但丁溫柔地說：「你確定你沒事嗎？」

「對，我很確定。我說，我們今晚一起去炭烤人吧。我會打給女孩們。」

＊

當我去接他時，但丁坐在前廊上。他看到我媽時便跳下臺階，露出微笑。「曼杜沙太太！妳也要和我們一起打發時間嗎？」有時候，但丁就是會突然用他從來都演不好的嬉皮口吻說話。

我媽對他微笑。「希望你不會介意。」

「我為什麼會介意？我是說，有時候妳比亞里好玩多了。」

「你就繼續說吧，但丁。繼續說。」

＊

當我們駛進炭烤人點餐時，我看見卡珊卓、吉娜和蘇西靠在吉娜的車上，正吃著洋蔥圈。我們的餐點準備好後，我停在她們旁邊——她們便尖叫起來：「曼杜沙太太！太讚了！」

有時候我好愛她們。女生有些東西是男生們所沒有的——而且永遠不會有。她們太棒了。也有一天，男人會不再一直要證明自己是真男人，而是開始研究女人的行為，然後開始表現得更像她們一點。這樣就太好了。

第十三章

星期天早上，卡珊卓和我去跑步。我感覺充滿生命力。卡珊卓好像讀到了我的心思。「我也覺得很有生命力。」

*

我和但丁開車去沙漠，沙漠總是在這裡等著我。我們走了很久。有時候我們會停下來，但丁就會抱著我。那是一個無言的日子，從文字中解脫出來的感覺很好。

當太陽快要下山時，天空失去了光芒，但丁和我靠在卡車上。我看向但丁。「嘿。」我說。「我們都活著。所以享受人生吧。」

「享受人生。」

然後我和他做了愛。

「享受人生。」我低語。

第十四章

午餐時間，我告訴吉娜、蘇西和卡珊卓，我爸說的那個我媽和蜥蜴的故事。我發現自己在哭。我可以聽見我爸爸的聲音在說那個故事。我猜我很難過，但我同時也有一點開心。他留下很多故事可以讓我說。每個人都有故事可以說，我爸有，我媽有，我也有。故事都活在我們體內，我想我們活著就是為了要說我們的故事。在我們死後，我們的故事會活下來。也許是我們的故事在餵養這個宇宙，提供能量，讓它繼續創造出生命。

也許我們在這個地球上該做的事，就是不斷說故事。我們的故事——還有我們所愛之人的故事。

第十五章

隔週，我們在第二節課舉辦了防火演習。感覺有一點奇怪。那不像是一般的防火演習，那不是平常那種十分鐘就解決的事。我看見幾個老師在說話，而布洛克先生笑得人仰馬翻——還有幾個老師也是，然後另一個老師出來指責他們，但我離得太遠，聽不見他們的對話。有人說到關於蟋蟀的事。我還覺得很奇怪。然後有人在質問哈維爾・多明奎茲（Javier Dominguez），他是個聰明又時髦的孩子，大家都喜歡他。但就算哈維爾知道什麼消息，他也打死都沒有透露一點。

大約過了二十五分鐘之後，我們才終於回到自己的教室。然後我在想，也許今天會是個好日子，能轉移我的注意力，不再停留在我所夾帶的痛苦上。

*

午餐時間，消息終於傳開了。我們的私人調查記者蘇西，帶來了獨家消息。「有人在甘多爾太太的班上放出了一堆蟋蟀。」

「什麼？」

「好幾百隻。到處都是蟋蟀。顯然甘多爾太太尖叫著衝出教室，而且她已經瀕臨崩潰邊緣了。」

「蟋蟀？」

「好幾百隻。」

「這才是我認為的天才。」卡珊卓說。「我相信甘多爾太太把牠們誤認成蟑螂了，所以她就抓狂啦。但牠們就只是蟋蟀而已。真的太聰明了。」

「但妳要去哪裡找這麼多蟋蟀啊？」

「用訂的啊。」

「妳是說從型錄上嗎？」

「對，不然就是從寵物店訂。」

「但為什麼會有人要買蟋蟀？」

「牠們是食物——給蜥蜴或是蛇吃的。」

「喔，好噁。」

「她班上的學生有嚇壞嗎？」

「如果是我的話就會。」吉娜說。「我都起雞皮疙瘩了。」

我想像著甘多爾太太衝出教室的樣子，忍不住露出微笑。微笑的感覺很棒。

「喔，真是的。」蘇西說。「如果我可以去現場，叫我出賣靈魂都沒關係。」

第十六章

週一早上，我開車去學校時，我唱著歌。對，我唱著歌。我的情緒起起伏伏，一直起起伏伏。

＊

我坐在自習教室裡，我聽見羅伯森先生的聲音從喇叭中傳了出來。「下面唸到名字的學生，請立刻到我的辦公室報到：蘇西・博德，耶穌・戈梅茲，還有亞里斯多德・曼杜沙。」我們面面相覷。「你覺得他們認為我們和蟋蟀的事有關嗎？」蘇西看著我。「就算我沒做，我也會承認是我做的。我會變成英雄。」

當我們走過走廊時，我們全都在笑。「這好刺激喔。」

「蘇西，這跟我想的刺激不一樣。」

「是，就是這樣。」楚伊說。「這樣太讚了。我們紅了耶。」

就在我們抵達羅伯森先生的辦公室時，門突然被人推開，兩名學生踱步走了出來。羅伯森先生看著他的祕書。「妳一定要把這兩個學生登記在留校察看。」

她拿出一個紙板。「多久？」

「兩個星期。」

「我們很久沒祭出兩週罰了。」

「那是英文嗎，艾絲黛拉（Estella）？」

「這是我版本的英文。」她說。她的英文帶著墨西哥腔——除此之外，她的英文很完美。她顯然心情很差。我想羅伯森先生本來還打算說些什麼，但艾絲黛拉還沒有說完。「我不覺得你有權利糾正我的英文口說——因為我在讓你把那些信件寄出去之前，我都還要幫你檢查文法。」

她已經當他的祕書一輩子了，而她可不接受別人的屁話。她知道要怎麼應付學生，也知道要怎麼應付她的老闆。她知道她工作的價值在哪。羅伯森先生不會說西班牙文，而她在必要時刻也得當他的翻譯——也就是每天。

「所以我才付錢請妳，艾絲黛拉。」

「那是學校行政委員會付的錢。」

「艾絲黛拉，今天不行。我沒有心情。」

「我懂。」她說。「但是如果甘多爾太太今天再打一次電話進來，我就要把電話轉給你。她已經打來四次，而最後一次她說，她覺得她跟我有語言隔閡。她再打來，我就要對她說西班牙文，接下來就交給你了。羅伯森太太把你的高血壓藥送過來了。」她把藥遞給他。「我覺得現在是時候吃一顆。我去幫你倒一杯水。」

蘇西、楚伊和我只是面面相覷。

羅伯森先生對我們打了個手勢，叫我們進他的辦公室。「我猜你們覺得這一切都很逗趣吧。」

「逗趣。」蘇西說。「我喜歡這個詞。」

「妳一定要在不需要回應的時候回應嗎？」

他的心情真的很不好。

我們找了位置坐下。艾絲黛拉拿了一杯水進來，放在羅伯森先生的桌子上。他拿出一顆藥丸，配著水喝下。他看起來又老又憔悴，而我不懂誰會想要做這份工作。他坐了一會，顯然正試著讓自己冷靜下來。

「所以。」楚伊說。「我們得獎了還是怎樣嗎？」

羅伯森先生把臉埋在手心，開始放聲大笑。但是他感覺更像是想哭，楚伊臉上掛著一個優秀又可惡的微笑。我愛這傢伙。

「你覺得你會得什麼獎，耶穌？」

「楚伊，我叫楚伊。得什麼獎？『對強權說真話』獎如何？」

「什麼真話？」

「我們指出甘多爾太太種族歧視的事。」

「她沒有種族歧視。」他堅定地說。「她只是愚蠢而已。」他把手放在額頭上，遮住自己的臉。「我從來沒說過這句話。」

「我們也沒有聽到。」蘇西說。「但種族歧視和愚蠢並不互斥。這兩者通常都是相輔相成的。」

「我是個教育家。我知道我現在是行政人員了，但這並不會讓我不再是教育家。我有責任要告訴你們，『種族歧視』這個詞不該隨意說出口。你們在對別人做出這種指控之前應該要三思，不，四思。我說得夠清楚嗎？」

我不得不插嘴了。

「你說得對。」我說。「我們在做出毀滅性的陳述之前應該要三思。但我想，你是覺得我們不夠聰明，或是對這世界不夠了解，才不了解『種族歧視』是什麼意思。你覺得我們只是不喜歡她。你覺得我們不該使用『種族歧視』這個詞，因為我們還沒有贏得用這個詞的資格，所以我們應該要把決定權留給你和其他頓悟的大人，讓你們決定何時才可以使用這個詞。但是你不尊重我們、也低估我們了。而且你也不尊重很多老師，那些老師連在睡夢中都不會用她的方式來對待我們。你知我知，這不是你第一次收到這種抱怨了。你沒有把你的工作做好，就像你也沒有批改我們寫的報告。你是大人，我們是孩子，你的工作就是照顧我們。但你做得並不好。」

「我會坐在這裡聽你說這些，是因為我剛好認識你媽，而她在她的專業上非常出色。這是唯一的原因。」

「我想我早就知道了。」我還準備說些別的，但我決定住口。

他指向門口。「走吧，在這個學年結束之前，我不想要再因為任何理由看見你們三個的臉。」

「你忘了告訴我們，你為什麼叫我們來了。」

突然間，他的表情變得無比難為情。「喔，對，那件事。你們知道那些蟋蟀是怎麼來的嗎？」

「蟋蟀？」

「如果你和這件事有關，我也不意外，楚伊。」

「嗯，如果我有的話，我就會坦白了。」

「我也是。」蘇西說。

然後他看向我。「我還有其他事想說。」

「喔，當然了。」

他非常安靜。「我很遺憾你爸爸的事。他是個好人。」

我點點頭。「謝謝你，先生。很感謝你。」

他看向我們所有人。「你知道，我不是什麼怪物。」

「我們知道。」蘇西說。「你是在試著做你的工作，而我們只是在試著做我們的工作。」

他微笑。「博德小姐，妳會改變這世界的一部分。我知道像我這樣的人有時候會擋住妳的去路，我會試著不要往心裡去的。現在你們都出去吧。」

我記得我爸說的，還有比他更糟糕的男人和更糟糕的校長。但我還是很不爽羅伯森先生說的話：他聽我說話的唯一原因是因為他認識我媽。聽見羅伯森先生這麼說時，這讓我覺得自己變成了透明人，這讓我很生氣。他就是看不見我們。他只覺得我們是麻煩鬼，所以他才叫我們去。他一聽到甘多爾太太班上發生的事，他就想到我們。他就是看不見我們。

＊

距離下課還有十分鐘，我往最近的出口走去。我需要一點新鮮空氣。蘇西和楚伊跟在我身後。我閉上眼，深吸一口氣。

「亞里，你超讚的。」

「是嗎？他可是一句都沒聽見。」

「錯了。」楚伊說。「他聽到你說的了。清清楚楚。」

「你知道，我是真的為甘多爾太太感到難過，真的。但我們這樣要怎麼學習去正視真相？我們該從哪裡去學習分辨對錯？他們不想要我們追尋真相，他們不想要我們分辨對錯。他們只想要我們乖乖照做。」

蘇西看著我。「我喜歡你現在這樣。」

「為什麼？因為我現在做出蘇西・博德式的行為嗎？」

楚伊笑了起來，蘇西也笑了起來，接著我也笑了起來。但我們都知道，我們現在其實只想哭。

我們好失望。

也許我們期待得太多了。

下課鐘響。

第十七章

追查蟋蟀謎團的工作就交給蘇西吧。「是大衛・布朗。我早該猜到了。五年級的時候，他就說他想要當昆蟲學家了。」

「對。」我說。「我記得。我還得去查那個詞的意思。」

我們走過走廊，然後她在他的置物櫃中留下一張紙條。**親愛的蟋蟀，你是我的英雄。別擔心，我不會出賣你的。我們都愛你。蘇西・博德留。**

隔天，他端著午餐餐盤經過我們身邊。「大衛。」蘇西說。「過來和我們坐吧。」

他像是被嚇到了。他只是呆滯地看著蘇西。「我不是很會社交。」

「誰在乎？我們不會幫你的社交技巧打分數的。」

「妳很好笑耶。」

他和我們坐在一起。他尷尬又不舒服，我為他感到難過。為什麼蘇西就是喜歡煩世界上的獨行俠？那些人只是想要獨處。

「你為什麼那麼做，大衛？我是說那些蟋蟀？」

「妳怎麼知道是我？」他試著把聲音壓低。

「不重要。你的祕密在這裡很安全。所以你為什麼要這麼做？」

「好像妳就很喜歡她一樣？」

「大家都討厭她。我也是。」

「不是每個人都討厭她，但我是真的很討厭她。而且，其實我是從亞里那裡學來的。」

我臉上寫著一個大大的問號。

「嗯，我之前就坐在旁邊那張桌子，我聽見你在說有個學生在你媽教室裡放蜥蜴的故事。然後我就想到了。就像是那種啊哈的時刻。我就知道我要做什麼了。」

「但為什麼是蟋蟀？」蘇西問。

「嗯，因為我喜歡蟋蟀。蟋蟀沒有那麼恐怖。牠們理當象徵的是好運。跟蟑螂不一樣。我把蟋蟀放出來的時候，甘多爾太太臉上驚恐的表情真的前所未見——你們真的應該看看她是怎麼尖叫著衝出去的。每個人都在笑，但有些為她感到難過。我什麼感覺也沒有。」

他低頭看著自己的盤子。

「也許這樣就讓我變成了壞人。我不覺得抱歉。」他準備站起身離開。

「坐在這裡把午餐吃完。」蘇西說。「你應該要這樣看待這件事。那些蟋蟀是一大群遊行示威的群眾，牠們只是在遊行，要求正義罷了。」

「妳是想要讓我愛上妳嗎，還是怎樣？」

第十八章

我不知道我為什麼要看新聞。

螢幕上有一個「站起來」組織的發言人。有一個記者問他：「你不會擔心你的策略會威脅到那些你希望能傾聽你們聲音的人嗎？」那男人說。「沒有人在聽。我們沒有什麼好失去的。我們都要死了。你想要我們友善嗎？你覺得我們想要人們喜歡我們嗎？他們恨我們。」

我一個人在家。我關掉電視。

第十九章

放學後，我們坐在我的卡車裡。但丁今天放假，多虧了某個有名的聖人，而他在停車場裡等著我。

他對我揮揮手，臉上掛著微笑。「我想要吻你，亞里。」

「不是個好主意。」

「你說得對。我們被有特權、覺得自己高人一等的異性戀者所包圍。這樣會嚇壞他們。為什麼異性戀者對這些事都這麼過度敏感啊？天啊，他們真的他媽的有夠脆弱。」

「那也不是他們的錯。他們受到的教育都在叫他們這麼想。」

「嗯，我們也是這樣被教導的。但是我們就放下啦。」

「也許是因為我們是同性戀。」

「這跟那個一點關係也沒有。而且你剛才對我翻白眼了。」

「我眼睛裡有東西。」

「我愛你。」

「別人會聽到的。」我打開車門爬進卡車，但丁跳上副駕駛座。

「別人會聽到？真的？高中生不算是人。他們在進高中之前都是人。他們在離開高中之後又會變回人。現在，他們只是占空間而已。」

「不像我和你。我們不只是占空間。」

「當然不像。同性戀不只是占空間而已。我們比那樣好多了，而且我們也比較會做愛。」

對啦，對啦，這個但丁真的是瘋子。

*

我們在寂靜的沙漠中散步。有時候沙漠的寧靜就像是一首音樂。但丁和我共享著我們之間的一股沉默，那也像是音樂。沙漠不會因為我和但丁牽手而定我們的罪。和一個人牽著手走路，感覺像是一件這麼簡單的事。牽一個男人的手。但是這一點也不簡單。

我們停下來，喝了一點我放在背包裡的水。「你就像水，亞里。少了水，我就活不下去。」

「你就像空氣，但丁。少了空氣，我也活不下去。」

「你就像天空。」

「你就像雨。」我們微笑著。我們在玩遊戲，而我們兩個人都會贏。這個遊戲裡沒有輸家。

「你就像夜晚。」

「你就像太陽。」

「你就像大海。」

「你就像日出。」

「我愛你，亞里斯多德・曼杜沙。你覺得我太常說這句話了。但我喜歡聽見自己這麼說。」他靠在我的肩膀上。

＊

我們站在沙漠的寧靜中——然後他吻了我。而在那一刻，我覺得我們就是宇宙的中心。宇宙看不見我們嗎？

他吻我，而我回吻他。讓宇宙看見吧。讓天空看見吧。讓經過的雲朵看見。他吻我。讓沙漠的植物看見。讓沙漠的柳樹、讓遠處的山峰、讓蜥蜴和蛇、讓沙漠的飛鳥和走鵑看見。我回吻他。讓沙漠裡的沙看見。讓夜晚看見——讓星星看見兩個年輕男子在接吻吧。

第二十章

羅薩諾太太（Lozano）把她的名字寫在黑板上。西西莉雅（Cecilia）・羅薩諾。「這學期剩下的時間，我會是你們的老師。我們有點落後了——但我相信我們可以追上進度。很遺憾知道這堂課之前發生過一些事情。」她露出惡作劇的微笑。「而我也被告知，有些人在教育環境中不太自在。也許是因為桌子的關係吧。」她對我們眨了眨眼。

然後我們都愛上她了。

「你們何不先告訴我一點關於自己的事呢？我喊到你的名字時，就告訴我你長大後的志向。蘇西・博德小姐，妳想好未來的職業了嗎？」

「有一天，我想要去競選參議員。」

「很不錯啊。對大家也都好。妳有政見嗎？」

「讓有錢人變窮、讓窮人變有錢。」

「妳的任務很艱鉅喔。」

但我知道羅薩諾太太覺得蘇西的答案很有趣。如果是甘多爾太太，她一定會教訓她的。

露西亞·西斯內羅（Lucia Cisneros）說她不想長大。

羅薩諾太太搖搖頭，微笑道：「很遺憾，妳可能沒得選。」

「那我想要在奇柯捲餅（Chico's Tacos）餐廳工作。」

大家都笑了起來。

「妳為什麼想要在奇柯捲餅工作呢？」

「那是我家的公司。我可以直接接手。」

「我寧可接手Ｌ&Ｊ咖啡廳。」楚伊還是老樣子。

「那是你家的公司嗎？」

「不是，女士。」

「嗯，那你可能會面臨一些困境。」

大家又笑了。

老師真的很重要。他們會讓你覺得你屬於這間學校，好像你真的能學到東西，好像你的人生真的能成功——不然，他們也可能會讓你覺得你在浪費時間。教室裡的大家輪流著，我則在思考我的答案會是什麼。然後我聽見她喊了我的名字，而我聽見自己說：「我想要當作家。」

羅薩諾太太似乎很高興我這麼說。「這是個很艱難的職業喔。」

「我不在乎它難不難，我就是想這樣做。我想當作家。」

「你會想要寫什麼呢？」我想要說，我想寫兩個男孩戀愛的故事。但是我只是說：「我想寫住在邊界的人們的故事。」

她點點頭。「我會第一個去買你的書。」

＊

「亞里，我從來不知道你想當作家。」

我看向蘇西。「我也不知道。」

「別開玩笑。你真的想當嗎？」

「我想，也許我感覺到內心有個聲音在告訴我，我要成為作家。」

「我覺得你會成為一個很棒的作家。」

「幫我一個忙，蘇西。不要跟別人說——吉娜也不行。」

她的微笑堪比日出。「喔，哇喔！我從來沒想到亞里．曼杜沙會要求我幫他保密欸。這是我今年最快樂的事了。」

＊

春假來臨。我們學校的孩子們不會去海邊或拉斯維加斯度假，也不會去洛杉磯或是聖地牙哥。那需要錢，而我們大部分的人都沒有。但我們還是喜歡春假。我們會和朋友出去玩——這也不是壞事。我們都喜歡一起打發時間。

而且大家都熱血沸騰。春假——然後就要畢業了。畢業典禮。終結。以及起點。是什麼的起點？對我來說，就是一段要開始尋找誰值得信任、誰不值得的人生。

＊

我做了一個夢。我猜到頭來，它還算是一個好夢。但丁和我在奔跑，後面有一群人追著我們跑，我知道他們想要傷害我們。但丁不太會跑步，所以他開始落後。我跑回去，對他說：「抓住我的手。」然後就這樣，他會跑步了。我們牽著手，一起奔跑。但是後面的人群還在追我們。我們來到一個懸崖邊緣——在那下面，是一波波的海浪打在岩岸上。

「我們得跳進水裡。」但丁說。

「我不會跳水。」我不覺得有人可以在跳進那片海裡之後活下來，我覺得但丁和我就要死了。

但丁不害怕，他露出微笑。「我們必須跳。在我跳的時候跟著一起跳吧。」我相信他——所以我在他跳的時候跳了。我感覺自己浮出水面。水很溫暖，但丁和我對彼此露出微笑。他指向沙灘。我看見我爸面帶微笑，對我們揮著手。

然後我就醒了。我覺得充滿活力。我知道我會充滿活力的一部分原因是但丁。

這是個好夢。一個美麗的夢。

＊

在夢醒之後，我爬下床，走進廚房倒咖啡。我對我媽微笑。「妳為什麼沒有準備去學校？」

她搖搖頭。「我不知道你怎麼樣——但我現在在放春假。」

「我知道。我只是在確保，妳知道，妳沒有和現實脫節。」

「亞里，喝點咖啡，安靜吧。有時候不說話比較好。」

＊

但丁和我在他家，一起陪索福克勒斯玩。那個小傢伙真的很喜歡動來動去，而且他開始發出聲音了。他會發出哼聲，他知道那是從他而來的聲音。我喜歡聽見他愉悅的尖叫。就是那個詞，「愉悅」。活著的感覺令他愉悅。有一天，他會對著世界吶喊他的名字。我希望世界會聽見。

第二十一章

星期天晚上，我已經準備好迎接高中的最後兩個月了。我學到了什麼？我學會老師們都只是人——而有些人真的很優秀。我學會，我體內有種叫做寫作的東西。

而我正在學習，有時候你得放下你所愛的人。

因為如果你不這麼做，你就會一直活在悲傷裡。你會讓你的心中充斥著過去。這樣就不會有足夠的空間給現在，還有未來。放手——這很困難，這也很必要。必要——就是這個詞。

我也在學習，愛著某人跟愛上某人是不一樣的。

我在學習，有很多人和我一樣，他們也在掙扎著尋找自己是誰。而這和他們是異性戀或同性戀無關。

還有，對，我們都是互相連結的。我們都想要一場值得活著的人生。也許有些人直到死前都還在問自己為什麼要出生，或者為什麼從來得不到快樂。我不要在死前還在問自己這些問題。

第二十二章

蘇西、吉娜和卡珊卓晚上來我家讀書，但丁也來和我們一起唸書。有時候，我們會在桌面下牽著手。

「你們不需要藏起來。」卡珊卓說。「我們都知道你們在幹麼。」

「我們沒有藏。」但丁說。「我們只是很重視隱私而已。」

卡珊卓指著我。「他很重隱私。但是你呢，你根本就是情緒表現狂。」

「是這樣嗎？」

「就是這樣。」她說。「所以你才會這麼美好。你很有心，而且你不會藏起來。在這方面，亞里還得多學習。」

「看看是誰在說這種話啊。」吉娜說。「永遠不讓人看到妳掉淚的小姐。」

「女人得學習如何保護自己。」

「妳可以開一堂課了。」蘇西說。「我一定會選的。」

「這場討論怎麼變成在說我了？我不喜歡這個走向。」卡珊卓拿起她的筆記，開始翻閱。「我明天早上還要考試呢。」

我們再度開始唸書。

我們就是這樣度過剩下的日子。

週五或週六時，我們會一起去看電影，或是去沙漠裡聊天。

我們聊很多天。有時候蘇西會帶她的約會對象一起來。

「蟋蟀」。我們都是這樣叫他的，他也漸漸開始喜歡了。

有一天晚上，我們全部的人一起去了沙漠，卡珊卓帶了兩瓶香檳。「這本來是要留給跨年的，但後來沒喝到。」

「我們在這個年紀是不該喝酒的。我們違法了。」

蘇西只是看著我。「你的重點是什麼？」

「我們是這個社會拚命想要除掉的犯罪分子。」

「也許我們不是在犯法。」

「嗯，我們是在犯法。」但丁說。「但我懷疑法庭會不會浪費時間審判我們。」

「嗯，我提議，我們都蓄意犯罪吧——然後管他們去死。」吉娜發出標準的惡魔笑聲。

卡珊卓拔開香檳瓶蓋，拿出塑膠杯。卡珊卓提議乾杯：「敬亞里和但丁。因為我們愛你們的愛情。」

好貼心。真的好貼心。

我們玩得很開心。

酒精的量不夠讓我們喝醉，甚至連微醺都不算，真的。我把我的香檳都給了但丁。我知道我長大後也不會喜歡香檳的。

我看著蘇西親吻蟋蟀的臉頰。「我的正義反抗軍。」

「我也想吻你——但這樣就不太好了。」我說。「所以就假裝你已經被親了吧。」

蟋蟀臉上露出傻傻的微笑。「這樣說真好。」

我們的第二次乾杯就獻給蟋蟀了。在我們乾杯前，他說：「嗯，也許我們該敬亞里的媽媽。是她給了我這個點子。嗯，透過亞里。」

「敬我媽媽。」我說，然後大家都舉杯了。

我們又回頭來敬蟋蟀。我希望他長大後可以改變世界。如果他繼續和蘇西在一起，也許他們可以一起改變世界。我想要活在那個世界裡。

＊

但丁和我從團體中溜了出來，好讓我們可以親熱一會。是誰發明了「親熱」、「咬咬」、「親親」這些蠢詞啊？這整件事都讓我覺得不成熟又愚蠢。我討厭「愚蠢」這個詞，我也討厭把自己想成一個蠢人。

「這好高中生喔。」但丁說。

「嗯，對啊，但我太注重隱私了，沒辦法當表現狂。」

「異性戀都會在朋友面前親熱——但我們也不會覺得他們是表現狂。」

「閉嘴，然後吻我，但丁。如果你這麼忙著說話，我們要怎麼親熱？」

「嘿！你有意識到，我們從來沒有在你的卡車上做愛過嗎？我是說車震啊。」

「嗯，這就真的超高中生了。」

「主教高中的男生們一天到晚都在講車震。」

「你在開玩笑吧。那些乖乖牌天主教男孩？」

「他們大多都是聰明的天主教男孩，我不確定他們有多乖就是了。我是說，天主教學校的男生也就只是男生——他們不是祭司。」

然後我們聽見朋友們開始呼喚我們的名字。

「我們來了。」我喊道。「我們來了！」我扭了扭但丁的手。「我們連親熱都來不及。」

「我們不需要隨時都精蟲衝腦。」

「你會後悔自己這麼說的，昆塔納先生。」

我們牽著手走回他們身邊。

「所以，你們剛才在做什麼？」吉娜竊笑說。

「我們在追蜥蜴。」

我一腳踏進陷阱裡——而卡珊卓從來就不會放過這種好臺詞。

「更像是在追對方的蜥蜴吧。」然後，對，大家笑個不停。等他們終於停下來時，我說：「高中生行為對我來說沒有吸引力。卡珊卓，妳在退化。」

「我這輩子都在扮演女人。讓我扮演一下女孩吧。」我愛卡珊卓。她說話的方式——不是她所說的話，而是她的說法，有某種魅力。我想知道她以後會讓多少人心碎。

「你知道高中大部分的人都上過床了嗎？」

「有些人吧。」蘇西說。「大部分的人都沒有。有上過床的女生都會否認，而大部分說過自己上過床的男生，都是騙子。」

「所以，」吉娜說。「道德上，要幾歲才可以開始做愛啊？」

「永遠都不行。」卡珊卓說。「也許要看你的宗教吧。如果你是天主教徒，那永遠都不可以——當然，除非你準備要生小孩。」

「在美國，我們都把做愛搞砸了。」蘇西說。「如果你有婚前性行為，就不要告訴別人。他們不會問。而且，大家其實不想知道。一切都會沒事的，只要別提就好了。每次我看到懷孕的女人，我都想要走過去對她說：『我看見妳一直在做愛喔。恭喜。』」

這句話讓蟋蟀笑到不行。

吉娜插嘴。「如果一個男生和女生出去約會，人們不會預設他們上床。但如果一個男生和另一個男生約會，大家就會預設他們一定有上床。因為每個人都知道，同性戀男子都性愛成癮。」

「這樣不公平。」

「嗯，你當同性戀就是這樣。」

但丁和我覺得這句話很好笑。但是人們為什麼總是要討論我們的性向選擇？選擇耶？這又不是在兩個總統候選人之間做選擇。一點都不像。

第二十三章

星期五下午，我才剛跑完步回家。有時候自己一個人跑步也不錯。很不錯。我坐在門前的階梯上，讓心跳平復下來，全身大汗淋漓。我媽從前門走出來，在我身邊坐下。

「妳看起來很不錯喔，媽。」

「我要和朋友們出去喝一杯，吃個晚餐。我不是很想去——但我需要學會在沒有你爸的狀況下生活。我很確定我會很快樂的。我的朋友們都很可愛，他們也知道要怎麼逗我笑。我的人生需要一些笑聲。」

「很好啊，媽。但丁在來我們家的路上了。我們大概會去炭烤人吧。玩得開心，媽。如果妳喝太多的話，打電話給我，我就去接妳。而且我不會叫妳給我一個解釋的。」

她笑了起來。「我有門禁嗎？」

我看著她開車離開。我聽見腿腿抓著前門。我為她打開門，她便在我身邊坐下。

我看見但丁跳下他爸爸的車。

「嗨。」他說。

「嗨，你想要跟我一起去炭烤人、聽聽音樂什麼的嗎？」

「聽起來不錯啊。」我們對彼此微笑。「你跑步的時候都不脫衣服的嗎？」

「不。」我知道我臉上掛著非常惡作劇的微笑。「我媽晚上不在家，而我需要洗澡——所以我在想，你要不要加入我？或是你對這種事沒什麼興趣。」

「淋浴間見啦。」他已經推開紗門，走了進去，腿腿跟在他身後。

我暗自笑了起來。我猜那是代表答應吧。

第二十四章

我們的人生回復到某種日常。

日常。就是這個詞。

一個同性戀怎麼可以用這種詞？

但丁和我開始理解，我們對對方的愛並不容易。永遠也不會變容易。

「愛」已經不再是一個新的詞。

我們得想辦法讓這個詞保持新鮮——就算在它感覺老掉牙到不行的時候也是。

有一天晚上，蘇西宣布：「我被亞特蘭大的艾默里大學錄取啦。」

但丁握緊拳頭舉向空中。「我就知道妳會被錄取的。亞里也知道了，我進了歐柏林大學——而且有獎學金。」

我看著但丁，我好愛他開心的樣子。

「我進了德州大學。」我說。

「太好啦！」吉娜坐在我家的餐桌旁，做了小小的舞蹈動作。「我也是。」

「想要當室友嗎？」

「當然不要！我才不要跟一個帥到不行的男生當室友，這會嚇跑我所有的目標對象的。」

「真高興妳已經開始未雨綢繆了。」

但丁和我對看著。

我們很開心。

我們很難過。

第二十五章

一個週四晚上，電話響了。我媽接了起來。電話是打給她的，不是我的。我本來期望是但丁。每次電話響起，我都希望是但丁。

我走上前廊，腿腿則跟著我，而不知為何，我感覺到一股平靜。我只是坐在那裡，看著太陽開始下山。我真希望我能吸進這一切的寧靜，以及夕陽的畫面，讓它們永遠停留在我體內。我閉上眼睛。

我感覺到我媽在我身邊坐下。「你猜怎麼樣？」

「我能猜幾次？」我看向她，而她看起來，她看起來……「媽，發生什麼壞事了嗎？」

「不，不是壞事。你媽發生了一件非常好的事。」

「是什麼？」

她的嘴唇顫抖著，淚水從她的臉頰滑落。「我被指名為年度最佳教師了。」

我忍不住。我發出了這輩子最大聲的「噢耶！！！」。我用力抱住她。「啊，媽，我好驕傲。」

她藏不住她的微笑。「但你知道你爸會怎麼說。」

「嗯，我應該知道。他會說：『也該是時候了吧。』」

「他就是會這麼說。」

「嗯，我代替他這麼說了。」我感到好快樂，我想要做一點瘋狂的事。所以我跑到空曠的街上大叫：「我媽是年度最佳教師。沒錯，先生，莉莉安娜・曼杜沙，年度最佳教師！」

「亞里，鄰居們會覺得你瘋了。」

「我是瘋了，媽。我為妳瘋狂。」

有些鄰居真的跑出來了。「沒事。」我說。「我沒瘋。我在慶祝。我媽是年度最佳教師。」

我們的隔壁鄰居羅德里奎茲太太，是個非常友善的老太太，搖了搖頭，露出微笑。「喔，真是太好了。妳那麼努力，莉莉安娜。真是太好了。」出來一探究竟的鄰居們全都聚攏過來，對著我媽說了許多不可思議的好話，像是「我們真以妳為傲」。而我媽看起來就像是日落的太陽一樣明亮。

等到鄰居們離開後，我媽和我只是坐在前門的臺階上。我發現我們都在哭。「天啊，我真希望你爸在這裡。」

「我也是，媽。我好想他，勝過一切。」

你知道，我從來沒有一刻像現在這樣，覺得和我媽這麼親近。有這麼多感覺同時在你身上流竄，是一件很好笑的事。

＊

星期五早上，我覺得我是某種英雄——而我什麼屁事都還沒做。我媽的照片印在《艾爾帕索時報》的頭版上。他們引用了他以前學生的話，他是一個從哈佛法律學院畢業的年輕律師。「在我大學和法學院的日子裡，我時常想到她。她是我遇過最棒的老師。」

布洛克先生的微笑無比燦爛。「告訴你媽，她是我的模範。」所有的老師都對我說恭喜，好像我媽得的獎跟我有什麼關係似的。

放學後，我們往我的卡車走去。蘇西、吉娜和卡珊卓一直看著我。「你好安靜，亞里。」

我一直呼吸著覺得好像有點喘不過氣。我只想要抵達我的卡車。我必須要抵達我的卡車。然後我發現它距離我只有幾呎之遙。

「亞里，你還好嗎？」我聽見卡珊卓的聲音。我靠在卡車上，好像我準備要做伏地挺身一樣，抬頭看向天空。「天空好藍。」我低語。

「亞里？」

「蘇西，有沒有人跟妳說過，妳的聲音可以治癒全世界？」

「噢，亞里。」

「我想念我爸。他永遠都不會回來了，我知道。我一直想，他會走進家門，告訴我媽他有多驕傲。我為我媽感到高興。她那麼努力。但我又很難過。有些時候我什麼感覺都不想要。我知道每件事都有原因，但為什麼每個季節都這麼痛苦？聖經沒有告訴你，每一個季節會奪走什麼。聖經沒有告訴你，當你該停止擁抱的時候，你需要付上什麼代價。」

我靠在卡珊卓的肩膀上哭了起來。

我聽見她的聲音低語：「『流淚播種的，必歡呼收割。』」

第二十六章

放學後，但丁來了，帶了一個插了二十朵玫瑰的花瓶。他把花瓶交給我媽。「昆塔納一家感到非常驕傲。這是我們一家人送的——爸、媽、索福克勒斯，還有我。但絕大部分還是我啦。」

「你的人生目標就是要讓每個人面帶微笑嗎？」

他點點頭。「曼杜沙太太，這樣比工作賺錢好多了。」

我們兩個站得很近，然後她說，「站著別動。」她帶著一臺相機回到廚房。她拍了幾張照。「完美。」她說。

＊

我們在臥室的地上鋪了睡袋，我和但丁躺在一起，腿腿就在我們身邊。感覺好像沒有任何文字活在我體內。我抱著但丁，他吻了吻我說：「我真希望我們之間的狀況不是這樣。」

「我也是。」

「你覺得我們有一天會同居嗎？」

「這麼想想不是也挺美的嗎？」

「那是《太陽依舊升起》的最後一句——而且它的用意是諷刺。那是一句悲劇臺詞。」

「我以為你說你沒有讀完耶。」

「嗯，我想說既然你都看了，我也把它看完好了。」

「我不是傑克，你也不是布萊特女士——所以也許我們有機會。」

「這麼想想不是也挺美的嗎？」

我們在黑暗中輕聲笑著。

我們聽見了雷聲，雨水開始落下。一開始還很輕巧——然後就變成了傾盆大雨，打在屋頂上。

「來吧。」我說，把他拉了起來。「我們到外面去。」

「外面？」

「我想要在雨中吻你。」

我們穿著內褲跑到屋前。雨水冷得要命，我們都發著抖。但是當我吻他時，他就不再顫抖、我也不再顫抖了。「你這個美麗、瘋狂的男孩。」我抱著他，但丁這麼低語道。我可以在這裡站一輩子，一邊在雨中親吻他。

第二十七章

我媽得到年度最佳教師獎，引起不少騷動。

天主教姊妹會舉辦一場街道派對，就在我們家門前——還找來了墨西哥流浪樂團表演。

我們家被鮮花淹沒。

我媽有很多仰慕者，有些花最後不得不擺進我房間。

我討厭花。

我甚至有機會見到那位開粉紅色凱迪拉克的女人，她來祝賀我媽，還拿了一堆玫琳凱的產品來給她。

她真的很有趣。她很愛但丁。

「如果我再年輕四十歲，我就會抓著你去拉斯維加斯了。」

但丁只是和我面面相覷。

學校委員會辦了一個頒獎典禮，我媽得到一面獎牌和一大筆獎金支票。

我媽說學校委員會很慷慨，我告訴她：「爸會說，這根本比不上妳付出的努力。」

我媽只是微笑著。「你以後就要這樣了嗎，亞里？總是要一直提醒我，你爸會怎麼說？」

「我猜是喔，媽。這是個困難的工作——但總得有人要做吧。」

＊

我想我媽得到的最高榮譽，是她以前的學生蜥蜴寄給她的一封信。我媽讓我看了：

親愛的曼杜沙太太：

我從傑佛森高中的老同學那裡得到消息。他說妳在教室裡的工作終於得到一點認同了。年度最佳教師。我知道妳一定很驕傲——但妳絕不可能像我這麼驕傲的。

我也許在其中一張聖誕卡中和妳提過這件事，我有保留一張妳和我的合照，那是我高中畢業時拍的，就放在我的辦公桌上。在我進法院為案子辯護之前，我都會把那張照片握在手中——而且我會對它說話。嗯，我會對妳說話。我會說：「好啦，曼杜沙太太，讓我們一起進去那間法院，讓他們知道這件事是怎麼幹的吧。」我總是會想像妳和我一起在法庭上，而我絕不會做妳不會引以為傲的舉動。妳為我立下了優異的典範，那是我一直以來都努力要達到的標準。

大家都說我是一個充滿熱忱的律師——這是我太太一直很仰慕我的地方。我學會對自己的職業充滿熱忱，就是從妳身上學來的。我想我沒有告訴過妳，我的太太是一個老師。她是一個和妳一樣的教育家。我非常以她的責任感為傲——還有她對學生的愛。

我從妳身上學到，如果妳不是一個好人，妳就無法成為一個好老師。妳也教會我，女人應該要受到尊重，還有老師們在我們社會中的價值都被低估。我試著不要犯下同樣的錯誤，不去相信我的工作比她的重要。

我從來沒有告訴別人我的綽號是從哪來的，連我的姪子姪女們都叫我蜥蜴叔叔。回想起來，我開始相信，在妳的教室裡放出那一窩蜥蜴，大概是我做過最聰明的事。

我知道已經告訴過妳這件事了——但是我永遠不會停止感謝妳救了我的命。我對妳只有尊重與敬愛。我覺得我永遠都會是妳的學生。我永遠都會感覺自己與妳連結在一起。讓我再表達一次，我感到多麼驕傲、多麼快樂，又多麼幸運能曾經坐在妳的教室裡。

獻上我所有的愛，

傑克森（蜥蜴）敬上

信封裡有一條金項鍊，掛著鍍金的蜥蜴墜飾。

我媽戴上它——

「我覺得我會一直戴著它，直到我死去的那一天。」

第二十八章

「媽，妳知道，自從我去看過柏納多之後，我一直都沒有時間好好思考那件事。」

「你想要聊聊嗎？」

「我想，但我覺得妳可能不想。」

「不會，已經不會了。」我媽看著我。「你在想什麼呢？」

「妳知道柏納多殺的那個人叫什麼名字嗎？」

「知道。」她說。「那個人的本名叫做索利塔利歐・曼德茲（Solitario Mendez）。」

「妳知道他——她被葬在哪裡嗎？」

「卡莫山墓園（Mount Carmel Cemetery）。」

「妳為什麼會知道這些事？」

「訃聞，那是我人生中最糟糕的時刻。得知我帶到這個世界上的兒子，殺了另一個人。」

「妳沒有做錯事。」

「我知道，但是這很痛苦，而且我很慚愧。我內心有好大一部分死去了。我花了很多時間才又活過來。亞里，人生可能會變得很醜惡，但是人生也可以美好得不可思議。兩者皆是。而我們必須要學會在心中包容這兩個極端，卻又不至於氣餒、不至於失去希望。」

第二十九章

星期六早上，我已經決定好今天要做什麼了。我拿起一張紙，寫了一張簡短的字條。我緩慢而小心地寫著。我拿了一個信封，在上面寫好我選擇的名字。

我開去花店，買了一束黃色和白色的花。

我開往卡莫山墓園。我發現那是整個郡裡最大的天主教墓園。我嚇壞了。我想也許我永遠都找不到那座墳了。我開去辦公室，詢問索利塔利歐・曼德茲的墓地在哪裡。一名友善的女人給了我一張地圖，告訴我墳墓的所在位置。

我沒花多少時間就找到了。他只有一個簡單的石碑，上面寫著他的出生和死亡日期。她的死亡日期。二十四歲。沒有什麼線索能指出她的生平或慘死的過程。我試著不要去想像她活著的最後幾秒。

我站在那裡，看著他的名字。我把花放在墳前。我拿出我寫的紙條，大聲唸了出來。那不算是一份禱詞：

「『我的名字是亞里斯多德・曼杜沙。我們從沒見過面。但是我們有關係。世上的一切都有關聯，不是所有的連結都是好的、有人性的，或是良善的。妳的墓碑上寫著索利塔利歐・曼德茲。但我想要給妳另一個名字。我希望這樣不會冒犯到妳。

我不想要在妳身上再添上一筆殘酷的對待。我知道給妳一個妳沒有意願的名字有點高傲——但是我希望這是個善意的舉動。我想要叫妳卡蜜拉。我覺得妳很美麗，而我覺得卡蜜拉是個很美的名字。無論何時，我都會帶著這個名字在身邊。我無法收回我哥哥對妳做的事——但要榮耀妳的生命，這是我唯一能想到的做法了。尊榮妳的生命，也許我也可以以自己的生命為傲。』」

我把我的字條收進寫著「卡蜜拉」的信封裡。我把信封封上，用我帶著的繩子和花束綁在一起。

我已經決定，我永遠不會告訴別人我來看過卡蜜拉的墓——並不是因為我感到羞恥，而是因為這是我和她之間的事。

我在卡車裡坐了很長一段時間，然後開車回家。

第三十章

學年就要結束了，但丁和我在講電話。「我不知道我是高興還是難過。我很高興要離開高中了，我很興奮要去唸大學了。但我很難過，真的很難過。等我離開的時候，我去的任何地方都沒有你了。亞里和但丁會變成怎樣呢？」

「我沒有答案。」

「我們應該來做個計畫。」

「我們可不可以現在快樂就好？」好像我們交換了態度一樣。

「好。」他輕聲說。「但也許你不了解我有多愛你。」

這讓我很生氣，好像我不愛他一樣。「我以為你知道我也愛你。」我掛掉電話。

他立刻就打回來了，我只是說：「也許你愛我確實比我愛你來得多。我不知道這是個比賽。我不是真的知道你的感覺，但你也不知道我的感覺。我們現在玩這種遊戲，讓我很生氣。」

但丁在電話的另一端沉默了很久。「對不起，亞里。我處理得很不好。」

「但丁，我們會沒事的。你和我，我們會沒事的。」

第三十一章

放學後，開車回家的路上，我看見蘇西和吉娜沿著街道往前走。我到哪裡都認得出她們。我的車窗一直都是打開的，因為我的車沒有冷氣。我停了下來。「兩位小姐想要搭便車嗎？我保證我不是斧頭殺人魔。」

「就算你看起來很像，我們也會相信你的。」我喜歡吉娜微笑時的酒窩。

她們爬上卡車。有個問題在我腦中徘徊。「妳們可以幫我回答一個問題嗎？我對妳們不太好的那段時間，妳們為什麼還是對我這麼好？」

「你不記得了嗎？」

「記得什麼？」

「一年級？鞦韆？」

「妳們在說什麼？」

她們只是面面相覷。

吉娜說：「你真的不記得了，是吧？」

我呆滯地看著她。

「那時候我們才一年級。有一天放學的時候，蘇西和我在玩鞦韆，然後我們在比賽誰能盪得最高。艾密利奧·杜蘭戈（Emilio Durango），班上的惡霸——你記得他嗎？」

我記得他。他不太找我麻煩，我不確定原因，我也不在乎。因為我喜歡別人離我遠一點。

「嗯，他和另外兩個男生叫我們從鞦韆上下來。蘇西和我停了下來。他說：『這些鞦韆是給男生用的。女生不准用鞦韆。』蘇西和我很害怕，所以我們準備要從鞦韆上下來，你突然站出來，跑到艾密利奧面前，你說：『誰說只有男生可以玩鞦韆？』他說：『我說的。』你說：『規則不是你訂的。』他推了你一把，你跌倒在地上。你爬了起來，他又想要再推你，你就用盡全力打了他的肚子一拳。他在地上打滾，像個小嬰兒一樣。『我要跟老師說。』他說。你只是看著他，像是在說誰在乎啊？他們就走了。你看著他們走掉，你站在那邊確保他們真的走了。然後你對我們微笑，就走開了。」

「真好笑，我完全不記得。」

「嗯，我們記得。在那之後，蘇西和我就喜歡你了。因為我們都是貼心的女生，我們記得別人對我們做的好事。」

「打一個男生的肚子不能算是好事。」

「那是好事。非常好的事。」

我把車停在蘇西家門前。蘇西打開門，她們兩人都跳下了車。我知道蘇西在腦中已經寫好了給我的評論。「亞里・曼杜沙，有時候，當你在寫你的人生故事時，你都傾向把讓你自己看起來像好人的場景刪掉。我有個建議，別再這樣做了。停止就是了。感謝便車。」

第三十二章

導生時間時，羅伯森先生的聲音從對講機中傳了出來。「各位同學早安。我想要恭喜大家，你們很快就要迎來學年的尾聲啦。今年是個美好的一年。恭喜各位十二年級生！你們都很努力，我們也很期待慶祝你們的畢業典禮。但首先，做為我們的傳統，我想要先宣布我們今年的畢業生致詞代表，讓我們一起恭喜她。我們都以她追求卓越的努力為傲。我很榮幸宣布，今年的畢業生致詞代表是卡珊卓・奧特加，請和我一起向她獻上誠摯的恭喜。當然，我也要提醒各位，希望今年不要出現和去年一樣的行為，有些過度熱情的畢業生覺得，破壞學校財產是慶祝的正確方式。請不要仿效那個例子，否則你們就要承擔後果了。」

我現在知道人們說「我好為你高興」是什麼意思了。我以前一直認為那只是一句屁話，只是人們過度努力地想要當個好人。但在此時此刻，我只想要衝去找卡珊卓，抱住她、告訴她她有多棒，告訴她她值得這個榮譽，告訴她我很高興我們不再討厭彼此了，還有她在我的人生中代表了某種意義。她對我來說很重要。

＊

蘇西、吉娜和我衝過走廊，去找卡珊卓。我不知道女生是怎麼交朋友的，但她們都知道對方的課表。我們跑到卡珊卓第一堂課的教室，蘇西看見她坐在那裡。「我們得和妳聊聊。」

卡珊卓的老師面帶微笑。「慢慢來。」有時候老師真的超讚的。

卡珊卓走到走廊上時，我們便用擁抱包圍了她。「妳辦到了！妳辦到了！」卡珊卓・奧特加是不會哭的。她絕不會在學校哭，或是在任何人面前哭。但她哭了。

「我的天啊。」她說。「我的天啊，我的朋友們都愛我。」

「我們當然愛妳。」蘇西說。

「卡珊卓，」吉娜說。「我們為什麼會不愛妳？妳這麼棒又這麼完美。」

輪到我抱她時，我說：「妳打出全壘打了。」

「喔，亞里。我每天都在感謝宇宙，感謝它把你給了我。」

第三十三章

布洛克先生給了我一張字條，說放學後想找我談談。

我走進他的教室。「嗨，亞里。」他說。他打開其中抽屜，拿出我的筆記本。「你把這個留在書桌上了。」

「我一定是在整理書包的時候拿出來，就忘在那裡了。」我想著，噢，靠，噢，靠。因為他一定是看了一小部分，才能確認那是我的。

我無法直視他的雙眼。「所以你現在知道我是誰了。」

「我不需要那本筆記來告訴我你是誰。我知道你是誰。我剛好很喜歡你現在的樣子。但是，亞里，你得小心。有些人最想做的事就是傷害你。我不希望任何人傷害你，看著我。」

我抬起頭，看向他。

「不要讓任何人使你以自己為恥，任何人都不行。」他把筆記本還給我。

第三十四章

但丁・昆塔納也是主教高中的畢業生致詞代表。「但我沒有發言權。他們只會叫我上臺，頒給我一個獎牌，然後我就只能說戲謝。」

「所以呢？誰想要演講啊？你應該要為自己感到驕傲。」

「我是啊。只是我想要演講。」

「講什麼？」

「我想講身為同性戀的事。」

「你想要說什麼？」

「我想說，心胸狹窄是他們的問題，不是我。」

「不知道為什麼，我覺得這個演說在主教高中會有很糟糕的後果。」

「也許吧。為什麼我們總是得說他們想聽的話？他們也不在乎我們想聽什麼啊。」

「我們想要聽什麼？」

「他們準備讓位，讓我們占領這個世界。」

「我不想要占領世界。那不是我想聽的東西。」

「那你想聽什麼？」

「我想要他們承認，他們其實不比我們優秀。」

「好像這有可能發生一樣。」

「喔，那他們讓我們統治世界，就比較有可能發生囉？」

「如果我們不准說，那我們要怎麼讓他們改變？」

「為什麼是我們得做這麼多努力？就像你說的，我們沒有恐同症——他們才有。」

「對，但是，亞里，他們不覺得恐同是壞事。」

「你說得對。恐同是壞事嗎？」

「沒有所謂的恐異性戀症，亞里。除此之外，我們也不怕異性戀。」

「我猜是吧。但我打賭你爸媽一定很開心。但丁・昆塔納，畢業生代表耶。」

「聽起來很了不起，對吧？」

我點點頭。

「對，我爸媽高興到都快要飛上天了。」

「只有這個才重要。」

＊

黑暗中，我躺在床上。我睡不著覺。我記得我和但丁在學期剛開始時的一番對話。巴黎有一個專為有潛力的年輕藝術家舉辦的暑期學程。他告訴過我，他在考慮報名。我告訴他，我覺得他應該要報名。但是他後來就轉移了話題，而且再也沒提過。我不知道他申請了沒。我不知道他有沒有申請上。我不會問他的。如果他想告訴我，他就會告訴我了。

第三十五章

學期的最後一天，最後一聲鐘聲響起時，我前往布洛克先生的教室。他坐在那裡，靠在椅背上，表情平靜而沉思。他注意到我站在門口。

「亞里，進來吧。你需要什麼嗎？」

「我只是來——嗯，當我想到學習的時候，我就會想到你。」

「這句話真是體貼。」

「嗯，也許吧。」

我們只是點著頭。

「我只是來給你一樣東西，是個禮物。我知道我們不該給老師禮物——不能賄賂老師給成績。但是雖然你已經不是我的老師了——雖然你永遠都會是我的老師——啊，靠，我要搞砸了。我只是想要給你這個。」我遞給他一個我自己包裝的小盒子。這是一件大事，因為我很討厭包裝禮物。

「我可以打開嗎？」

我點點頭。

他小心翼翼地拆開包裝，打開盒子。他不斷點著頭。他拿出一對小小的拳擊手套。他把它們舉起來，大笑出聲。他笑個不停。「你把你的拳套掛起來了。」

「對，我把拳套掛起來了。」

我想我們兩人都想要說點什麼，但是我們也沒什麼要說的了。不是每件事都得用說的。我在感謝他，我知道他也在感謝我。我知道他愛我，是老師愛學生的那種愛。嗯，至少是某些老師愛學生的方式。他知道我知道。我看著他，我的眼神在說，謝謝你——還有再見。

第三十六章

我們全部的人，都在排隊準備進場。我瞪視著自己紅褐色的披巾——全班前百分之五的學生。我們班上一定有很多人上課都在睡覺，我才有可能排到這麼前面。不准有這麼負面的自我對話。現在卡珊卓的聲音也在我的腦子裡了。我聽見但丁真正的聲音。「亞里！」他面帶微笑，抱住我。「我找到你啦！」對，我想要說，有一天，你在游泳池邊找到了我，改變了我的人生。

「我爸和我一起來。我們會和你媽跟奧特加太太坐在一起。我媽很傷心她不能來。她叫我傳達她的愛，還有索福克勒斯的愛。」然後他就消失在人群中了。

這裡有好多人，而我討厭人群，但我還是很快樂。

我的肚子不斷翻攪著——我不知道為什麼。我就要拿到畢業證書了。我要準備接棒，開始一場未知的競賽了。

＊

一切都有點模糊。每次只要身邊有很多人，我就會處於半關機的狀態。吉娜和我坐在同一排——但還是太遙遠了。坐在我旁邊的女生，一直和坐在她旁邊的另一個女生聊天。然後她對我說：「你揍了我弟一頓。」

「那他一定是個好人。」

「我不想聊這件事。」

「那妳為什麼要提。」

「因為——」

嗯，她一定有學會怎麼思考。

「我會對你好一點，因為現在是畢業典禮。」

「我也會對妳好一點。我是亞里。」

「我知道你是誰。我是莎拉。」

「恭喜了，莎拉。妳辦到了。」

「不要試著對我說好話。」

還說要對我好一點呢。如果人的過去有一個特質，那就是它不會放過你。它喜歡跟蹤你。

我和莎拉耳語的時候——如果算得上對話的話——羅伯森先生已經說了幾句話。他介紹了學校教職員群體，請他們起立。我們站起身，對老師們鼓掌。他們值得。他們遠不止是值得而已。

然後他介紹了卡珊卓。他最後一段話是這樣說的：「就每個方面來說，她都是優秀而卓越的學生。這是我的榮幸，來介紹今年的畢業生致詞代表，卡珊卓・奧特加。」當她走上講臺時，掌聲還算有禮貌——但絕不是充滿熱情。我有點難過。

「我會成為畢業生代表。」她開口。「唯一的原因，是因為學生沒有投票權。」大家都笑了起來。我是說，每個人都笑了。優秀。她擄獲了我們的心。

卡珊卓說到她一直都渴望學習。

「但是我們所有必須學習的東西都寫在書裡。就我所知，人們也都是一本本的書。有許多充滿智慧的東西容納在那些書中。我有朋友。對，誰想得到呢？卡珊卓・奧特加也有朋友。」

笑聲又出現了，是友善的笑聲。

「我有些朋友教了我——你知道，好朋友通常也是老師——如果你無法尊重他人，你就不能認為自己是個受過教育的人。我的學業成績很優秀，但我過去一直無法正視別人的尊嚴——而我很後悔。我們無法改變過去，但我們每個人都可以改變自己現在的作為，還有未來要成為怎樣的人。我們的未來今晚就會開始。現在就會開始。

「我摯愛的哥哥，去年死於愛滋病。我們不會在課堂上討論愛滋病，許多人在家裡也不會。我想我們都希望它會自己消失。又或者，我們其實不在乎，因為大多數死在這場大流行病中的人，都是同性戀男子。我們不在乎同性戀男子，因為我們對他們有可怕的看法，而我們覺得他們活該。我們不會看著那些因為愛滋而死去或瀕死的人，把他們當成真正的男人，或是真正的人類。但他們是真正的男人。他們每個人都是人類。他們有兄弟姊妹、有父母，他們會哀悼、會厭惡，或是會愛他們。

「當我們不把他們當成真人時，要討厭他們就變得很容易。但忽略我們之間的不同也不是真正的答案。我不認為女人在這個國家中受到公平的對待，但為了要得到平等的對待，我不希望男人忽視我是女人的事實。我喜歡當女人。而男人則有點太喜歡當男人了。」

她被笑聲和一些掌聲打斷。我猜在笑的都是男生，拍手的都是女生。

「我有個朋友。他屬於另一個性別。我不需要說出他的名字——但在我們變成朋友之前，我討厭他。我覺得我有權利討厭他，因為他也討厭我。他對我來說不是個人。有一天，我們吵了起來，那場吵架變成了一場對話——而我發現他在聽我說話，我也在聽他說話。然後他便成了我最親密的朋友之一。我學會看見他。我得知了他的困擾、他的旅程、他的痛苦，我也得知了他愛人的能力。而我自己也學會了愛人的能力。

「一直以來，我都想要當演員。我意識到，我這輩子一直都在當演員。但『你長大後想要做什麼？』這個問題，並不只是我們想要選什麼職業而已。真正的問題是，你想要成為怎樣的人？你想要去愛嗎？還是你想要繼續仇恨？仇恨是一個選擇。仇恨是一種情感上的流行病，我們只是從未找到解藥。請選擇去愛。

「一九八九年的畢業生，請起立。」我們全站了起來。「和身邊的人手牽手。」我們全部牽起了手。「你現在牽著的手，屬於另一個人類——不管你認不認識他們都一樣。你牽著手的人，是美國的未來。珍惜這些手。珍惜這些手——並改變世界吧。」

四周一片靜默——如雷的掌聲響起，全是為了卡珊卓・奧特加。超過一半的聽眾，在她走上講臺之前都討厭她——而她讓他們看見她了。她站在講臺前，看著我們所有人，她在發光。她就是早晨的太陽。她是我們每個人都在等待的、嶄新的一天。我們都愛上她了。

*

全世界的人都想要和卡珊卓合照。我們很有耐心。奧特加太太好驕傲，我看著她看著她女兒被同學們包圍。我知道她一定在想：這是我女兒。對，這是我女兒。

我媽站在我身邊。「成為別人靈感繆思的感覺如何？」

「還可以吧。」

我媽大笑起來。

第三十七章

我們去參加了一個派對，我沒什麼心情——但我很快樂。卡珊卓、但丁、蘇西和吉娜正在人生中最快樂的時刻。而我，正以我自己的方式，在享受我人生中最快樂的時刻。我猜我永遠都會是那種喜歡用更安靜的方式慶祝事情的人。

我獨自一個人走到後院，那裡可以清楚看見城市的燈火。我獨自漫步到院子的後方，靠在石牆上，眺望著遠方。我一個人站在那裡，聽見了一點聲響。就在院子的角落，有個人幾乎要躲在灌木叢裡了。我注意到那個人正在哭。

我朝對方走去，而我發現他是個男生。我認出他了。胡立歐？歡迎大使胡立歐？「嘿。」我說。「發生什麼事了？我們應該要慶祝才對。」

「我沒有心情慶祝。」

「你是班上前百分之十的學生。」

「有什麼了不起。」

「沒有這麼糟，對吧？」

「你知道，人生不是對每個人來說都這麼容易的。」

「人生對每個人來說都不容易。」

「但對某些人來說特別難。我討厭我的人生。」

「我有經驗。」

「我不相信。你不知道當個怪胎是什麼感覺，你不知道自己格格不入、而且永遠無法融入是什麼感覺。你也不知道如果大家知道真相後就會討厭你是什麼感覺。」

然後我就知道他在說什麼了。我決定要見招拆招。我不知道為什麼，但這感覺不像是勇敢或什麼的；我只覺得，嗯，很平常。

「大部分的人都不知道我的事，因為我不喜歡背標籤，而且我算是很注重隱私的人。所以只有我的家人和最親近的朋友知道，我是同性戀。」

「你？亞里斯多德・曼杜沙？」

「對。」

他停止哭泣。「你是上帝派來的天使嗎？我也是同性戀。但我猜你應該從我說話的方式就聽出來了。我從來沒有告訴過任何人。一個人都沒有。你是第一個知道的人。」

「我是第一個知道的人？嗯，我猜我應該要很榮幸——但是你應該要把這個榮幸給你最親近的朋友才對。」

「不。」

「為什麼？」

「如果我說了之後，他們討厭我怎麼辦？這樣我就一個朋友也沒有了。」

「但是艾琳娜和海克特是你最好的朋友。我在學校每次都會看見你們走在一起。」

「他們是我最好的朋友。他們和我當好朋友已經一輩子了。」

「我不覺得他們會討厭你。」

「你又不知道。」

「你說得對，但我不覺得我猜錯了。就算我錯了、他們也真的再也不想理你——你不會想就此看清他們不值得深交嗎？胡立歐，不要低估那些愛你的人。告訴他們吧。」

「我辦不到。」

「你辦得到。不管你喜不喜歡，你都必須要學會勇敢。他們有來嗎？」

「有，他們在裡面跳舞。」

「我要進去把他們叫出來。聽著，我會挺你的。我哪裡也不會去。我就在這裡。好嗎？」

「好。」他說，只是一直點著頭。「好，我乾脆直接把這件事解決掉好了。」

我走進屋內，看見了艾琳娜和海克特。「胡立歐得和你們聊聊。」

「發生什麼事了？他還好嗎？」

「他還好。他只是需要和他的朋友們聊聊。」我歪了歪頭，他們便跟著我走到屋外。

「胡立歐，你的朋友們來了。跟他們說吧。」

「怎麼了，胡立歐？你在哭。出了什麼事？」

「什麼都不對勁。」

「什麼？胡立歐，告訴我們。」

「我只是不知道要怎麼告訴你們，我是——我是同性戀。」他低下頭。我發現他的眼淚是出自於無法言說的羞恥感。

「噢，胡立歐，你怎麼之前不告訴我們？」艾琳娜伸出手，擁抱他。海克特抱住了他們倆——而他們全都哭了起來。「沒關係，誰在乎啊？我們是你的朋友。你不知道朋友是什麼意思嗎？」

「對不起，我只是很害怕。」

「你怕我們不會愛你了嗎？」艾琳娜看了他一眼。「就憑你不信任我們，我就應該要教訓你。我真的應該要教訓你。」

「我也是。」海克特說。

「原諒我。亞里說，我們不該低估愛我們的人。他說得對。」

「我們原諒你。」艾琳娜說。「我們去慶祝吧。這是個出櫃派對！」

胡立歐的表情看起來很驚恐。「我只是在開玩笑。」艾琳娜說。「我們不會逼你做出任何公開宣言的。」她轉向我。「你真是充滿驚喜。我對你說的那些壞話、我在腦中對你有過的壞念頭——原諒我，亞里。我真是個混蛋。」她吻了吻我的臉頰。「為了這件事，我會永遠愛你。」

「永遠是一段很長的時間，艾琳娜。」

「我知道『永遠』是什麼意思，亞里斯多德・曼杜沙。」

我看著他們邊開玩笑邊笑著走掉。我很快樂。

＊

我正準備回到屋內參加派對，卻看見但丁朝我走來。「你又開始當個憂鬱小生了嗎？」

「不，我正在當亞里。我在安靜中慶祝。看星星，但丁。就算在光害中，你都還是看得到星星。」

他牽住我的手。他把我拉到院子的角落，我們可以躲在一大叢灌木後面。他吻了我。

「我從來沒想像過畢業生代表會吻我。」

但丁微笑起來。「我也沒想過卡珊卓的繆思會回吻我。」

「也許人生就是由這些意想不到的事所構成的。」

＊

我不知道我這輩子是不是都必須躲在灌木叢裡與男人接吻。我不知道我什麼時候才會學會不要破壞我自己的好心情。

第三十八章

派對還沒有結束，但我們決定要落跑了。「我們去老地方吧。」卡珊卓說。但丁跳進我的卡車裡，卡珊卓和吉娜上了吉娜的車，蘇西上了蟋蟀的車。我們邀請了海克特、艾琳娜和胡立歐，他們便跟著我們前往沙漠，去那個屬於我和但丁的地方。我們現在和朋友共享了。

卡珊卓帶了一個音響，並找到一個很棒的電臺。我們聽著音樂、跳著舞。我介紹艾琳娜給蘇西認識。「妳們會成為好朋友的。妳們都會寫『女性主義』四個字。」

「對，亞里，那你會嗎？」艾琳娜的嚴肅表情會讓你一瞬間就閉嘴。

「妳看，蘇西，這女人跟妳心靈相通。」

然後我們把蟋蟀的事告訴了艾琳娜、海克特和胡立歐。

艾琳娜超興奮。「你就是那個蟋蟀男？你是我們的英雄。」

蟋蟀是個謙虛的人。「我不是誰的英雄啦。」

「這不是你說了算的。」艾琳娜說。

然後我們開始歡呼：「我們愛蟋蟀！我們愛蟋蟀！」我不覺得這輩子有人這樣慶祝過他的生命。每個人都需要被慶祝。

收音機中播出一首緩慢的情歌。但丁和我跳著舞，在朋友的陪伴下一點也不感到害怕。但丁表現得一如往常，問胡立歐：「你有和另一個男生跳過舞嗎？」

胡立歐搖了搖頭。「嗯，那你就要和另一個男生跳舞了。」然後他和他跳舞。如果要說的話，沒有人的微笑會比胡立歐還要燦爛了。

我們跳著舞，我們都在沙漠中跳著舞，我們在我所愛的沙漠中跳舞。我們一直跳到天亮。而那道日出的光芒，照耀著我所愛的每一張臉。他們每個人，都是一把點燃世界的火。

畢業典禮。這代表著某件事就要開始了。比賽的引擎在我們的耳邊怒吼。各就各位，預備……

第三十九章

畢業之後，但丁和我每天都去游泳。有一週的時間，就只有我和他相處。我們在他家對面的紀念公園玩，他教我如何跳水。「看著我，你很快就會抓到訣竅了。」我不在乎我有沒有抓到訣竅。我只是試著記住他的每一個動作，這樣我才會永遠記得。

游完泳後，我們躺在紀念公園外的草地上。躺在我們稱為「我們的樹」的樹蔭下。「記得巴黎那個暑假的藝術學程嗎？」

「我前幾天才在想那件事。」

「嗯，我報名上了。我拿到了獎學金，巴黎藝術學院的。」

我高舉拳頭跳了起來。「太棒了！」我抱著他。「噢，但丁！我好以你為傲。哇喔！這太讚了！哇喔，但丁！這太讚了吧！」

但但丁似乎一點也不興奮。「我要回絕他們。」

「什麼？」

「我要回絕他們。」

「你不可以。」

「我可以。」

他從草地上爬起來，往他家走去。我跟在他身後。「但丁？」

我跟著他走回他的房間。

「但丁，你拿到這筆獎學金，讓你可以去巴黎藝術學院上國際課程，但你居然要放棄？你瘋了嗎？」

「我當然不會去。在我九月離開之前，我們要一起度過這個暑假。」

「那你爸媽怎麼說？」

「他們說我是在放棄一生一次的大好機會，還有如果我真的想要試著成為藝術家，這個學程會助我一臂之力。」

「我同意他們的說法。」

「那我們怎麼辦？」

「我們？我們還是我們啊。我們還是亞里和但丁。這會改變什麼？」

「你不會想我嗎？」

「我當然會想你。別蠢了。但你不能拒絕這個機會——不能因為我。我不會讓你這麼做。」

「所以你不在乎我們最後一個暑假有沒有相處嗎？」

「誰說我不在乎？誰說這是我們的最後一個暑假？」

「你寧可我去巴黎，也不要在這裡陪你？」

「我不會這樣說，不要用這種說法。我希望你去，是因為我愛你。這會幫助你成為你一直想要成為的人——一個優秀的藝術家，而我不會阻礙你的。」

「所以你想要我去。」

「對，我想要你去。」

我從來沒有看過他臉上那種失望與受傷的表情。「我以為你會想要和我一起度過暑假。和我一起，亞里。」

「我想啊，但丁。」

「你想嗎？」

「但丁——」

他臉上的表情——他好受傷。我看著他的雙眼。他一句話也沒說，轉過身去。

我走下樓梯，離開他的家門。我感到迷失——然後我對自己說：他會冷靜下來的，每次都這樣。

第四十章

有一週的時間，我每天都試著打電話給但丁。我每一天都打過去。「他不想跟你說話。」昆太太說。

「我懂。」

「亞里——」她欲言又止，然後嘆了口氣。「山姆和我都很想你。我只是想要說這個。」

我對著電話的話筒點了點頭——但我一句話也說不出口。

我不再打電話。一個星期過去，又一個星期過去。

他沒有打來。

第四十一章

我媽站在我的臥室門口。「有人來找你喔。」她說。

我呆滯地看著她。

「但丁，他坐在前廊上。他想要跟你說話。」

＊

我在他和腿腿旁邊的臺階上坐下。「嗨。」我說。

「嗨。」他說。

然後是一陣長長的沉默。

「我不是故意要這樣反應過度的，亞里。我不是故意的。我也很抱歉我沒有回電。少了你，我真的很迷惘。但我開始覺得，這段時間分開是好事。等我們開始唸大學後，我們真的就不會是彼此生活的一部分了——也許我們提早開始習慣分開，是一件好事。我是說，等我們開始新學期的時候，我們就會習慣過各自的生活了。你不覺得嗎？」

我點點頭。

「亞里，我跟你沒有未來。」

我搖搖頭。「我們有啊，但丁。只是不是你想像的那種未來。」

「你是說我們可以只是朋友嗎？去吃屎吧。」

我們之間又是一段長長的沉默，我突然覺得我們只是陌生人。我們是住在不同社區、不同城市、不同國度的陌生人。我不知道我們在那裡坐了多久——但是很長一段時間。

我聽見但丁的聲音說：「我明天就要去巴黎了。」

「你去是好事。真的是好事。很美好的事。」

他點點頭。「我想要謝謝你，亞里。謝謝你做的一切。」

很好笑，但丁才是那個動不動就哭的男孩。他現在沒有眼淚了，但我無法阻止我自己掉淚。

他看著我。「我不是有意要傷害你的。」

我停了下來，深吸一口氣。我看向他美麗的臉龐，他的臉永遠都會這麼美麗。

「你知道嗎，但丁？當你傷害別人的時候，你沒有資格說你不是故意的。」

他站起身，準備往人行道上走。

「別這樣走掉，但丁。我還有一句話要對你說。」

「你要說什麼？」

「我愛你。」我低語：「我愛你。」

他轉過身來，看向我的方向——但他無法看著我。他只是垂下視線，看著地面。然後他抬眼看向我。熟悉的淚水滑下他的臉頰，他的眼淚就像是暴風雨時落在沙漠中的雨滴。

他緩緩轉過身，走開了。

第四十二章

我坐下，想要在筆記本裡寫點東西。我瞪視著乾淨的新頁面。我開始寫起但丁的名字。但我不想和但丁說話。所以我把筆記本推開，拿起一本便條紙，開始寫詩。我不知道要怎麼寫詩——但我不在乎，因為我必須要寫點什麼來排解痛苦。因為我不想要活在那股痛苦中。

有一天你對我說：我看見一種渴望。
你看見我心中不可名狀的慾望。
你離開了。這裡有天空還有樹木。
這裡有狗兒還有鳥兒。
這個地球上有海洋，而它們
在等待著。我聽見你的聲音：跳水！
你教會我如何在暴風雨的海洋中游泳——
然後你留下我獨自一人溺水。

第四十三章

她們來了，卡珊卓、蘇西和吉娜。她們坐在我的餐桌邊，喝著檸檬汁。

「我要揍他。」

「他是個徹頭徹尾的混蛋。」

「他就跟其他人一樣。」

「他跟其他人不一樣，吉娜。他不是個混蛋，蘇西。還有，卡珊卓，妳也不能揍他。」

「但看看你，你簡直一團糟。」

「對，我是。我得學著放手。反正我們也還只是孩子。」

「嗯，也許他是孩子。但你不是。」

「我們可以去看電影，或想想別的事嗎？」我們就這麼做了。我們去看了電影、吃披薩。我們沒有討論但丁，但他還在這裡。他就像是一個鬼魂，在我的腦中陰魂不散。但他最主要還是盤踞在我心中。

第四十四章

一週過去。卡珊卓和我每天早上都去跑步。我一直看書。把自己沉浸在書中打發時間，並不是一件壞事。我知道有一天我就不會這麼痛苦了。我早上去慢跑、看書、和腿腿說話，然後和我媽說話。

我和我媽說了很多話——但我不記得我們說了什麼。我活在一股超過眼淚的悲傷之中。我不是特別憂鬱，我更像是委靡不振，或者說，但丁教我的那個詞是什麼？噢，對，「心神不寧」。我只覺得心神不寧。

我無事可做——除了活著之外。

我試著不要去想那個寫在我心中的名字。我試著不要低語他的名字。

第四十五章

我被傾盆大雨的聲音吵醒。

電話打來時，我正在喝咖啡。

我聽見昆太太的聲音，她說但丁留了幾樣東西給我。我都快忘了她的聲音有多好聽。

當我抵達昆塔納家時，雨已經停了。昆太太坐在前廊的臺階上，對索福克勒斯說著話。

「妳都對他說什麼？」

「什麼都說。我剛才在跟他說你救了他哥哥的那一天。」

「妳以後會考他嗎？」

「還是這麼自作聰明。」

她把索福克勒斯遞給我。「我得去拿個東西給你。我馬上回來。」

我把索福克勒斯抱在懷中，看著他深邃而好奇的黑色眼睛。

他是個平靜的寶寶，就算什麼也不做，他也很高興。而他似乎理解自己身邊發生了什麼事，但我知道這不是事實。

我抱他的時候，他總是很安詳。但是但丁抱他的時候，他就都很躁動。我不知道為什麼。

山姆和昆太太抱著畫作走了出來。

昆太太抱著艾瑪送給我們的畫，我無法看見昆先生抱著什麼畫。

從大小來判斷，那是但丁在房間裡畫了很久的那幅畫。他用一條舊毛毯包著，做為保護。

「我們很想念你。」山姆對我微笑。「讓我把這個放進你的卡車後座吧。」他回到臺階上，把另一幅畫放進我的前座座位上。他跳上階梯，我發誓他看起來就像但丁一樣。他抱起索福克勒斯。「這小傢伙越長越大了。」

「他會想但丁嗎？」

「我覺得不會。但是你會想他，對吧？」

「我猜這應該都寫在我臉上了。」

昆太太給了我一封信。「他留了這個給你。」她看著我，輕輕搖了搖頭。「我討厭看見你這麼難過，亞里。但丁在去巴黎的那一天之前，也都是這個表情。他沒有告訴我們發生了什麼事。」

「我也不了解發生了什麼事。我猜他只是，我也不知道，只是，喔靠，我真的不知道。聽著，我該走了。」

昆太太跟著我走到卡車邊。

「亞里，別和我們形同陌路。我和山姆都非常喜歡你。如果你有什麼需要……」

我點點頭。

「不管你們之間發生什麼事——都請記得，但丁愛著你。」

「我最後一次見到他的時候，感覺不像這樣。」

「我不覺得你真的這樣相信。」

「我不知道我該相信什麼。」

「有時候困惑比確定感好多了。」

「我不知道那是什麼意思。」

「把它寫下來——然後仔細想想吧。」她吻了吻我的臉頰。「幫我跟莉莉打個招呼。叫她別忘記我們明天的晚餐之約。」

「但丁以前都覺得你們和我爸媽吃飯的時候，都只會聊我們的事。」

「但丁這點說錯了。他對很多事的看法都錯了。」

他愛上我的時候——他做對了嗎？我想要這樣問她，但我沒有。

＊

我總是想要遇見愛、理解它、讓它住在我心中。

有一年暑假，當我聽見但丁的聲音時，我就遇上了它。現在我希望我從來沒有見過它。

沒有人告訴我愛是會消失的。

現在它離開了我，我就只是個空殼，一個空洞的身體，裡頭什麼也沒有，只有但丁聲音的回音，遙遠而無法碰觸。

而我自己的聲音消失了。

第四十六章

我瞪視著但丁畫給我當禮物的那幅畫。他曾經問過我：「亞里，如果你會畫畫，那你要畫什麼？」而我說：「你和我牽著手，看著一片完美的沙漠天空。」而我就看著這樣一幅畫——我想像過的那幅畫。

它讓我無法呼吸。

我坐在床上，打開但丁留給我的信：

亞里：

我想讓你知道，我永遠都會愛著你。我知道這傷害了你，這也傷害了我。兩個人都活在痛苦中。我想要永遠和你在一起，但我們都知道這是不可能的。你覺得你很難讓人愛上，但其實並不是。我才是讓人難以去愛的那個人。我想要的是不可能的事物。我對我結束這段關係——結束亞里斯多德與但丁——的方式感到羞愧。你覺得我總是知道該怎麼說話——但那不是事實。當我從你身邊走開時，你說：「我愛你。」我也愛你，亞里。我不知道該怎麼辦——我也不知道我在做什麼。我知道我讓你心碎了，但我也讓我自己心碎。亞里，我知道我不能抓著你不放，但我不知道要怎麼放下，所以我走開了——並不是因為我不愛你，而是因為我還沒有學會放手的藝術，沒有學會要怎麼優雅或有尊嚴地放手。我覺得我再也不會愛上像你這麼美麗的人了。

但丁上

我一次又一次地重讀這張紙條。

我知道我該怎麼做了。

我打給卡珊卓、蘇西和吉娜——叫她們來我家。

＊

她們三個人看著那幅畫。「太驚人了。」卡珊卓說。

蘇西和吉娜只是點點頭。

「讓我問妳們一個問題。」

卡珊卓裝出她最真實的英國腔。「嗯，問問題從來就沒有什麼壞處，親愛的。但你不能期待得到令人舒心的答案。」

「妳只是想要逗我笑而已。」

「但是我成功了。」

「妳們在看這幅畫的時候，看到了什麼？」

蘇西聳聳肩。「這是陷阱題嗎？我看見你和但丁牽著手，看著沙漠。」

「這對妳們來說，有產生什麼看法嗎？」

「這兩個男生看起來似乎在戀愛。」吉娜說。

「沒錯，我看見了但丁的愛。那股愛是指向我的方向。他這幅畫是畫給我的，為了我。」

卡珊卓點點頭。「這是什麼意思？」

「他愛我，而他很怕失去我。我是這樣想的。」

「所以他就離開了？因為他愛你？然後他確保自己失去你。真天才。」

「這樣太痛苦了。」

「放手就是這樣。」蘇西說。「誰會想要在愛著某個人的時候放手？」

「但你得知道，這不會是永遠的。」有時候我真討厭吉娜簡單粗暴的誠實。

「誰在乎永遠？」

「但丁放手了。也許你也該放手了，亞里。」

「但丁放手了？他最好是。我要去巴黎。」

第四十七章

「我有辦法在兩週內拿到護照嗎？」

「應該可以吧，可能會比較貴。但是可以。你為什麼要這麼問？」

「我要去巴黎。」

我試著解讀我媽的表情。「你確定？」

我點了點頭。

「好的。」

「妳只想說這句話嗎？」

「我受不了你臉上那種受傷的表情，而且我認為它不會很快就消失。你和但丁還有一些事情還沒結果。我不確定這樣是不是正確的做法。就算這是正確的做法，現在也可能不是正確的時間。但我也不是說這樣做是錯的。就像你最近提醒我的，這是你的人生。但我比任何人都清楚，你沒辦法解決所有問題。」

「媽，我不覺得但丁和我玩完了。」

我媽看了我很久，她笑了。「看看你，亞里：你已經不害怕去愛了。」

她用手指梳過我的頭髮。「你和我去護照辦事處吧？然後我們買一張去巴黎的機票給你。幸運的是，你爸留了一些錢給你。賣掉歐菲莉亞阿姨的房子之後，你就能讀完大學。研究所也行，如果你決定要唸研究所的話。雖然我不確定你爸和歐菲莉亞有沒有想過，他們會付錢讓你飛越半個地球，去追一個男孩。」

「他不只是一個男孩，媽。他是但丁・昆塔納。」

第四十八章

那天晚上，我沒有開車去昆塔納家。我用走的。這裡下了一場午後雷陣雨，外面很涼，街道上也還流著雨水。我吸入雨的味道，想著我和但丁在雨後散步的那天——還有那天是如何改變了我們的人生方向。那感覺像是好久以前發生的事了。

我按下昆塔納家的電鈴。

山姆為我打開門。「嗨，亞里。」他臉上掛著那抹和藹又熟悉的微笑。他抱了抱我。「進來吧。」

昆太太把索福克勒斯放在她身邊的沙發上。

「我知道你決定要去一趟巴黎。」

「我也知道你們兩人昨晚和我媽在吃晚餐的時候討論了很久。」

昆太太笑了起來。「我不會說我們討論了很久。我們還有很多事可以聊。」

「噢，對。」我說。「像是幽浮。」

山姆的笑容——在那一刻，他看起來就像但丁。但我很確定我說反了。

「你確定嗎？」

「確定。」

我知道昆太太試著要說對的話——或至少試著不要說錯話。「我一部分的心為了你們兩人而心碎。但丁非常頑固、也難以預期。他的情緒非常豐富，有時候他會把智商拋到九霄雲外。他好堅持要和你一起度過這個暑假。

「但丁有很多很棒的特質，但他並不無私。你才無私，亞里。我知道你和他一樣想要和他一起度過暑假。他看得見他有多愛你，但他忘記要去看你有多愛他。他無法理解你有多在乎他，因為你的在乎和他的方式差太多了。」

「我們還有事沒處理完。我必須要能告訴自己，我盡力了。我知道我和但丁有一天會放下的——因為我們還年輕。但我覺得我至少有權利能決定哪一天再放下。而我覺得，不是今天。」

昆太太搖搖頭。「世界上沒幾個人能逼出我的眼淚，亞里斯多德・曼杜沙。而你剛好是其中之一。」

「那也許是別人對我說過最好聽的話了。」

「看看你，看看你自己。」她的聲音可以非常堅定、非常頑固，卻又同時非常慈祥。「我第一次看見你走進這間屋子時，你一句話也不說——你很害羞、也還不確定自己是誰。告訴我，你是什麼時候變成男人的？」

「誰說我變成男人了？」

「我說的。」她說。「就算如此，你在巴黎也是人生地不熟。」

山姆說：「我幫你安排了一下，你可以和我們的朋友傑拉德・馬克斯（Gerald

Marcus）住在一起。他是個美國人，但他把巴黎變成了他的家。他曾經是我的導師，也是個非常親切又慷慨的男人。我和他說過了，而他很歡迎你去他的公寓作客，他甚至提議要去機場接你。他會舉著你的名牌接機。我知道你有計畫了。」

「我有。」我拿出一個信封。「你們可以幫我打電話給但丁，把這封信讀給他聽嗎？我沒有寫什麼太私人的東西。我只有寫我想要他和我見面的日期、時間和地點。」

昆太太接過信封。「我會處理的。」

我點點頭。「我不知道要怎麼謝謝你們，我真的不知道。失去但丁不僅代表了失去但丁一人，也代表失去了你們。」我感覺到熟悉的淚水滑下我的臉頰。「對不起。我是說，我真的很討厭學會怎麼哭。真的很討厭。」

「你不該以自己的淚水為恥。山姆動不動就在哭。我們很愛但丁，山姆和我也愛你，這一點是永遠不會變的。你和但丁發生的事，是你和但丁的事。這個家永遠都歡迎你。你永遠都不准離開我們，亞里斯多德・曼杜沙。」

「我不會的。」我說。「我保證。」

第四十九章

我的行李打包好了，我等著山姆來接我、送我去機場。我媽臉上掛著微笑。「你從來沒有坐過飛機，對吧。」

「沒有，一次都沒有。」

她給我兩個藥丸。「這是暈車藥——以防萬一。如果你覺得坐立難安，開始在腦子裡胡思亂想，除了讓你變成一團亂之外沒有任何好處的話，就吃另外這一顆。這會讓你立刻睡著。你的航程有十一個小時喔。」

「媽，妳真的是媽媽耶。」

「謝謝，這是我最擅長的事之一。」

我們站在前廊上時，吉娜的車出現在我家門前，三個平權鬥士跳下了車。「還好我們及時趕到了。我們必須要給你祝福的擁抱。」

「我配不上妳們，我一點都配不上妳們。」

「你配不上我們？有時候我覺得你什麼都沒學會。閉嘴就好。還好你要去趕飛機，不然我現在就會揍你。」

我媽搖搖頭。「你怎麼能不愛這些女孩？」

然後山姆的車就在我們家門前停下。

我抱了抱我媽。「願上帝保佑你。」她低語。她在我的額頭上做了一個十字架的標記。

蘇西和吉娜給了我另一個擁抱，她們眼中充滿了希望與愛意。我會帶著她們的希望與我同行，一路去到巴黎。

卡珊卓看著我的雙眼。「除了我愛你之外，我無話可說。」

「我也愛妳。」我說。

＊

車子駛離時，我問山姆：「如果少了女人，我們會在哪裡呢？」

「我們會在地獄裡。」山姆說。「那就是我們的所在之地。」

＊

抵達機場後，山姆幫我把行李拿下來。我有一個行李箱和一個背包。他給我一個信封。「你所需要的資訊都在這裡了。」當然，他在來機場的路上，已經把行程表告訴我兩次了。而且他至少告訴我三次，但丁知道我們要什麼時候、在哪裡碰面。

我一直提醒他，是我訂的時間和地點，所以我不會忘記的。他比我還要緊張。

他給了我一個擁抱。「把我的愛傳給但丁。還有，亞里，不管發生什麼事，一切最後都會沒事的。」

*

我以為第一次搭飛機會讓我有點害怕——但比起害怕，我感到更多的是興奮。我的位置靠窗，而在飛機起飛時，我的肚子裡有一股神奇的感覺——還有一瞬間短暫的恐懼。然而平靜的夏日雲朵，使我的心情平復了。整趟行程，我都看著窗外。我一定是非常迷失在我看見的景色之中，因為我覺得我們好像剛起飛就降落了。

要找到前往巴黎的登機口並不難。我越來越興奮。我是說像是小朋友的那種興奮。我沒有太多轉機的時間，所以我很快就把我的護照和機票交給了空服員，準備登機。

我坐在走道位置，這樣很完美。我猜我覺得坐在窗邊、看著外頭的一片漆黑有點可怕。我看著人們登機，有些人笑著、有些人看起來壓力很大。有些人說英文，有些人說法文。起飛後不久，就到了晚餐時間。我拿到隨餐附贈的一小瓶酒。我吃了雞肉和義大利麵，但我沒有好好品嘗。我喝了紅酒。

我坐立難安，一直想著所有亂七八糟的事，讓自己越來越緊張。我決定依照我媽的建議，吃下那顆能幫助我入睡的藥。然後下一秒，坐在我身邊的女人就開始把我搖醒了。「我們要降落囉。」她說。

我感覺到自己的心跳。

巴黎。我在巴黎了。

＊

過海關時，許多人看起來很不耐煩，但他們一定都是很有經驗的旅人了。我覺得過海關是一件滿有趣的事。這裡的人好多，而且機場很大。我感到很渺小——但不知為何，我一點也不害怕。老天，我從來沒有這麼清醒過。我是說，我超清醒，而且對我眼前所見的一切都感到好奇。巴黎。我在巴黎了。我不難知道接下來我要做什麼，或是要去哪裡，我只要跟著所有人走就好了。我有一度有點困惑，但是在飛機上坐在我身邊的女人，注意到我臉上的困惑之情。「往這邊。」她說。她的法文口音很好聽。

經過海關之後，我來到旅客接機的地方。一個年長的紳士舉著一個寫有我名字的牌子。「我是亞里。」我說。

「我是傑拉德。歡迎來到巴黎。」

＊

傑拉德看起來像是一個知名、富有的老紳士，他的雙眼和微笑則感覺像是年輕人。他很健談又友善，而我很高興，因為他讓我感到自在。傑拉德帶我去了一趟羅浮宮又折返，讓我不至於迷路。但是地鐵不會很難搭，一點都不難。我不像我以為的那麼不安。傑拉德說我很有天分。他帶我去了一間很棒的咖啡廳吃午餐。他點了紅酒。我告訴他我的年紀還不能喝酒。

「美國人的無稽之談。美國人真的很荒唐。我一點也不想念我的故鄉，一點也不。」

在露天咖啡廳喝紅酒的感覺很棒，所有人都充滿了活力。正確的說法，應該是「成人」。「你最後怎麼會來巴黎呢，傑拉德？」

「我很早就退休了，我的家族很有錢。我有我的痛苦——但我最大的痛苦就是舒適。」他自嘲著。「我來巴黎旅行、待上幾個月。我認識了一個男人，他成了我的戀人。然後他拋棄了我，和另一個男人在一起。另一個人也是美國人。最讓人受辱的是，他的年紀和我一樣老。我不是那麼心碎。我覺得我應該沒有那麼愛他。他的才智和我完全沒得比。而這和年紀一點關係也沒有。

「在我的戀情結束後，我就留下來了。我的真愛是這個城市。現在這裡是我的家了。不知為何，我一來到這裡，就覺得這裡像是家。」

「你會想念美國嗎？」

「不，有時候我會想念教書。我想念與年輕、充滿野心又聰明的心靈交流。就像山姆。我指導他的論文。他對寫詩很有熱情。噢，而且他很和善。他是我見過最好的男人。他和他出色的妻子喬麗黛。他們充滿生命力，而我覺得他們的教授們，有一半都嫉妒他們。山姆是我最喜歡的學生之一。我知道我們不該偏心，但我們都只是人嘛。但丁剛來巴黎的時候，我也有見到他。他和他們兩人好像。充滿天分。」

我點點頭。

「我知道你有任務在身。」

「是的。」

「在你這個年紀的愛很稀有。你太年輕，不知道自己有什麼感覺，也不知道自己在做什麼。但這一切都是最好的。在任何年紀，愛都很稀有。而且隨著你年紀增長，愛也不會變得簡單。戀愛時，沒有人知道自己在做什麼。」

這讓我想要微笑。他問我父母的事。我告訴他我爸剛過世。我們聊了很久。我非常喜歡傑拉德。他很有趣，他知道要怎麼聊天、也知道要怎麼傾聽。而且他非常真誠。在那之後，我們去散步。我懂傑拉德為什麼喜歡巴黎。這裡有寬廣的大道，兩旁種著樹木，還有到處都坐滿人的人行道，人們都在喝咖啡、和朋友說話，或是獨自思考著。

這裡是愛的城市。「愛」是個奇異的詞。你真的沒辦法在任何字典裡找到它的定義。

「你有想要去什麼地方嗎？我相信這裡一定有你想看的東西。第一次來巴黎時，表現得像個觀光客也沒什麼好丟臉的。」

「這是第一次，也許也是最後一次了。」

「胡說八道。你以後會再回來的。」

「我現在在這裡了——這才重要。」

傑拉德拍了拍我的背。「旅行這麼遠的距離，真的很令人敬佩。他一定……」他停了下來。「我本來想說但丁一定是個值得敬佩的年輕人。但是也許，你才是值得敬佩的那個人。」

「也許我們兩人都是，但我覺得我的心天生就愚蠢。」

「這句話真是可愛又窩心。」

這讓我很難為情。他注意到了，便轉移了話題。「我們可以到處走走。巴黎是個你靠走路就可以認識的城市。」

「我想去看艾菲爾鐵塔。我們可以去嗎？」

「當然了，往這裡走。」

走過陌生城市的街道，使我覺得自己像個製圖師。

＊

我們下了地鐵，前往艾非爾鐵塔。我指向前方。

我在公園中看見一片人海——大部分的人都舉著牌子。我可以看見遠處的艾菲爾鐵塔。我從來沒有看過這樣的景色。「發生什麼事了，傑拉德？」

「噢，對。我忘了。也許今天來這裡不是個好主意。今天是示威遊行的日子，他們在抗議有許多人正在死亡——而政府卻一點也不在乎。我希望這不會影響你的心情。」

「不，不，不會。太不可思議了，太酷了。這是我這輩子見過最厲害的事。」

隨著我們越走越近，我看向前方的人群。好幾千人。好幾千耶。我想著卡珊卓、蘇西和吉娜。如果她們在這裡，她們也會加入抗議的。我從來沒有見過、也沒有想過我會見到這種場面。「他們好美。天啊，他們都好美。」

傑拉德攬著我的肩膀。「你讓我想起我年輕的時候。你還沒有失去你的天真。」

「我一點也不天真。」

傑拉德只是搖搖頭。「你大錯特錯了。試著盡量把握你的天真吧。隨著我們老去，我們會變得越來越現實。這世界會磨損我們。我們會停止抗爭。」

「你還沒有放棄抗爭，對吧？」

「我的抗爭在這裡。」他點了點自己的太陽穴。「現在輪到你了，為了你自己戰鬥。為那些無法戰鬥的人戰鬥。為我們所有人戰鬥。」

「為什麼我們得一直戰鬥呢？」

「因為我們會緊抓著一種思考的方式，甚至根本稱不上是思考。我們不知道該如何解脫，因為我們不知道要怎麼釋放那些被我們奴役的人。我們甚至不知道我們在做那些事。也許我們覺得，如果每個人都有自由，我們自己的自由就沒那麼有價值了。而我們很害怕。我們害怕，如果有人想要我們所擁有的東西，那他們就會奪走屬於我們——而且只屬於我們的東西。但是一個國家屬於誰呢？告訴我。地球屬於誰呢？我寧可相信，有一天我們會意識到，地球屬於我們所有人。但我無法活著看見那一天了。」

他的聲音聽起來很哀傷。不只是哀傷——而是某種疲憊感，一種傷痛，那是一個男人的夢想一點一點從他身上流失的聲音。我不知道這會不會也發生在我身上。這個世界會致力於奪走我的希望——從我身上剝奪嗎？我的夢想才剛誕生。天啊，我希望我能緊緊抓住我的希望、我的夢想。

我看著那些開口的人，試著在所有的噪音中辨識出他們的聲音。起身對抗光明的逝去。那是但丁最愛的詩句。但丁。

「牌子上寫了什麼？」

「『Sida La France doit payer.』巴黎，展開行動。你知道『行動』運動嗎？」

「知道。」

「牌子上寫的是：『法國需要為愛滋付上代價。』」

「那是什麼意思？」

「如果我們忽視一件事，我們就得付上代價。政府喜歡忽視那些不方便的事。假裝這件事不存在，對任何人都沒有好處。我們都在受苦。愛滋大流行正在要求我們的領導人出手幫助、發明解藥。要做領導人，你就需要有熱情。我們的一些政治人物真的在乎。但大多數政治人物都不在乎，有些人甚至連假裝都不願意。」

我點點頭。我喜歡傑拉德，他似乎很清楚自己是誰。「那邊那個男人。他舉著一個牌子。那上面寫了什麼？」

「『愛滋奪走了我的愛人。法國只覺得他是個數字。他在我心中卻是我的世界的中心。』」

「我想要和他說話。你可以幫我翻譯嗎？」

傑拉德點點頭。「當然。」

我走到男人身邊。他很年輕。他比我老——但還是很年輕。「你能不能告訴他，在這麼多死亡面前依然保有愛，是一件很美好的事？你能不能告訴他，他很勇敢？」

「Excusez-moi, monsieur. Mon jeune ami americain voulait que je vous dise qu’il pense que c’est une belle chose à aimer face à tout ce mourant. Il voulait que je te dise qu’il te trouve très courageux.（對不起，先生。我年輕的美國朋友想讓我告訴你，他

認為在這一切的死亡中去愛是一件美好的事情。他想讓我告訴你，他覺得你很勇敢。)」

男人把他的牌子交給傑拉德，並擁抱了我。他用英文低語。「我們都得學會勇敢。我們不能讓他們奪走我們的愛。」

他放開我，我們對彼此點點頭。他說：「你長得太好看了，你根本不該是美國人。」

我對他微笑。「我不確定我是不是美國人。」

＊

曾經的那個亞里，不會有勇氣在異國和陌生人說話。以前的亞里消失了。我不知道我把他丟到哪裡去了——但我不希望他回來。

第五十章

我在接近中午時前往羅浮宮，試著什麼也不去想。當我從羅浮宮的車站下車時，我朝博物館的方向走去——開始排隊。我花不到二十分鐘的時間就買到一張票，讓我能進入世界上最有名的博物館之一。

我看了看手錶。我從來不戴錶的，這是我爸爸的錶。不知為何，我覺得他就在我身邊。這感覺很奇妙。我有一張羅浮宮的地圖，我照著地圖走，來到〈梅杜莎之筏〉前。我發現自己站在那幅畫前方。我並不失望。那是一幅很大的畫，而我唯一的形容詞是「宏偉」。我看著它好久。

畫出這幅畫，為這個世界帶來一幅藝術作品，能使人心感受到生命力。我想知道擁有這樣的天賦是什麼感覺。

我看向手錶，現在是一點半整。我站在畫作前——覺得自己渺小又無足輕重。然後我感覺到他站在我身邊。

總是遲到的但丁，準時出現了。為了我。

我只是一直看著那幅畫，我知道他也在看著那幅畫。「我常常跑來看它。然後想著你。」

「我第一次在書中看見這幅畫時，我就愛上它了。我不知道我會愛上一幅畫。就像我不知道我會愛上一個男孩。」

我們沉默了很久，好像沒有文字可以表達我們想說的話。我知道他想要道歉，我也想要道歉。但實在沒有必要去提出我們的傷痛，因為那股痛苦已經消失了。此時此刻，我們也沒有必要說「我愛你」，因為有時候說出這麼明顯的話，聽起來會很廉價——所以我們最好保持沉默，因為它是如此難得又神聖。

我感覺到他牽起我的手，那隻手掌握著全宇宙所有的祕密，在我記住他每一道掌紋之前，我都不會放開它。我抬眼看向畫作，我看著那群船難的生還者們抵抗著暴風雨的巨浪，掙扎著想要回到岸上，在那裡，生命正等著他們。

我知道我為什麼愛這幅畫了。我在那艘小艇上，但丁也在。我媽、但丁的爸媽、卡珊卓、蘇西、吉娜、丹尼、胡立歐和布洛克先生都在。甘多爾太太和艾維德茲太太也是。而那些太快死去的人——我爸、我的歐菲莉亞阿姨、卡珊卓的哥哥和艾瑪的兒子，還有里可和卡蜜拉，所有被世界拋棄的迷失之人——他們都和我們一起在那艘小艇上，帶著他們的夢想和慾望。而如果這艘小艇撞毀，我們都得跳進暴風雨的海中——然後奮力游往岸邊。

我們得為了索福克勒斯和這世界的所有新生命抵達岸上。我們已經學會，我們每個人都有連結，而我們比任何風雨都還要強大，我們可以回到美國的海岸——在我們抵達時，我們會拋棄那些帶我們去到充滿怨恨的暴力之地的舊地圖，而我們畫出的新地圖，會帶著我們所有人，去到我們從未夢想過的地方與城市。我們就是新美國的製圖師。我們會畫出一個新的國度。

對，我們比暴風雨更強大。

我們是那麼想要活著。

我們會抵達岸邊，不管有沒有這艘破舊的小艇都一樣。我們在這個世界上，我們會奮力抗爭、讓自己活在這裡。因為它屬於我們。有一天，「流亡」這個詞再也不會存在。

我不在乎我和但丁未來會發生什麼事。我們擁有的是那一刻，而在此時，我不想要、也不需要其他任何東西。我想著我們經歷過的一切，還有我們教會彼此的事——還有我們永遠也無法遺忘那些教訓，因為它們都是心的課題，是我們的心在學習「愛」這個奇異、熟悉、私密又不可捉摸的詞彙。

但丁轉過頭，面對我。

我轉過去面對他。我好想念他的微笑。一個微笑，就這麼簡單。

「吻我。」我說。

「不。」他說。「你吻我。」

所以我吻了他。

我永遠也不想停止吻他，但我們不能一直接吻下去。「你知道。」我低聲說。「我本來要向你求婚的。但他們不會讓我們這麼做。所以我想，也許最好的方式就是跳過婚禮，直接開始度蜜月。」

「你想好要帶我去哪裡了嗎？」

「想好了。」我說。「我想說我可以帶你去巴黎，我們會把我們的名字寫在愛之都的地圖上。」

後記

我花了五年的時間，才寫了一本我本來沒打算要寫的書。亞里斯多德和但丁來自於我內心深處，而我以為我已經寫完了他們的故事。但他們還沒有結束。我開始覺得我還有太多話沒說。我對《那些與初戀有關的祕密》感到非常不滿足。不知為何，那感覺太容易了。我不太情願地開始思考要不要把我開始的故事給完結。但是我還剩下什麼話沒說完？我決定，只有寫出續集，我才會知道答案。而我得承認，這是我寫過最困難的一本書。

這本書裡沒有任何一個部分是信手拈來的，這讓我很意外。有些時候，我感覺我的心就像在和自己爭戰。我之所以可以完成這本書，只因為有這些人在背後用愛和信心支持著我，也信任我的寫作能力。我曾經說過這句話，而這句話值得一再重述：沒有一本書，是靠一個人完成的。我想要指名那些在我寫這本書時，陪伴在我身邊的人。有時候，在我寫作時，我會感覺，那些用愛與不可思議的熱情填滿我人生的人，就和我在同一個房間裡。有些人的陪伴就像是鬼魂。有些人的陪伴很安靜，幾乎是沉默了。另外，有很多人的陪伴是更「真實」的。我會從電話中聽到他們的聲音，或是從簡訊和電子郵件裡看見他們。在疫情期間寫書，也改變了許多事。

我的感謝清單上第一個名字是我的經紀人，派蒂．穆斯伯格。在這麼多年中，她已經不只是個經紀人——她成為了我最親近的朋友之一。如果沒有她，我不知道我會怎麼做——我也不想知道答案。這本書大部分是在疫情期間完成的，而我欠三個每天都在我生活中的人一句感謝。沒有他們的陪伴，我不知道我要怎麼撐過來。丹尼、迪亞哥和莉茲成為了我的家人——他們給了我寫作時需要的情感支持。沒有他們的陪伴、耐心和愛，我很肯定，這本書是不可能寫出來的。我姊姊葛蘿莉亞一直都和我很親密，一直存在我心中，一直都是守護著我的哨兵。她曾經——也一直都是——我的守護天使。在過去一年中，我很少見到我的朋友，但我時常想像他們和我一起在房間裡，在我寫作時靜靜地坐著。這些名字對我來說都很神聖：泰利、傑米、金妮、芭芭拉、海克特、安妮、史蒂芬妮、艾維洛、艾弗雷多、安潔拉、莫尼卡、菲立普、巴比、李、包柏、凱特、薩荷拉，還有麥可。一個人能有多少朋友？他的心裝得下多少人，就有多少。

我覺得我需要感謝那些致力於當老師與教育家的人，他們是這個國家、也是每個國家的核心。他們在這本書中的存在，是在向他們致敬，感謝他們對我們的社會所做出的貢獻，還有他們在我們的生命中帶來的影響。我特別要感謝那些使我成為今日的作家的導師們：里卡多．艾吉拉、亞多羅．伊斯拉、荷西．安東尼奧．柏夏加、迪安．密德布克、W．S．迪佩羅，還有丹尼斯．雷瓦多。我也想要特別感謝泰瑞莎．米蘭德茲，她是我剛開始這條道路時的導師。她是第一個鼓勵我成為作家的人。是她相信我有天分，也應該要繼續發展下去。在我所有的導師中，她有著最善良的心思和最銳利的心靈——而我很感激，她仍然存在於這個世界之中。以我身為普通人與作家的形式，我覺得我永遠也不可能給足她應得的讚揚。

我想要感謝美國天主教姊妹會，以及她們所做的一切。我母親是個驕傲的姊妹會成員，而把她們寫在這個故事中，使我覺得我尊榮了她。我想要提及所有打過越戰的男人。我以他們在這本小說中虛構的存在尊榮他們。我也想要尊榮那些死於愛滋病大流行，以及失去他們所愛的人。就像許多人一樣，我失去的人包括我所愛的哥哥多南夏諾．山雀斯，我的導師亞多羅．伊斯拉，還有一個親近的朋友諾曼．坎貝爾．羅伯森。

我也想要謝謝我的小狗楚伊，他是這世界上最不可思議的生物。他無窮無盡的愛填滿了我的日子。他陪我度過了許多寂寞的夜晚。我的每一天，都充滿了他給我的希望。

最後，我也要感謝優秀的編輯坎卓拉．李文，她做的已經不只是工作，而是藝術。她不只是令人敬佩的編輯，也是個令人敬佩的人類。我熱愛與她合作這本書，而這麼說還遠遠不夠充分。她對這本書的貢獻是匿名的——而我得到了所有的讚揚。謝謝妳，坎卓拉。

潮流文學

那些與熱戀有關的祕密

（原名：Aristotle and Dante Dive into the Waters of the World）

著　者／班傑明・艾里雷・薩恩斯（Benjamin Alire Sáenz）
執行長／陳君平　譯　者／曾倚華　國際版權／黃令歡、梁名儀
榮譽發行人／黃鎮隆　美術總監／沙雲佩　文字校對／施亞蒨
協　理／洪琇菁　美術編輯／李政儀　內文排版／謝青秀
總編輯／呂尚燁　主　編／劉銘廷

出　版／城邦文化事業股份有限公司 尖端出版
台北市中山區民生東路二段一四一號十樓
電話：（〇二）二五〇〇－七六〇〇
傳真：（〇二）二五〇〇－二六八三
E-mail：7novels@mail2.spp.com.tw

發　行／英屬蓋曼群島商家庭傳媒股份有限公司城邦分公司 尖端出版
台北市中山區民生東路二段一四一號十樓
電話：（〇二）二五〇〇－七六〇〇（代表號）
傳真：（〇二）二五〇〇－一九七九

中彰投以北經銷／楨彥有限公司（含宜花東）
電話：（〇二）八九一九－三三六九
傳真：（〇二）八九一四－五五二四

雲嘉以南／智豐圖書有限公司
（嘉義公司）電話：（〇五）二三三－三八五二
傳真：（〇五）二三三－三八六三
（高雄公司）電話：（〇七）三七三－〇〇七九
傳真：（〇七）三七三－〇〇八七

香港經銷／城邦（香港）出版集團有限公司
香港灣仔駱克道一九三號東超商業中心一樓
電話：（八五二）二五〇八－六二三一
傳真：（八五二）二五七八－九三三七
E-mail：hkcite@biznetvigator.com

新馬經銷／城邦（馬新）出版集團 Cite（M）Sdn. Bhd.
E-mail：cite@cite.com.my

法律顧問／王子文律師　元禾法律事務所
台北市羅斯福路三段三十七號十五樓

二〇二三年二月一版一刷

版權所有・翻印必究
■本書若有破損、缺頁請寄回當地出版社更換■

Chinese (complex characters) edition © 2023 by SHARP POINT PRESS, A DIVISION OF CITE PUBLISHING LIMITED
Original English language edition copyright © 2021 by Benjamin Alire Sáenz
Published by arrangement with Simon & Schuster Books For Young Readers, An imprint of Simon & Schuster Children's Publishing Division
All rights reserved. No part of this book may be reproduced or transmitted in any form or by any means, electronic or mechanical, including photocopying, recording or by any information storage and retrieval system, without permission in writhing from the Publisher.

■中文版■

郵購注意事項：
1.填妥劃撥單資料：帳號：50003021戶名：英屬蓋曼群島商家庭傳媒(股)公司城邦分公司。2.通信欄內註明訂購書名與冊數。3.劃撥金額低於500元，請加附掛號郵資50元。如劃撥日起 10～14日，仍未收到書時，請洽劃撥組。劃撥專線TEL：(03)312-4212 ・ FAX：(03)322-4621。E-mail：marketing@spp.com.tw

國家圖書館出版品預行編目資料

那些與熱戀有關的祕密 / 班傑明・艾里雷・薩恩斯 (Benjamin Alire Sáenz) 著；曾倚華譯. -- 1 版. -- [臺北市]：城邦文化事業股份有限公司尖端出版：英屬蓋曼群島商家庭傳媒股份有限公司城邦分公司發行, 2023.02

面； 公分

譯自：Aristotle and Dante Dive into the Waters of the World

ISBN 978-626-356-177-9（平裝）

874.57 111021354